Liebesgeheimnisse
– Von Herz zu Herz

30 Geschichten über die Liebe

herausgegeben von
Dagmar Schellhas-Pelzer

© by Verlag Edition Vitalis, Aachen, 2005

ISBN: 3-935110-25-1

Verlag:	Verlag Edition Vitalis, Aachen
Herausgeberin:	Dagmar Schellhas-Pelzer
Umschlaggestaltung:	Holger Greinus
Titelmotiv:	Alexis Derchain
Lektorat:	Dagmar Schellhas-Pelzer
Korrektorat:	Andrea Bernhard
Druck & Bindung:	Clausen & Bosse, Leck

Liebesgeheimnisse
– Von Herz zu Herz

30 Geschichten über die Liebe

Herausgegeben von
Dagmar Schellhas-Pelzer

Inhaltsverzeichnis

	Vorwort der Herausgeberin	6
1.	Königinnen *von Mark Fahnert*	7
2.	Reisen *von Linda Lee*	11
3.	Hände *von Selma Hereitani*	14
4.	Die Kinder Kains *von Petra Carolus*	20
5.	Geschäftspost *von Dagmar Schellhas-Pelzer*	28
6.	Karls Rose *von Robert Herbig*	32
7.	Hinter dem Fenster *von Katja Kutsch*	48
8.	Auf Wiedersehen *von Timm Grönlund*	56
9.	Frühling *von Lena Petri*	59
10.	Jenseits des Ozeans *von Judith Ruf*	68
11.	Perfekt *von Marie Andrevsky*	76
12.	Hotel Okzident *von Johanna Sibera*	104
13.	Ring ums Herz *von Dagmar Schellhas-Pelzer*	110
14.	Ein Freund *von Diana Heither*	114
15.	Die siebte Säule *von RosMarin*	120

16.	Griechische Nacht *von Ellia*	135
17.	Ein Moment der Nähe *von Irene Komoßa-Scharenberg*	140
18.	Das Flüstern des Sandes *von Daniel Mylow*	144
19.	Die Zeit am Meer *von Myriam Keil*	151
20.	Der Prinz an der Kühltheke *von Anita Römgens*	155
21.	Küsse in der Mailbox *von Friederike Costa*	158
22.	Das Kreuz *von Elisabeth Podgornik*	168
23.	Die Dritte im Bunde *von Lisa Klee*	171
24.	Die Anwältin *von Iris Kiedrowski*	183
25.	Showdown *von Josef Memminger*	190
26.	Railroad Station *von Christiane Weber*	196
27.	Heimathafen *von Irene Komoßa-Scharenberg*	199
28.	Der chinesische Kochtopf *von Hermann Bauer*	209
29.	Ein Gefühl zuviel *von Maike Schneider*	214
30.	Die letzte Frage *von Tobias Sommer*	224
	Vorstellung der Autoren	232

Vorwort der Herausgeberin

Liebe Leserinnen und Leser!

Die Liebe ist mit Sicherheit die größte Herausforderung des Lebens. Über sie zu schreiben, ist vielleicht die zweitgrößte. Sie erklären oder beurteilen zu wollen, kann nur scheitern. Sie zu beschreiben, als etwas Kostbares, Erstaunliches, kann glücken.

Die Liebe als solches interessiert uns, mehr aber noch die Liebe unter besonderen Umständen. Die Ausschreibung für diese Anthologie startete im Frühjahr 2003 – „Liebesgeheimnisse" sollten es sein. Über die Verlagshomepage, in ausgesuchten Literaturzeitschriften und in Internetforen forderten wir vor allem Nachwuchsautoren dazu auf, sich von der Liebe als Geheimnis inspirieren zu lassen. An dieser Stelle möchten wir uns noch einmal herzlich für alle eingesendeten Texte bedanken.

Wir haben Geschichten von insgesamt 28 Autoren zusammengestellt, die alle von einem Gefühl handeln, das seine Berechtigung hat, wenn es auch nicht immer Recht bekommt. Wir möchten Sie einweihen in leise, melancholische, aber auch lebendige und heitere „Liebesgeheimnisse". Und wir sind froh, wenn wir Sie mit diesem Buch unterhalten und auch berühren können.
Viel Freude beim Lesen!

Dagmar Schellhas-Pelzer
Herausgeberin und Autorin

Königinnen

Von Mark Fahnert

Ich liebe Frauen, die schon lange wissen, dass sie Frauen sind. Elegante Damen mit rauchigen Stimmen, in denen versteckte Rasierklingen zu hören sind. Königinnen.
Und genau so eine Frau sitzt in einiger Entfernung vor mir. Das Sonnenlicht glänzt auf ihrem schulterlangen Haar, lässt es rostfarben strahlen. Das weiße Sommerkleid umfließt Rundungen, die genau dort sind, wo ich Rundungen erwarte.
Ich werde unruhig. Soll ich sie ansprechen? Nein, sie ist eine Königin. Sie würde mich nicht beachten. Die Königin würde nie mit mir reden und so beobachte ich weiter. Die Frau sitzt auf einem Stein am Rheinufer. Lässig lässt sie ihren Schuh baumeln, träumt. Ich wäre gern ihr Traum.

Unsere Blicke treffen sich und mir stockt der Atem. Mein Herz hört auf zu schlagen. Ich halte nur den Bruchteil einer Sekunde stand, schaue dann auf die Zeitschrift vor mir. Ich kann jetzt nicht hochsehen. Was soll ich machen? Unverbindlich schaue ich in den Himmel, versuche aus dem Augenwinkel die Königin zu erhaschen, kann sie aber nicht sehen. Die Spannung fällt von mir ab. Mein Körper sackt zusammen. Ich fühle mich wie ein halbleerer Kartoffelsack. Das war knapp. Irgendwie bin ich erleichtert, irgendwie aber auch traurig.

„Warum beobachten Sie mich, junger Mann?"
Die aristokratische Stimme perlt meinen Rücken herab. Ich blicke in ein würdevolles Gesicht. Die Köni-

gin ist an mich herangetreten, redet mit mir.
Ohne auf eine Antwort zu warten, setzt sie sich. Ich blicke in dunkle, tiefgründige Augen. Es glitzert in ihnen wie ferne Sterne am Nachthimmel. Ein kühles Frösteln erfrischt mich.
Was soll ich machen? Nervös lehne ich mich zurück, versuche dem forschenden Blick standzuhalten. Meine Hand findet den Weg in meine Jackentasche, tastet etwas. Aber natürlich. Meine Chance.
„Ich kann ein wenig zaubern und erkenne magische Auren." Zwischendurch räuspere ich mich (denke, dass dies irgendwie wichtig klingt). „Sie sind von einer starken Aura umgeben."
Die Königin schenkt mir ein entwaffnendes Kinderlächeln.
„Sie machen mir Spaß. Welche Tricks haben Sie auf Lager?"
Mein Herz hüpft vor Freude. Theatralisch zaubere ich einen Satz alter Tarotkarten aus der Jacke.
„Ich könnte Ihnen die Zukunft vorhersagen."
Sie fordert mich auf, ihr die Karten zu legen. Ich beginne zu mischen, murmele irgendwelche archaisch klingende Sätze vor mich hin, die ich mal in einer Kurzgeschichte von Lovecraft gelesen habe. Dann lege ich zwei Karten verdeckt nebeneinander, eine dritte mittig unterhalb der ersten beiden Karten. Als ich die vierte und letzte Karte ziehen will, unterbricht mich die Königin mit einem kaum wahrnehmbaren Wink. Sie legt ihre Hand auf meine. Mir bleibt die Luft weg. Die Berührung ist so intensiv wie eine kleine elektrische Entladung.
„Die letzte Karte lege ich."
Mechanisch halte ich ihr das Kartendeck hin. Mit ihren grazilen Fingern greift sie eine Karte heraus und legt diese unter die dritte Karte. Zufrieden lä-

chelnd schaut sie mich an.
„Und jetzt, kleiner Zauberer, lies die Zukunft."

Konzentriert, damit ich nicht zittere, decke ich die erste Karte auf. Zu sehen ist ein verwachsener, laubloser Baum, an dem ein jämmerlich dreinblickender Mann aufgeknüpft ist.
Der Gehängte.
Mit der Wüste Gobi im Mund beginne ich zu sprechen: „Die Karte drückt Verzweiflung aus. Zukunftsängste oder nicht erwiderte Liebe? Vielleicht beides. Jedenfalls symbolisiert die Karte einen Menschen, der auf der Suche ist. Wonach? Das zeigt die nächste Karte."
Ich bete zu allen Göttern, die mir einfallen. Lasst die nächste Karte passen. Bitte.

Die Herrin der Schatten.
Sie sitzt auf einem Thron. Um sie herum tanzen schattenhafte Körper. Ihr Blick durchbohrt mich. Es sind dieselben Augen, es ist dasselbe Lächeln und dasselbe Gesicht. Die Herrin der Schatten ist meine Königin.
„Und? Was sagt diese Karte?"
„Die Herrin der Schatten symbolisiert weibliche Macht. Sie will verbotene Liebe. Die Karte verkörpert die nicht entdeckte Weiblichkeit. Die Herrin ist allein."
Ich stammele noch ein paar Erklärungen, wohlbedacht, dass sie unverbindlich sind, auf meine Königin passen. Dann decke ich die vorletzte Karte auf.
Die Karte der sieben Kelche.
Das Glück ist mir hold. Die Karte bedeutet Veränderung und Finden. Dies erkläre ich.
„Sie sind wirklich ein Zauberer. Fast glaube ich, dass

der Gehängte vor mir sitzt."
Mir fällt ein tonnenschwerer Stein vom Herzen. Ich bin kurz davor, ihre Zuneigung zu erringen, nicht mit Waffengewalt, sondern mit dem Zauber der Phantasie. Ich schaue meiner Königin lächelnd in die Augen.
„Ich habe die letzte Karte gezogen. Darf ich sie aufdecken?"
Ihre Finger berühren die Pappe.

Die Zeit.
Das steht auf der Karte, unterhalb einer riesigen Uhr. Hab ich die Karte je schon mal in einem Tarotkartendeck gesehen?
Die Königin lehnt sich zurück: „Die letzte Karte symbolisiert bei der von Ihnen gewählten Aufstellung der Karten einen möglichen Hinderungsgrund. Ich weiß das, weil ich mich mit Magie auskenne … Was die Karte für uns bedeutet, brauche ich nicht zu erklären, oder?"
Ich presse meine Lippen zusammen, schüttele den Kopf. Bin nicht fähig, etwas zu sagen. Meine Hoffnungen, meine Gefühle und meine spontane Liebe brechen wie ein baufälliges Hochhaus zusammen.
„Vielleicht hätte ich Sie lieben können. Ich glaube aber fest an die Macht der Karten."
Die Königin steht auf und verschwindet aus meinem Leben, wahrscheinlich für immer.
Gelähmt blättere ich durch das Tarotdeck, Karte für Karte. Einmal, zweimal, dreimal. Dann zähle ich das Deck durch – vollständig.

Ich suche die Karte mit der Uhr, kann sie aber nicht finden.

Reisen

Von Linda Lee

Er wartete, bis sie ihren Mantel ausgezogen und sich ihm gegenüber gesetzt hatte, erst dann nahm auch er Platz.
"Ich werde gehen", eröffnete sie das Gespräch. Ungewöhnlich, normalerweise machte er den Anfang.
"Wohin?", wollte er wissen und bedankte sich flüchtig beim Kellner. Schon lange brauchten sie den Capuccino nicht mehr extra zu bestellen. Er biss in den Schokoladenkeks, der auf dem Unterteller gelegen hatte.
"Eine Firma in Frankfurt, der Fahrtweg entfällt, sie zahlen mehr, die Arbeitszeit ist kürzer."
Mit gesenktem Kopf hörte er zu, rührte konzentriert im Schaum. Tat es eine ganze Weile, rund und rund und rund. In der Mitte bildete sich ein Strudel, riss die Kekskrümel in die Tiefe.
Sie ließ ihn schweigen, sah zu, wie er in die Tasse starrte, gedankenverloren. In seinem Kopf arbeitete es.
Viele Treffen waren so verlaufen. Sinnlos ewig zu reden, er brauchte Zeit. Ganz selten sprach er, ohne nachgedacht zu haben. Wie sie diese Caféabende liebte - sie würde sie vermissen. Für einen Moment schloss sie die Augen. Alles war wohlüberlegt, ein Rückzieher unmöglich und auch nicht vorgesehen.
Als sie die Augen öffnete, starrten die seinen in ihre: "Ich möchte nicht, dass du gehst."
Er sagte es vollkommen ruhig. Etwas anderes hatte sie nicht erwartet.
Sie schüttelte den Kopf: "Der Arbeitsvertrag ist un-

terschrieben."

Er blickte zur Seite. Einen Moment glaube sie, er würde den Kellner rufen - zahlen! Nicht ungewöhnlich. An manchen Tagen hatten sie hastig Kaffee getrunken und sich schon bald wieder voneinander verabschiedet.

Es war wichtig, nichts zu fordern. Es war wichtig zu genießen. Jeder Tag konnte der letzte ihres Verhältnisses sein, was bisher gar keines war. Seit nunmehr sechs Jahren nicht. Auch wenn sein Geschäftspartner sich misstrauisch erkundigt hatte, was er denn so machte mit ihr, des Abends, nach der Arbeit, was für ihn kein danach, sondern nur eine Pause zwischendurch war.

Ein Gedanke kam ihr in den Sinn, schon alt und oft gedacht: „Lass uns verreisen!"

Er griff nach seinem Zigarettenpäckchen und drehte geistesabwesend. Tabakkrümel fielen auf den Tisch, er wischte sie mit einer entschlossenen Handbewegung weg. Sie liebte seine Art zu rauchen, wie sie eigentlich alles an ihm liebte.

Kopfmensch. Schwarz oder weiß – es gab nichts dazwischen. Seltsames Einverständnis, nie hatten sie darüber geredet, nie hatten sie das gebraucht. Manche Themen waren tabu, er sprach von seinen Kindern, doch nie von seiner Frau. Sie sprach von ihren Bekannten, doch nie von ihrem Mann. Gesten bedeuteten mehr als Worte, es musste nichts erklärt werden.

Das Feuer loderte zu jedem Zeitpunkt, mal hell und glühend, mal schwächte es ab, aber erlöschen? Nein. So war es, seit sie sich kannten.

„Malediven ohne Strom, Venedig nebelig und morbid, Rom bei Nacht und Schuhe kaufen in Milano", erinnerte sie ihn an ihre gemeinsamen Träume.

Er lachte auf, wollte wissen: „Und dann?"

„Nichts dann. Ende." Sie zuckte mit den Schultern.

Er drückte die halb gerauchte Zigarette in den Aschenbecher. Die Gebärde hatte etwas Heiteres, sein Blick verlor sich auf dem Weg zu ihr.

Warum zitterten ihre Hände nicht, warum schlug ihr Herz nicht schneller? Was, wenn er nicht darauf einging? Zweifel sollte aufkommen, eine Befürchtung, die bange Frage, was ist, wenn ...? Aber nichts dergleichen. Im Grunde genommen ...

Er verschränkte die Arme und stützte sich auf.

„Wie lange?", fragte er unternehmungslustig.

Im Grunde genommen war sie sich immer sicher gewesen.

„Ein paar Tage. Geschäftsreise. Wird sich doch einrichten lassen, oder nicht?"

Er sah sie lange an, ohne etwas zu sagen, doch sie konnte jeden seiner Gedanken lesen.

Hände

Von Selma Hereitani

Was wollt ihr von mir?
Ich stehe hier nur spärlich bekleidet und muss euch an mich heranlassen. Kann nicht einmal die Augen schließen, will sehen, was geschieht. Seltsam, ich erkenne gar nichts. Brennende Blöße auf meiner Haut, abgrundtiefe Verlorenheit. Mein Körper, wie aus Holz geschnitzt. Hinlegen. Jetzt kommen sie von allen Seiten, diese unbekannten Hände.
Eigentlich seid ihr ganz angenehm ... warm ... behutsam und zugleich bestimmt. Nichts tut weh. Alle Berührungen sind ruhig und zielstrebig. Jetzt liegt ihr auf meinem Brustkorb. Umfasst ihn mit nachhaltigem Druck. Ich kann nicht mehr atmen, Luft fließt nicht mehr durch meinen Körper. Kein Bedürfnis zu atmen, brauche keine Luft, solange ihr meinen Brustkorb presst. Habe die Verantwortung für meinen Körper an euch abgegeben. Ihr haltet meinen Atem fest und auch mein Leben.
Als ihr mich loslasst, beginnt der Strom wieder zu fließen, finde langsam in meinen Atemrhythmus zurück, verharre gespannt auf euer nächstes Ziel.
Kaum habt ihr euch auf meinem Kopf niedergelassen, lösen sich meine Gedanken. Ziehen gleich unsichtbaren Bändern in ein Tal, das irgendwo tief in mir liegt. Bin weit entfernt vom tatsächlichen Geschehen, vergesse meine Gedanken, sobald sie entstanden sind. Höre alles um mich herum, doch kann mich nichts erreichen.
Meine Augen öffnen sich schlagartig, als eure Finger sich in meine Ohren schieben, Herzschlag stolpert, hilflose Ohren, Pforten zum Geheimnis mei-

ner Sehnsucht. Schrecken paart sich mit wohligen Schauern, finde mich nicht zurecht mit diesem Gefühl, beobachte es aus einiger Entfernung.
Irgendwann zieht ihr euch ganz zurück. Vorbei. Ich suche meine Kleidung und mein Leben. Frösteln in mir, Müdigkeit, dazwischenrieselndes Prickeln. Leise Vibrationen bewegen mich zurück in den Tag.

Ich freue mich auf euch.
Bereue meine unbeholfenen Reaktionen unserer ersten Begegnung. Ich war erschrocken, mein Innerstes berührt. Es hat mich nicht mehr losgelassen. Die Schwingungen meines Körpers, meines Herzens, tragen mich von Tag zu Tag, lassen meine Gedanken in ungeahnte Höhen fliegen.
Bin endlich wieder da. Die Augen über euch sehen mir beim Entkleiden zu, versuche meine Unsicherheit mit irgendwelchen Worten zu überspielen. Hinstellen, Augen geschlossen, mein Körper schwankt. Auf der Liege habe ich etwas mehr Halt, entspanne mich unter dem Schutz der Decke. Seichte Wellen verquicken Traum und Wirklichkeit. Könnte endlos erzählen von Bildern und Gefühlen, die in mir tanzen. Angst, etwas Falsches zu sagen, meine Kehle hält jedes Wort gefangen. Vorsichtig schmiege ich meine Wange an euch, als ihr meinen Kopf haltet und zur Seite dreht. Goldenes Licht in meinem Herzen, Ende einer Sehnsucht. Kopf kämpft gegen Herz, als ich wieder gehen muss.
Wann darf ich wieder bei euch sein?

Mein Herz schlägt verlangend.
Es ist die stille Sanftheit, die sich wie ein samtweiches Band um mein Empfinden legt. Windet sich von Begegnung zu Begegnung immer mehr um

mein Herz. So viel nackte Haut bietet ungewohnt viel schutzlose Fläche. Mein Bewusstsein. Durch eure Berührungen wie in Trance. Risse in meinen gläsernen Mauern.
Unter mir wächst ein Netz, gewebt aus Worten und der Wärme, die aus euren Händen fließt. Hände und Stimme verflechten sich, erfüllen meine Erwartungen an den Menschen, der hinter euch steht. Anspannung löst sich langsam. Nur manchmal, wenn eure Berührungen zu intensiv werden, ein inneres Beben. Mein Atem, meine Stimme beinahe außer Kontrolle, heiße Wellen, möchte loslassen und in den Strudel fallen. Der Strudel in meinem Bauch dreht sich schneller und schneller, entkomme nur knapp. Die bernsteinfarbene Wärme in diesen Augen über euch lässt mich für einen Moment eintauchen. Einen Moment. Dann wieder Seiltanz auf dem Grat der Unsicherheit.

Ich spüre sofort den Unterschied.
Hänge im luftleeren Raum, hangele mich Hilfe suchend von Frage zu Frage. Höflich, distanziert. Bin ein eilig dazwischen geschobener Termin - nicht mehr, nicht weniger. Enttäuschung breitet sich in meinem Körper aus, frisst sich durch den Bauch, verweilt im Herzen, gelangt in meine Seele. Kühle Hände. Hagelschauer in mir und um mich herum, finde keinen Halt in der Glätte des Gesichts über mir. Ihr bewegt euch flüchtig über meine erstarrte Haut. Die Zeit ist schon um. Schreite durch die Trümmer meiner zerstörten Träume wieder fort. Nur fort von hier.

Gebirge von Zeit zwischen uns.
Spüre noch die Enttäuschung über unser letztes Zu-

sammensein, schwacher Duft, Erinnerung an ein früheres Leben. Heute ummantelt mich ein unsichtbarer Panzer. Betäubte Haut. Ihr werdet mich nicht verletzen, fühle nicht eure Glut und nicht das Eis vergangenen Hagels. Die See ist heute ruhig. Keine hohen Wellen brechen sich über meinem Kopf, kein saugender Strudel, der mich in die Tiefe zu reißen droht. Höre die Stimme über euch. Ich soll loslassen, mich meinen Gefühlen hingeben. Nein, nichts wird mich verletzen, bin stark und kontrollierend. Nein, nicht schon wieder.

Vermeide euren Anblick.
Der Pfad der Unberührbarkeit breitet sich vor mir aus. Ich setze Schritt vor Schritt, bemerke aus den Augenwinkeln die fragenden Seitenblicke. Fühle mich sicher, als ich mich auf die Liege setze. Spüre euch auf meinem Körper, spüre, wie mein versteinerter Panzer schmilzt. Nur wenige Atemzüge, alles fließt dahin, nur noch ein Hauch zwischen unseren Gesichtern, festhalten und loslassen zugleich.
Liege jetzt auf dem Rücken, habe Abstand gewonnen, ordne meine Gedanken und Gefühle. Ihr legt euch auf meinen Brustkorb, vertraute Geste. Bin erstaunt, wie gut ich atmen kann. Heute kann ich unter eurem sanften Druck die Luft in meine Lungen saugen und wieder ausstoßen. Es ist gut so.
Wandernde Hände finden meinen Rücken, finden meinen Bauch. Unerträgliche Spannung baut sich auf, entfesselter Sturm wütet durch meinen Körper, rast durch jede Zelle, bin unkontrollierbaren Energien ausgesetzt. Stimme sucht mein Gehör, verschmilzt mit jeder Berührung, hält mich in der Wirklichkeit. Klammere mich an die Worte wie eine Ertrinkende.

Ich soll loslassen, einfach loslassen. Kann es doch nicht, versteht ihr nicht, was geschieht?
Ende der Stunde, kann mich kaum bewegen, nicht denken, nichts tun. Es ist, als sei sehr viel geschehen. Zwischen uns ein leises Staunen über das vielleicht Gewesene. Ich taumele davon, erschöpft, tausend Fragen in mir.

Verwirrung.
Ich kann euch sehen und spüren, sobald ich meine Augen schließe. Auch mein geöffneter Blick transzendiert das Tatsächliche zu einem schillernden Bogen meiner Gefühle. Einzig der Geruch fehlt. Wenn ich sein Geheimnis entdeckt habe, wird meine Sehnsucht erfüllt sein. Keine Verdrängung mehr. Alles Denken ohne Maßstab. Weiß nicht, was gut für mich ist, was richtig und falsch. Nur unbändige Sehnsucht nach diesen Händen. Körper spaltet sich von Vernunft. Will mir endlich alles nehmen, meine Arme weit ausstrecken und greifen, was in meinen Träumen möglich scheint. Bin doch längst kein Kind mehr, aber fühle mich wie eins, das Verbotenes tut.

Es liegt in der Luft, unsichtbar.
Aber mit jedem Atemzug gelangt mehr und mehr davon in meine Kehle, meine Lungen und mein Herz.
Wahrheit rollt wie eine Woge über mich hinweg. Mit stolz erhobenem Kopf schreite ich durch den Schlick, spüre, wie das Wasser höher und höher steigt, kann nicht mehr zurück. Worte zersplittern kristallklar Traum und Wirklichkeit. Die Zeit endet im Hier und Jetzt. Alles muss geschehen, wie es geschieht. Ich spüre diese unglaublichen Hände auf

meinem Körper, weiß genau, dass es mehr als nur die Decke ist, die mich von ihnen trennt.

Wahrheit saugt an meiner Haut, reißt an meinem Haar, betäubt meine Seele. Habe solche Angst, Sehnsucht drängt mich voran, kein Weg zurück. Worte sprudeln hervor, umspülen meinen Körper, deine Hände. Der Wasserspiegel übersteigt mein ruhiges Gesicht, schließt sich über meinem Scheitel. Ich verliere mich, falle in eine bodenlose Tiefe, deren einziger Halt das bernsteinfarbene Feuer in deinen Augen ist ... deine Stimme von weit her und immer irgendwo eine Hand.

Mein Körper richtet sich auf, die Decke als Schutzschild um sich gespannt. Eine kurze Umarmung, unbeholfen. Was es hätte sein können, werde ich nie erfahren. Auch der Schmerz in deinen Augen verrät es nicht. Nur ein Flügelschlag, wie die zarten Berührungen deiner Hände.

Die Kinder Kains

Von Petra Carolus

„Oh, Sie haben sich bekleckert!" Sein Blick wanderte von meinem Mund zum Busen. Wie zur Bestätigung zeichnete sein rechter Mittelfinger die rote Spur bis zum Ansatz meiner Brüste nach. Diese Berührung von ihm, ich zuckte innerlich, war überraschend intim. Mir schoss das Blut in den Kopf und die damit verbundene Gewissheit offensichtlich zu erröten, veranlasste mich, hektisch das Malheur mit einer Serviette abzutupfen. Die süße Herrlichkeit, die ich mir eben gönnen wollte, klebte auf meiner Haut. Die Serviette zerrieb und bröselte mir in den Ausschnitt, krönte meine Ungeschicklichkeit. Er verfolgte meine unbeholfenen Bemühungen.

„Es gibt nur eine Möglichkeit", konstatierte er: „Sie müssen es abwaschen, sonst geht es nicht weg." Seine Stimme klang ruhig. Jeder andere Mensch hätte aus Höflichkeit geschwiegen oder darüber hinweggesehen. Dieser Mann nicht. In diesem Moment erstaunte mich, wie offen er war. „Sie haben Recht. Ich entschwinde mal und versuche mein Glück mit Wasser und Seife."

Als ich in die Pausenhalle zurückkehrte, begrüßte mich der Fremde mit den Worten: „Alles wieder so schön wie vorher?" Sein Lächeln, nicht nur der Mund, alles an ihm wirkte so ehrlich. Ich antwortete, eine Spur verlegen: „Halbwegs, denke ich." Sein Gesicht, es kam mir vertraut vor, provozierte das Gefühl eines Déjà-vu. Meine Sinne versuchten diese Ahnung zu ergründen. Als seine Finger meine Haut berührt hatten, war etwas erwacht. Es war nicht fassbar, aber doch körperlich. Ich empfand eine Verbundenheit, die mich irritierte.

Zur Premiere von „Die Kinder Kains" war ich alleine gegangen. Er saß neben mir, ebenfalls ohne Begleitung. Zufall, dass wir uns begegneten. Ich bemerkte ihn, weil das Geschehen auf der Bühne zäh und die Dialoge der Schauspieler quälend waren. Auch das Auge ermüdete durch das sparsame Bühnenbild. Es erinnerte an eine Inszenierung von Brechts „Mutter Courage".

Mein Sitznachbar ertappte mich, als ich herzhaft gähnte. Sofort klappte ich meinen offen stehenden Mund zu, verkroch mich im Sitz, als ob ich davon unsichtbar würde. Es war mir unangenehm, so gesehen zu werden, auch weil mein Rock sich hochschob, als ich tiefer rutschte. Hier wurde sichtbar, was ich nicht zeigen konnte. Eiligst zog ich mein Outfit wieder zurecht, wollte eine Entschuldigung murmeln, aber der Laut aus meinem Mund ähnelte einem Krächzen, dem sofort ein trockener Husten folgte. „Schscht!", raunte es. Meinen Husten scherte es nicht, er blieb hartnäckig. Mein Sitznachbar gab mir ein Bonbon. Wohltuend besänftigte dieses meinen Rachen und das Publikum. Ich traute mich nicht zu sprechen, stupste aber meinen Erretter an, um wortlos zu danken. Da erst nahm ich ihn richtig wahr, den Ritter an meiner Seite.

Endlich schloss sich der Vorhang zur Pause und die Massen strömten zur Bar. Ich verfolgte ihn, gewillt ihn bis zur Toilette zu begleiten, auch wenn das verrückt klingt. Ich glaubte ihn zu verlieren, wenn ich

ihn nicht sofort ansprach. Was wäre denn, wenn er aus der Pause nicht an seinen Platz zurückkehrte? Das Stück war ein Flop. Wenn ich nicht gerade mein Geld damit verdienen würde es zu beurteilen, wäre ich längst gegangen. Also heftete ich mich an seine Fersen. Die Schlacht der Menge an der Bar hatte begonnen und ich tat es ihr gleich, als ich für mich ein Kirschsoufflee erstand.
Ich biss in dieses schaumige Gebilde und der flüssige Inhalt troff aus meinen Mundwinkeln.
„Oh, Sie haben sich bekleckert!"
Ich erstarrte zur Salzsäule und sein rechter Mittelfinger zeichnete diese Spur, die meine Haut verbrannte. Die rote Linie zog sich von meinem Hals bis zu meinem Busen. Deutlich zeichneten sich die Brustwarzen unter der kühlen Seide ab. Seine Berührung klebte an mir, ließ sich nicht fortwaschen. Minutenlang floss kaltes Wasser über meine Handgelenke, sollte dämpfen, was in mir keimte. Der Rhythmus meines Herzens verlangsamte sich, als ich in den Pausenraum zurückkehrte.

„Darf ich mich vorstellen? Mein Name ist Max Faber."
„Angenehm, ich heiße Sabeth."
Es ist mir heute noch ein Rätsel, warum ich meinen Nachnamen verschwieg.
Es war halt so.
„Sie tragen ein schönes Kleid."
„Danke."
„Wirklich, das Blau steht Ihnen ausgezeichnet."

Mein Kleid war tatsächlich ein Traum aus dunkelblauer Seide. Als ich es im Geschäft anprobierte, wunderte ich mich über die Wandlung, die es an mir

vollzogen hatte. Ich war eher ein burschikoser Typ. Nicht hässlich, aber trotz aller körperlichen Vorzüge, die mir mitgegeben wurden, wirkte ich nur mittelmäßig. Es war mir auch egal, bis ich irgendwann merkte, dass Frauen, die mehr auf ihr Äußeres achteten, erfolgreicher waren.
Sie erhielten Aufträge für Artikel der Seite eins. Ich dagegen begnügte mich mit Seiten, die weniger Beachtung fanden. Als dann auch noch eine Kollegin meine Topmeldung als die ihrige ausgab, war das Maß voll. Ich schäumte vor Wut und stürmte das Redaktionsbüro. Mein Chef gab mir die kalte Dusche und ich klein bei. Und er erteilte mir den Auftrag, eine Theaterkritik zu schreiben.

Dieses Kleid, ich musste es haben. Ich kaufte es und zog es anlässlich der Premiere zum zweiten Mal über. Dieser Stoff, seine Glätte umhüllte mich wie eine zweite Haut. Ich schlüpfte hinaus aus meiner alten, ließ sie zurück.

Ich fühlte, wie das Kleid meine Beine beim Gehen umspielte. Es wollte, dass ich mich ihm hingebe. Ich zog den Slip und den BH darunter aus. Ich war auf eine magische Weise nackt, denn meine Nacktheit blieb verborgen.
Nur nicht Max.
Er musterte mich und ich wusste, was er wusste. Er sah meine Nacktheit, dennoch entblößte er mich nicht. Er gab mir ein Bonbon. Seine Fürsorge tat mir gut. Ich berührte seinen Arm. Überrascht zog ich meine Hand zurück, meine Fingerspitzen kribbelten, als ob meine Nerven darunter vibrierten, wie die Saite einer Harfe, die man anklingt. Bis zur Pause verstrich die Zeit unendlich langsam. Die blo-

ße Tatsache, dass er neben mir saß, genügte, einen Sturm zu entfachen.

„Wie finden Sie das Stück?"
Er betrachtete mich aufmerksam.
Es war keine Floskel, mit der er die Pause zu füllen versuchte. Die Ernsthaftigkeit seiner Frage rührte etwas in mir. Etwas, woran ich geglaubt hatte. Etwas, was ich verloren hatte. Etwas, was ich nicht mehr fühlen wollte. Etwas, das ich vor langer Zeit verraten hatte. Meine Ideale.
„Es ist schwer zu verstehen. Es passt nicht in unsere Zeit", antwortete ich.
„Sie sind also anderer Meinung als der Autor?" Ich glaubte eine Spur von Resignation zu hören. Daher versicherte ich schnell: „Nein, das meinte ich nicht. Ich wollte nur sagen, dass unsere Gesellschaft die Botschaft missverstehen könnte."
„Haben Sie sie verstanden?"

Warum nur, nahmen wir uns so ernst? Was war so wichtig an meiner Erklärung? Ich redete und mir war bewusst, ich redete mich um meine Zukunft. Es war eine Chance, die sich bot. Im Raum schwebte eine Erkenntnis. Sie war voll Licht und ohne Schatten. Das, was ich sagte, musste gesagt werden:
„Ich denke, ich habe verstanden, der Mensch verlässt seine Anständigkeit und versinkt im Chaos. Er kehrt daraus zurück und ist mit Schuld beladen. Er entfernt sich von allem, was einst selbstverständlich war."
„Genau! Die Erfahrung hat ihn gelehrt: Das Chaos vernichtet ihn, wird ihn richten. Aber es besteht durchaus noch Hoffnung!"
„Andere finden das Stück langweilig", sagte ich oh-

ne eine Spur von schlechtem Gewissen. Sein Eifer übertrug sich auf mich. Er sagte: „Die Hoffnung besteht doch darin, dass die Erkenntnis zugleich ein Quell sein kann."

Eine Quelle wofür? Für Inspiration? Für Kreativität? Für eine Revolution? Oder für Resignation?
Solche Gedanken machen einsam. Wenn du anders denkst, grenzt du dich aus.
Du hebst dich ab von der Masse. Sie kehrt dir den Rücken. Du ersehnst dir einen Menschen, der dich versteht, deine Gedanken sind die seinen. Er stand vor mir und sagte:
„Oh, Sie haben sich bekleckert!"

Ich fühlte, wie mein Schoß unter seinem Blick feucht wurde. Er sah mein Begehren und streichelte zart mit seinem rechten Mittelfinger über meine Haut, die nicht vom Kleid bedeckt war. Er folgte der klebrigen Spur des Soufflees.
„Sie müssen es abwaschen!"
Ich rückte näher zu ihm hin. Meine Erregung wuchs, als meine Brustwarzen sich durch den dünnen Stoff abzeichneten. Der Stoff schmeichelte ihnen, liebkoste sie sanft.
„Mein Name ist Max Faber."
„Ich heiße Sabeth."
Ungeniert betrachtete er meine Brust. Er sah meine Nacktheit darunter.
„Sie tragen ein schönes Kleid. Wie finden Sie das Stück?"
Der Gedanke, dass er wusste, wie erregt ich war und dass ich nackt war, ließ mich schwindeln.

„Andere finden das Stück langweilig", ich versuch-

te meine Gedanken zu ordnen.
„Die Hoffnung besteht doch darin, dass die Erkenntnis zugleich ein Quell sein kann."
„Sabeth", hauchte er. Er fasste meinen Ellenbogen und führte mich hinab ins Foyer. Seine Blicke peitschten mein Verlangen. Niemand war hier. Er presste mich an sich. Ich ertastete die Wölbung seines Unterleibes. Ich öffnete seine Hose. Ich zerrte sie von seinen Hüften. Er schob mein Kleid nach oben. Sein Glied berührte meine Nacktheit, suchte. Ich streckte mich ihm entgegen, hielt mich fest an seinem Nacken, als ich meine Beine um seine Hüfte wand. Er drang in mich ein. Meine Wolllust, schier unerträglich, ich mochte in tausend Stücke bersten. Seine Lippen an meinem Ohr. „Sabeth!"
Ich hörte meinen Namen:
„Sabeth!"
Ich sah ihn an.
„Wie finden Sie das Stück?"
Er betrachtete mich aufmerksam.
„Es ist schwer zu verstehen. Es passt nicht in unsere Zeit", antwortete ich.
„Sie sind also anderer Meinung als der Autor?"
„Andere finden das Stück langweilig", sagte ich ohne eine Spur von schlechtem Gewissen.
Das, was ich sagte, meinte ich auch.
Sein Eifer: „Die Hoffnung besteht doch darin, dass die Erkenntnis zugleich ein Quell sein kann", rührte mich. In diesem Moment erschloss sich mir, wie offen er war. Und wie verletzlich. Ich wollte es nicht, doch ich verschloss mich vor ihm.

Im Raum schwebte eine Erkenntnis. Sie war voll Schatten und ohne Licht. Ich hatte ihn eben erst kennen gelernt und empfand schon eine Scham,

die mich irritierte.
Er fasste mich am Ellenbogen. Er begleitete mich zu meinem Sitz. Doch anstatt sich neben mich zu setzen, ging er aus dem Saal. Der zweite Gong ertönte. Das Licht erlosch. Warum kam er nicht? Ich konnte der Handlung kaum noch folgen, nur so weit:

Die Hoffnung besteht doch darin, dass die Erkenntnis zugleich eine Qual sein kann.

Ich habe ihn nie wieder gesehen.

Geschäftspost

Von Dagmar Schellhas-Pelzer

Wenn ich den Mut hätte, würde ich Ihnen etwas ganz anderes schreiben. Einen richtigen Brief. Darin ginge es nicht um Geschäfte, Termine und Absprachen. Keine Disposition, kein Protokoll.
Ich würde Ihnen meine geheimsten Gedanken verraten, damit Sie wüssten, wie schlimm es um mich steht. Es vergeht kein Tag, an dem ich nicht in etwa so an Sie denke …

Heute schneit es und ich möchte eine Schneeflocke sein, die zart und zum Schmelzen bereit auf Ihrem Haar landet. Die zu einer winzig kleinen Pfütze vergeht, die Ihre Kopfhaut vielleicht für einen Moment kribbelt. Ich hätte Sie berührt und hätte nur sehr kurz, aber sehr glücklich existiert. Können Sie sich vorstellen, dass so etwas durch meinen Kopf geht, während ich in einer Konferenz neben Ihnen sitze?

Viel schlimmer ist es jedoch, wenn ich meinen Platz Ihnen gegenüber habe. Dann habe ich stets freien Blick auf Ihre tiefen Augen, von denen eines ein bisschen kleiner ist als das andere, zumindest bleibt es stets ein wenig weiter geschlossen. Ich war so gerührt, als ich das zum ersten Mal bemerkte. Damals, als Sie mich bei der wichtigen Präsentation für unseren Großkunden dauernd mehrfach ansprechen mussten, damit ich zurück in das Tagesgeschehen kam. Das Meeting war so wichtig und ich so unkonzentriert. Sie waren richtig sauer! Auch das eine geradezu unter die Haut gehende Offenbarung, denn sonst sind Sie ja immer die Gelassenheit in Person. Ich finde Sie angesäuert besonders charmant, wenn ich das mal so sagen darf. Nun ja, darauf käme es bei einem offenen Bekenntnis auch nicht mehr an.

Vielleicht juble ich Ihnen meinen Liebesbrief einfach unter die Geschäftspost. Dann kann ich Sie von draußen heimlich dabei beobachten, wie Sie ihn finden und lesen. Aber was dann? So anständig und souverän wie Sie nun mal sind, würden Sie vermutlich so tun, als wäre nichts geschehen. Sie würden uns beiden die Möglichkeit einräumen, weiterhin gut und solide zusammenzuarbeiten. Irgendwann einmal würden Sie sich für irgendetwas plötzlich überschwänglich herzlich bedanken – vorbereitete Unterlagen oder einen Keks zum Kaffee – und ich wüsste, das ist Ihre dezente, sehr subtile, nur für uns beide interpretierbare Reaktion auf mein Geständnis. Meine Liebe wäre so gut bei Ihnen aufgehoben!

Aber ich sollte natürlich Rücksicht nehmen. Auf Ihre Stellung. Auf Ihre Ehe. Auf alles.
Doch wenn Sie morgens an meinen Schreibtisch treten oder ich an Ihren kommen darf, und Sie so unverschämt anziehend duften … kann ich meine Beherrschung, Ihnen meine Gefühle höchstens in einem verschwiegenen Brief mitzuteilen, nur aufrichtig bewundern. Es kostet mich alle nur erdenkliche Disziplin, um Sie nicht sofort an Ort und Stelle auf den Nacken zu küssen, Ihnen Ihre Krawatte zu lockern, an Ihrem Hemd zwei, drei Knöpfe zu öffnen und Sie zärtlich, aber nicht ohne Leidenschaft, in die Linie zwischen Schulter und Hals zu beißen … Dazu könnte ich sicher nichts anderes hauchen

als: „Ich liebe Sie, bitte, lieben Sie mich auch."

Schon bei unserem Einstellungsgespräch war es hoffnungslos um mich geschehen. Wie macht man einen halbwegs intelligenten Eindruck, wenn bei einem Bewerbungsgespräch ein Mann zur Türe hereinkommt, von dem man sein Leben lang geträumt hat? Die Knie wackelten bereits, als ich Ihnen damals die Hand schütteln durfte. Mein Name drang von Ferne an mein Ohr und meine Lippen und Gesichtsmuskeln entglitten zu einem debilen Lächeln. Alles folgte mit einem Schlag eigenen Regeln. Sie brachten alles durcheinander. Ist das denn fair, würde ich Sie gerne fragen?

Es hat aufgehört zu schneien. Nun wünschte ich, ich wäre der Schnee auf dem Ast der Birke, die vor Ihrem Arbeitszimmer steht. Auf dem Ast, auf den Ihr Blick als erstes fällt, wenn Sie aus dem Fenster schauen. Dieser Birkenast sieht so anmutig und gefällig aus, wie er da von Schnee bedeckt im Wind wippt. Das muss Ihnen einfach gefallen! Ihre ernsten Augen ruhen oft auf einem Etwas, das ich unendlich beneide. Ob es wohl schon einmal passiert ist, ohne dass ich es bemerkt habe? Ruhte Ihr Blick auch nur für einige Sekunden auf mir, meinem Rücken, meinem verlängerten Rücken etwa? Alles hätte sich gelohnt!

Wie schade, wenn Sie niemals erfahren würden, wie innig ich Sie liebe. Das muss doch auch für Sie ein wunderschönes Gefühl sein. Zu wissen, dass das Blau Ihrer Augen für einen anderen Menschen den Himmel bedeutet. Dass der Ton Ihrer dunklen Stimme als sanfter empfunden wird, als der Schnee auf dem Birkenast je landen kann. Und dass Ihre Gegenwart so etwas wie Heilung bewirkt. All das müssen Sie erfahren!!!

Doch heute liegt sie wieder vorbildlich sortiert, sorgfältig durchgesehen und für wichtig befunden vor Ihnen: Geschäftspost. Sie bedanken sich gemäßigt, essen Ihren Keks zum Kaffee und nicken wissend zu dem, was Sie da lesen, ohne irgendetwas zu verstehen.

Karls Rose

Von Robert Herbig

„Oma Paula, schaust du mal durch, ob du diese Bücher noch brauchst? Ich habe sie auf dem Dachboden gefunden und möchte sie gerne am Samstag auf dem Flohmarkt verkaufen."
Ihre Enkelin hatte ihr mehrere Bücher hingelegt, als sie einen Mantel vom Haken nehmend das Haus verließ. Neugierig geworden beugte sich Paula mühselig zum Tisch hinüber und schaute sich die Bücher an. Nichts Besonderes, keine Bücher, die einen hohen Erlös bringen würden. Einen Euro vielleicht pro Buch, sie kannte die derzeitigen Preise für Romane auf Flohmärkten nicht. Sie blätterte die Bücher nachdenklich durch. Bei zweien fehlte der Einband, in einem lag scheinbar noch ein Lesezeichen drin, weil sich die Blätter in der Mitte wölbten und einen dünnen Spalt ahnen ließen. Als sie jedoch das Buch an eben dieser Stelle öffnete, fiel es ihr fast aus der Hand. Das, was das Buch gewölbt hatte, war kein Lesezeichen. Es war die Rose, Karls Rose.

Die Rose hatte über die Jahre schwer gelitten. Ihre Farbe war verblasst, ihre Form fast aufgelöst. Aber es war seine Rose. Sie hatte Karl vor mehr als dreißig Jahren das letzte Mal gesehen. Ihr Ernst lebte damals noch.
„Rose", nannte Karl sie damals. Aber Rose, wie es die Amerikaner aussprechen, ganz weich, ganz zärtlich, ohne das „e" am Ende. Er mochte den Namen Paula nicht. Sie hingegen hatte erst angefangen, eine Abneigung gegen ihren Namen zu entwickeln, als sie Karl kennen lernte. Beide waren sie damals Stu-

denten an der Universität in Heidelberg und wussten, dass ihr Liebesverhältnis nach dem Studium zu Ende sein würde.
„Mein kleines Studienverhältnis", hatte er immer zu ihr gesagt. „Mein kleines Studienverhältnis Rose!"

Sie kam aus der Nähe von Kiel und hatte vor, dort die Tierarztpraxis ihres Vaters zu übernehmen. Karl lebte in der Nähe von München und war als einziges Kind und Erbe reicher Eltern vorgesehen, die große Baufirma seines Vaters zu leiten. Beiden war von Anfang an klar, dass ihnen keine Zukunft beschieden war. Sie verdrängten es jedoch sehr geschickt und vermieden es, Pläne für die Zukunft zu schmieden, wie dies andere Paare tun. Es gab keine Zukunft. Es würde nie eine Zukunft geben. Es gab das Hier und Jetzt, das musste reichen. Als das Studium zu Ende war, beschlossen sie, sich einmal im Jahr, am letzten Wochenende im Juli, in Heidelberg zu treffen.
„Wir werden unsere Liebe aufrechterhalten, meine kleine Rose", sagte Karl, „auch über die Entfernung hinweg." Und dann schenkte er ihr zum Abschied diese einzelne wunderschöne rote Rose. „Solange du diese Rose behütest, wird unsere Liebe bestehen bleiben. Bewahre sie gut auf, du bist jetzt die Hüterin unserer ewigen Liebe."

Sie trafen sich wirklich einmal jedes Jahr, meist an einem langen Wochenende, sechs Jahre lang. Und bei jedem dieser Treffen kam es ihr vor, als seien sie gerade erst auseinander gegangen. Als habe es das endlos erscheinende, zwölfmonatige Warten auf ein erneutes Wiedersehen nicht gegeben. Sechs Jahre lang ging alles gut. Dann eröffnete ihr der Arzt, dass sie schwanger war. Erst war sie todunglücklich, wollte es nicht glauben. Dann aber, nach einem kurzen Überlegen, freute sie sich unbändig. Sie würde ein Kind haben. Ein Kind von Karl. Ein Kind ihrer Liebe. Sie wollte ihn sofort anrufen, sie hatte bereits den Hörer in der Hand. Dann überlegte sie. Nein, so ging das nicht. Sie konnte ihm das nicht am Telefon sagen. Kurzfristig entschloss sie sich, ihm die freudige Botschaft persönlich zu überbringen.

Aufgeregt wie ein kleines Mädchen stand Paula zwei Tage später vor seinem Haus und zögerte plötzlich. War es richtig, was sie vorhatte? Sie hatten fest vereinbart, sich nicht zu sehen, außer zu ihrem Jahrestreffen. Und das war gerade mal etwas mehr als drei Monate her. Sie schalt sich eine Närrin. Was konnte es für einen besseren Grund geben, diese Vereinbarung zu brechen, als ein gemeinsames Kind? Energisch drückte sie den Klingelknopf, auf dem sein Name stand. Sie hörte im Haus einen melodischen Klang. Nach einigen Augenblicken kamen leise Schritte zur Tür, eine junge Frau, etwa in ihrem Alter, öffnete und sah sie erwartungsvoll an.
„Ja?", fragte sie. Paula war etwas verwirrt, Karl hatte nie von einer Haushälterin gesprochen. „Verzeihen Sie, ist Karl zu Hause?" „Karl?", fragte die junge Frau. „Nein, er ist nicht zu Hause, er wird wohl auch erst spät kommen. Kann ich ihm denn etwas ausrichten, Frau …?" „Berger", sagte Paula, „Paula Berger. Nein, es ist etwas sehr Persönliches, das möchte ich ihm gerne selbst sagen." „Wenn es wirklich so dringend ist, dann können Sie meinen Mann natürlich auch in der Firma erreichen", erwiderte die junge Frau, wobei sie leicht eine Augenbraue hob. „Ihren Mann?", sagte Paula fast tonlos. „Karl ist Ihr

Mann?" Kurzzeitig glaubte Paula, ihre Beine würden versagen. „Ja, wir haben vor etwa einem Jahr geheiratet, kurz bevor unsere Tochter Petra auf die Welt kam. Woher kennen Sie ihn denn?"
Die junge Frau war augenscheinlich misstrauisch geworden. Paula fasste sich wieder. Es würde nichts bringen, dieser ihr fremden Frau ihren Schmerz zu zeigen. „Wir waren damals in Heidelberg Studienkollegen. Karl sagte immer, wenn ich mal in der Stadt sei, solle ich vorbeikommen. Und da ich gerade in der Nähe war, dachte ich, ich mache mal einen kurzen Abstecher und sehe, wie es ihm im Laufe der Jahre so ergangen ist", log sie und lächelte, obwohl ihr tief drinnen das Herz gefror. Karls Frau atmete spürbar auf.
„Studienkollegen? Dann haben Sie ja meinen Mann jahrelang nicht gesehen, oder?" Paula wurde misstrauisch. Wieso forderte Karls Frau dafür eine Bestätigung? Wusste sie etwas? „Ja, es ist schon einige Jahre her, ich wusste natürlich nicht, dass Karl mittlerweile verheiratet ist, Kiel ist ja auch ein Stück weit von München entfernt." „Ach, Sie wohnen in Kiel?" Irgendwie schien sie diese Aussage noch mehr zu beruhigen. „Aber entschuldigen Sie doch bitte meine Unhöflichkeit, wollen Sie nicht auf eine Tasse Tee hereinkommen?"
„Nein, nein, ich hatte eh nur sehr wenig Zeit, ich muss in Kürze schon wieder am Flughafen sein. Ich wollte nur kurz ‚Hallo' sagen." „Kann ich denn Karl noch etwas von Ihnen ausrichten?" Paula überlegte kurz. „Ach wissen Sie, vielleicht ist es am besten, wenn Sie ihm von meinem Besuch gar nichts erzählen. Ich war damals, wie soll ich es nennen, na ja, irgendwie war ich hoffnungslos in Karl verliebt und es würde ihn vielleicht auch verlegen machen,

wenn Sie davon wüssten. Wir wissen ja, wie Männer sein können, nicht wahr? Mein Mann ist da ganz genauso", sagte sie geheimnisvoll. Wieder kam es Paula vor, als würde Karls Frau aufatmen. Sie spürt etwas, ahnt irgendetwas, weiß aber nicht genau, was sie von mir halten soll, dachte sie im Stillen. „Einverstanden", sagte Karls Frau und lächelte, „dann haben wir eben ein kleines gemeinsames Geheimnis vor unseren Ehemännern."

Als Paula später im Flugzeug saß, wurde ihr schlagartig klar, ihr Kind würde einen Vater brauchen. Sie musste also schnellstens einen geeigneten Kandidaten finden. Und noch etwas war sicher, ab sofort würde es kein Treffen mehr geben. Karl, ihr Karl, war verheiratet, er hatte eine kleine Tochter. Es tat weh, sehr weh.

Vier Monate später heiratete sie Ernst Seiffert, ihre alte Jugendliebe. Er war Prokurist einer kleinen Firma und liebte Paula schon seit ewigen Zeiten. Paula hatte ihm, nachdem sie Karl kennen gelernt hatte, klar gemacht, dass es einen anderen Mann in ihrem Leben gab und dass sie seine Liebe nicht würde erwidern können. Kurz nach ihrer Rückkehr aus München sprach Paula mit Ernst und erklärte ihm, dass sie ein Kind von einem verheirateten Mann erwartete. Sofort bot ihr Ernst Hilfe an, bot ihr an, sie zur Frau zu nehmen. Paula nahm seinen Antrag an und zwei Monate nach ihrer Hochzeit wurde sie von einem gesunden Jungen entbunden.

Als sich die Zeit des nächsten Jahrestages näherte, wurde Paula immer unruhiger. Karls Brief kam nicht im Juni, er kam nicht im Juli. Als es August wurde,

wusste sie, dass Karl dieses Jahr keinen Brief schicken würde und merkwürdigerweise wurde sie dadurch ruhiger. So vergingen mehrere Jahre. Ihr kleiner Sohn gedieh prächtig. Sie hatte ihn trotz alledem nach seinem Vater Karl getauft. Er war ein sehr aufgewecktes und quirliges Kind. Mit den Jahren rechnete sie nicht mehr mit Briefen von Karl. Sie vergaß ihn nicht, aber sie verdrängte die Erinnerung an ihn. Karl gehörte endgültig der Vergangenheit an. Und dann, irgendwann nach vielen Jahren kam dieser Anruf. Es war am späten Donnerstagnachmittag. Sie hatte gerade die Praxis geschlossen und war noch dabei, einige Papiere wegzuschließen, als das Telefon klingelte. Wahrscheinlich wieder einer dieser Notfälle, bei dem irgendein junger Hund Durchfall hatte, dachte sie und nahm den Hörer ab.
„Praxis Dr. Seiffert?", meldete sie sich.
„Rose?", sagte eine Stimme leise. Paula sackten die Beine weg, sie fiel fast auf den Bürostuhl. Die Tasche, die sie in der Hand hielt, fiel auf den Boden. Noch einmal fragte die Stimme: „Rose?"

Paula brauchte alle Kraft, den Hörer zu halten. Sie glaubte Fieber zu haben, ihr war, als würden all ihre Körperteile von innen heraus glühen. „Karl? Bist du das? Karl?" Mein Gott, was war mit ihrer normalen, wohlklingenden Stimme passiert? Das war ja nur noch ein Krächzen!
„Hallo, kleine Rose!"
Paula sah ihn in Gedanken vor sich, wie er bei diesen Worten schmunzelte. Langsam beruhigte sich ihr Pulsschlag, ihr Atem wurde etwas ruhiger. „Ich hätte wohl mit allem gerechnet, aber nicht mit einem Anruf von dir, Karl. Nicht nach so vielen Jahren." „Ja, zwölf Jahre, zwölf lange Jahre", hörte sie

Karl sagen. „Aber es tut gut, deine Stimme wieder einmal zu hören."
„Wie ist es dir inzwischen ergangen?", fragte Paula im Plauderton, ihre Stimme wurde langsam etwas klarer.
„Ach, das ist eine lange Geschichte, die ich dir gerne in einer anderen Atmosphäre erzählen würde", sagte Karl. „Hast du am Wochenende schon etwas vor?" „Jetzt? An diesem Wochenende? Du bist verrückt, ich kann doch nicht Hals über Kopf nach Heidelberg fahren", rief Paula da aus, wohl wissend, dass ein Wort von ihm genügen würde.
„Nein, nicht nach Heidelberg, ich bin hier, hier in Kiel." Er nannte ihr ein vornehmes, ihr bekanntes Hotel in der Innenstadt. „Könnten wir uns morgen hier um 15 Uhr treffen? Ich denke, wir haben uns einiges zu erzählen."

Langsam legte Paula den Hörer wieder auf die Gabel. Als sie im Auto saß und darüber nachdachte, tat ihr die vorschnelle Zusage schon wieder Leid. Was sollte sie Ernst sagen? Paula lebte mit ihrer Familie in einem kleinen Vorort von Kiel, in einem umgebauten Bauernhaus. Sie freute sich jeden Abend darauf, die Stadt zu verlassen und nach Hause zu kommen.
Karl hatte die stolze Figur und Größe seines Vaters geerbt und war dunkelhaarig. Ernst war eher der nordische, der helle Typ. Mit seinen mittlerweile elf Jahren hatte Karl fast schon die Größe von Ernst erreicht. Derzeit befand er sich gerade für eine Woche mit seiner Klasse in einem Landschulheim.

Sie fand ihren Mann lesend im Garten auf der selbst gezimmerten, etwas schiefen Bank sitzen. Wann im-

mer Ernst Zeit dafür fand, hielt er ein Buch in der Hand. „Heute kam etwas für dich, Liebling", sagte er, als er Paula entdeckte. „Für mich? Was denn?"
Ernst fasste hinter sich und brachte einen kleinen, länglichen, teilweise durchsichtigen Karton zum Vorschein. „Ein Bote brachte es vor etwa einer Stunde. Wer schickt dir denn eine einzelne Rose? Ein neuer Verehrer?"
Wieder, zum zweiten Mal an diesem Tag, hatte Paula das Gefühl, jeden Moment müsse sich die Erde auftun und sie verschlingen. „Keine Ahnung. Steht denn etwas dabei?", fragte sie und bemühte sich, die Frage beiläufig klingen zu lassen. „Es liegt eine Karte darin, aber man kann sie von außen nicht lesen", erwiderte Ernst mit einem Zwinkern. Wieder einmal stellte sie fest, dass ihrem Mann der Begriff Eifersucht scheinbar völlig fremd war.

„Ich werde übrigens morgen Nachmittag nach Hamburg fahren, zu einem kurzfristig einberufenen Symposium. Ich fahre direkt nach der Sprechstunde los, rechne also morgen Abend nicht so früh mit mir. René wird meine Patienten übernehmen." „Wollten wir nicht morgen Abend zu Karin und Helge auf ein Glas Wein?", fragte Ernst, nun doch etwas enttäuscht. „Du kannst ja alleine hingehen und für mich ein Glas mittrinken", versuchte Paula zu scherzen. „Ich gehe kurz duschen, bis gleich. Ach, hast du schon etwas gegessen?", sagte sie und nahm den Geschenkkarton, der in ihren Fingern wie Feuer brannte. „Ich hatte ein sehr spätes Mittagessen, danke der Nachfrage. Willst du nicht nachsehen, was auf der Karte steht?" Für Paula klang er plötzlich wie die Frau, die ihr damals bei Karl die Tür geöffnet hatte. „Das mach ich oben, sei nicht so neugierig", rief sie schon fast an der Terrassentür, darum bemüht, einen lockeren Ton zu treffen.

Kaum in ihrem Schlafzimmer angekommen, schaute sie sofort durch die Gardinen nach unten in den Garten. Ernst saß noch immer auf der Bank, allerdings las er nicht. Paula riss den Karton auf. Natürlich war er von Karl, keine Sekunde hatte sie daran gezweifelt. „Für Rose", stand auf der Karte. Kein Absender, nichts. Sie fühlte sich wieder jung. Ihr Gesicht glühte wie das eines jungen Mädchens. Dann dachte sie an Ernst. War es richtig, was sie tat? Er hatte ihr in all den Jahren nie Grund zur Eifersucht gegeben, er war immer ehrlich zu ihr gewesen. Aber Karl war das Abenteuer. War sie denn schon zu alt für ein Abenteuer? Sie schaute kurz in den großen Ankleidespiegel. Mit dem Ergebnis konnte sie sehr zufrieden sein. Ihre jugendliche Figur, die Karl so geliebt hatte, hatte sie erhalten. Regelmäßiges Jogging und das vor einiger Zeit aus Übermut begonnene Rollerskating hatten sehr geholfen. Sie musste sich nicht verstecken, vor niemandem.

Ernst sah auf, als Paula herunterkam. Sie hatte geduscht und sich etwas Bequemes angezogen.
„Frag mich nicht, die Karte war anonym. Es stand nur drauf, die Rose sei für die schönste Tierärztin der Welt. Und danach nur ein Buchstabe, F. Kennen wir jemanden mit F?", fragte sie. „Das war der einzige Hinweis? F? Einige wüsste ich schon, aber keiner von denen käme auf die Idee, dir eine Rose zu schicken."
Paula setzte sich im Schneidersitz in die Hängematte, löffelte ihren Joghurt, den sie sich aus der Küche mitgebracht hatte, und bemühte sich um Nor-

malität. Nur jetzt keine langen Gespräche darüber, dachte sie. „Wie war dein Tag?", fragte sie. Sie wusste, wenn Ernst erst einmal angefangen hatte zu erzählen, würde sie eine lange Zeit Ruhe vor ihm haben. Er brauchte dieses „Abladen", wie er es nannte. So verdaute er seinen kompletten Tag. Sie warf ab und zu mal ein „Hmmm" oder ein „Hmmm?" in seine Ausführungen ein, und damit war er vollauf zufrieden.

Nach etwa einer halben Stunde hatte er seinen Monolog beendet. Er trank noch sein Glas Rotwein aus, gab seiner Frau einen Kuss auf die Wange, klappte sein Buch zu und sagte, er wolle heute einmal sehr früh schlafen gehen. Er wünschte ihr noch eine gute Nacht und eine schöne Fahrt am nächsten Tag. Paula blieb noch eine ganze Weile in der Hängematte sitzen und hing ihren Gedanken nach, bevor sie mit einem langen Seufzer nach oben ging. Es hatte keinen Sinn, darüber zu grübeln, sie wollte einfach alles auf sich zukommen lassen.

Der nächste Tag verging quälend langsam. Paula sah ständig auf die Uhr, die Zeiger hatten kein Mitleid mit ihr. Doch endlich war es soweit. Sie beendete die letzte kleine Operation an einem jungen Kater, legte den Arztkittel ab, machte sich kurz frisch und schon saß sie in ihrem Auto. Als sie am Hotel in der Innenstadt ankam, stellte sie fest, dass sie fast eine halbe Stunde zu früh dran war. Sie setzte sich ins Restaurant, bestellte sich ein Glas Champagner und wartete. Es dauerte keine fünf Minuten, dann kam Karl. Sie erkannte ihn schon von weitem an seiner Größe und sie musterte ihn wohlgefällig.

Karl war älter geworden. Er hatte um die Hüften herum etwas zugelegt, aber wenn man die Vierzig erst mal überschritten hatte, war man eben nicht mehr taufrisch. Er war noch immer eine imposante Erscheinung mit seinem dunklen, dichten Haar. Die leicht ergrauten Schläfen machten ihn fast noch attraktiver als damals, fand sie. Er kam lächelnd auf sie zu. Wie hatte sie dieses Lächeln geliebt, seinen Witz, seine charmante Art. Ihr Herz konnte nicht mehr zerspringen, es lag schon in tausend Scherben schwer in ihrem Brustkorb, als er ihr beide Hände reichte.
„Hallo, kleine Rose", sagte er und diese kleinen Grübchen, die sie immer so geliebt hatte, erschienen wie hingezaubert in seinem Gesicht. „Hallo Karl, schön dich wieder mal zu sehen." Sie gab den Versuch gleich wieder auf, ihre Stimme kontrollieren zu wollen.
„Rose, du siehst einfach hinreißend aus, du bist schöner als jemals zuvor."

Nach diesem Satz gab sie es auch auf, die Röte zu bekämpfen, die ihr ins Gesicht stieg. Wozu auch? Wie selbstverständlich führte er sie ins Innere des Hotels, nachdem er dem Ober einen Wink gegeben hatte. Kaum hatten sie die Tür zu Karls Zimmer hinter sich geschlossen, fielen die beiden schon wie zwei Verdurstende übereinander her. Dann blieb plötzlich alle Zeit stehen, kein Augenblick zählte mehr, sie erlebte Höhen, die sie mit Ernst nie würde erleben können und nie erlebt hatte.

Karl war ein wundervoller, ein zärtlicher Liebhaber, der auch fordernd sein konnte, der ihre geheimsten Gedanken las, wie in einem aufgeschlagenen Buch.

So ist es, dachte sie, geliebt und begehrt zu werden, so ist es. Als sie beide für kurze Zeit aus dem Strudel ihrer Gefühle auftauchten und nebeneinander lagen, schien es ihr, als seien mehrere Stunden vergangen, aber ein Blick auf die Uhr sagte ihr, dass sie sich erst knapp eine Stunde in Karls Zimmer aufhielt.

„Ich liebe dich, Karl!", sagte sie schwer atmend. „Mein kleines Verhältnis Rose", erwiderte er. Plötzlich fühlte sie einen Stich. Diesen Satz hatte sie nicht erwartet. Damals, ja damals war der Satz passend, aber jetzt, nach dieser Stunde? Nachdem sie sich so lange nicht gesehen hatten? Sie verkrampfte innerlich und sie fröstelte leicht, obwohl es angenehm warm war im Zimmer.
„Hast du die Rose noch? Meine Rose?", fragte er. „Ja, ich habe sie noch", sagte sie leise.
„In meinem Leben ist nicht alles so gelaufen wie es hätte laufen sollen, kleine Rose. Es gab viele Komplikationen, weißt du? Als ich unser erstes Treffen verpasste, war ich krank, der Magen. Ich musste ins Krankenhaus. Und ein Jahr später traute ich mich nicht, einfach wieder so anzufangen, wie wir aufgehört hatten. Es wurde jedes Jahr schwerer für mich. Dabei habe ich immer nur an dich gedacht, das musst du mir glauben."
„Es muss doch eine andere Frau geben. Hast du keine Familie?", fragte sie, während sie sich herumdrehte, um ihm direkt in die Augen sehen zu können.
„Ich könnte nie eine andere Frau als dich lieben, mein Liebling, nie könnte ich das." Warum lügt er mich jetzt an, dachte sie. Aus welchem Grund tut er das?
„Und was ist mit dir? Bist du verheiratet? Hast du

Kinder?", fragte er und streichelte dabei sacht über ihren Rücken. "Ja, ich bin verheiratet. Seit ... elf Jahren." Sie zögerte kurz, bevor sie weitersprach. "Und ich habe einen Sohn." "Ja? Wie alt ist denn dein Sohn? Und wie heißt er?", fragte er neugierig.
"Haben wir uns getroffen, um hier auf Konversation zu machen?", versuchte sie, ihn abzulenken. Er sah sie an. "Nein, da wüsste ich etwas viel Besseres", sagte er und küsste sie. Noch einmal genoss sie den sexuellen Rausch, aber es war nicht mehr das Gleiche wie zuvor. Etwas in ihr war kaputtgegangen. Er hatte sie belogen.

Irgendwann Stunden später sagte sie: "Karl, es war sehr schön, aber ich muss jetzt leider wieder gehen." Er war völlig überrascht. "Ich dachte, wir würden das ganze Wochenende zusammen verbringen? Ich hatte schon Pläne für uns gemacht", sagte er enttäuscht. "Tut mir Leid, aber eine verheiratete Frau hat eben so ihre Verpflichtungen, mein Lieber."
"Wann sehen wir uns wieder?"
"Ich weiß nicht, ob wir uns wieder sehen sollten, Karl", sagte sie, während sie sich anzog. Er schien sich schnell mit der neuen Situation abzufinden. Sie sah, wie er nackt das Bett verließ und seine Hosen aufnahm. Einem alten Verhältnis trauert man nicht nach, dachte sie.
"Ich bringe dich auf jeden Fall noch zum Wagen."
Paula schüttelte den Kopf.
"Nein, nein, man könnte uns sehen, ich finde den Weg schon allein."
Sie fühlte sich wie ein junges Tier, das schnell vor einem gefährlichen Löwen flüchten muss. Die Situation war irgendwie grotesk, irgendwie unwirklich. Alle Vertrautheit war von ihr abgefallen, er wurde ihr

mit jeder Sekunde fremder. Mit diesem Mann, der da barfuß, nur mit Hosen bekleidet vor ihr stand, hatte sie sich vor ein paar Minuten noch ekstatisch im Bett gewälzt? Unglaublich. Sie küsste ihn auf die Wange und sagte: „Ich hasse lange Abschiede, Karl. Mach's gut, ich wünsche dir von ganzem Herzen alles, alles Gute."
„Rose, was ist denn mit dir? Hab ich irgendetwas Falsches gesagt?", fragte er und wollte sie festhalten.
„Nein, du hast alles richtig gemacht, es liegt wohl an mir. Auf Wiedersehen, Karl."

Sie hatte die Türklinke schon in der Hand, als er sagte: „Und dein Sohn? Wie heißt denn jetzt dein Sohn?" Sie drehte sich ein letztes Mal nach ihm um und sagte: „Er hat den gleichen Vornamen wie sein Vater." Dann schloss sie schnell die Tür.
Paula schaffte es gerade noch bis zum Stadtrand. Dort hielt sie an und heulte hemmungslos, als habe sie gerade die Nachricht vom Tode eines geliebten Menschen gehört. Erst eine Stunde später fuhr sie zu Hause in ihre Einfahrt, der Wagen von Ernst stand in der Garage, die Gartenbeleuchtung brannte.

„Was war denn mit deinem Symposium?"
Sie lächelte ihn gequält an und sagte: „Ach, zwei Kollegen mussten absagen, daher haben wir es auf ein andermal verschoben. Wir haben nur so ein wenig gefachsimpelt."
Er sah auf die Uhr. „Dann habt ihr aber sehr schnell gefachsimpelt. Ich wollte gerade zu Helge und Karin gehen, wir hatten 20 Uhr ausgemacht, willst du nicht mitkommen?" Paula überlegte kurz.
„Würdest du mich entschuldigen, ich fühl mich einfach wie gerädert, es war ein sehr langer und

anstrengender Tag. Ich werde duschen und dann gleich ins Bett gehen." "Schade, aber ich werde sehen, was ich tun kann, um dein Fernbleiben zu entschuldigen. Die beiden werden schwer enttäuscht sein, weil ich dich nicht mitbringe", versuchte er es ein letztes Mal.

Sie war bereits auf der Treppe. „Du schaffst das schon!", rief sie ihm zu, bevor er die Klinke in die Hand nahm. „Und Ernst …?" Er drehte sich erneut nach ihr um. „Ja?", fragte er. „Ich liebe dich!" Dann sprang sie die restlichen Treppenstufen hinauf.

Seit diesem Tag war Paula förmlich wie ausgewechselt. Ihre Liebe zu Ernst erwachte wie aus einem langen Traum, als durchbräche sie die Oberfläche eines tiefen, sehr tiefen Meeres, in dem sie versunken war. Ernst lernte seine Frau von einer völlig neuen Seite kennen.

Ihr Lachen klang freier und offener als früher. Sie küsste ihn immer wieder einmal und sah ihn dabei an, als sähe sie ihn zum ersten Mal in ihrem Leben. Und sie sagte ihm immer wieder, dass sie ihn liebe, was sie früher praktisch nie getan hatte.

Paula und Ernst führten danach eine wundervolle, noch über dreißig Jahre dauernde Ehe. Bis Ernst vor einem Jahr überraschend an Krebs starb. Paula zog daraufhin zu ihrem Sohn Karl, der inzwischen auch verheiratet war und zwei Kinder hatte. Seit seinem Tod hatte Paula allen Lebensmut verloren. Stundenlang saß sie nur in ihrem Stuhl am Fenster und beobachtete das Geschehen im Haus und im Garten. Auch jetzt saß sie wieder dort. Neben ihr auf dem

Tisch lagen die Bücher, die ihre Enkelin gebracht hatte. Auf ihrem Schoß lag das Buch, in dem sich Karls Rose befunden hatte.

Paula legte den Kopf zurück, schloss ihre Augen und lächelte. Sie hatte sich spät, aber nicht zu spät, doch für den Richtigen entschieden. Und Karl hatte sich geirrt. Sie hatte seine Rose noch, aber ihre Liebe zu ihm war lange erloschen. Eine kleine Träne suchte sich einen Weg durch ihr vom Alter gezeichnetes Gesicht. So fand sie auch eine Stunde später ihr Sohn Karl, als er nach Hause kam. Sie saß ganz friedlich in ihrem Lieblingssessel, ein Buch lag neben ihr auf dem Boden, sie hatte eine vertrocknete Rose in der Hand. Ein Lächeln umspielte ihr Gesicht. Sie sah aus, als würde sie schlafen.

Hinter dem Fenster

Von Katja Kutsch

Bitte liebe mich! Ich liebe dich doch auch. Ist es denn ein so abwegiger Gedanke, dass du mir Einlass gewähren könntest in deine Welt jenseits dieser dreckigen Fensterscheiben? Ich würde mich dort auch ganz klein machen, würde versuchen, mich gut zu benehmen und nichts kaputtzumachen. Wenn du es wünschst, würde ich sogar meine Haare blau färben, weil Blau deine Lieblingsfarbe zu sein scheint. Du trägst immer diese blauen Hemden, und ein kleines bisschen Farbe würde mir sicher gut zu Gesicht stehen. Wenn es dir aber lieber wäre, würde ich mich auch unsichtbar machen und nur, wenn du es erlaubst, wenn wir dann ganz alleine wären, würde ich wieder sichtbar sein. Wir könnten uns auf diese Weise eine eigene Welt erschaffen, in der ich nur für dich existiere und du nur für mich. Irgendwann, wenn unsere Beziehung gefestigt und gewachsen ist, besäßen wir vielleicht ein ganzes Universum mit eigenen Planeten. Alle Sterne würden deinen Namen tragen und die Sonne besäße dein Antlitz. Ob dir das wohl gefallen würde?

Ich weiß nicht, warum dieser Typ schon wieder wie besessen auf die Fensterscheiben starrt. Sollte er die Fenster nicht putzen? Oder werden Fenster jetzt durch das bloße Ansehen sauber? Ein Geheimtipp von Meister Proper? Ich kann mich einfach nicht mehr konzentrieren. Diese verdammten Zahlen machen mich langsam wahnsinnig und auf meinem Bildschirm spiegelt sich die ganze Zeit das Gesicht des Fensterputzers wider. Vielleicht sollte ich ihn fragen, ob alles in Ordnung ist mit ihm.

Vielleicht fühlt er sich nicht wohl und möchte etwas trinken.
Nein. Jetzt putzt er wieder weiter und schaut in eine andere Richtung. Komischer Junge. Der ist doch höchstens zwanzig Jahre alt. Hätte er mal etwas Anständiges gelernt, müsste er jetzt nicht mit Eimer und Lappen auf irgendwelchen Gerüsten herumturnen. Sein Job scheint ihm ja nicht besonders viel Freude zu machen. Als ich in seinem Alter war, habe ich studiert und war jeden Abend auf Partys, habe das Leben genossen. Mein Gott, wie schnell die Zeit vergeht! Eben war ich noch ein junger Bursche voller Erwartungen, Plänen und Illusionen, und einen Atemzug weiter bin ich Mitte dreißig und ein gelangweilter Buchhalter in einem riesigen Bienenstock voller emsiger Bienen. Womöglich ist er krank. Es ist sehr kalt dort draußen. Ich denke, ich sollte ihn im Auge behalten. Nun aber zurück zu meinen Zahlen.

Ich glaube, jetzt ist ihm aufgefallen, dass ich ihn anstarre. Er hat gerade so merkwürdig zu mir hingesehen. Ob er mich in den letzten zwei Monaten überhaupt schon einmal wahrgenommen hat? Oder bin ich für ihn ein Nichts? Ein bisschen Dreck am Fenster, den man aus den Augenwinkeln flüchtig wahrnimmt und sofort wieder vergisst? Für einen Moment hatte ich das Gefühl, er würde mich beobachten. Jetzt starrt er wieder gebannt auf seinen Bildschirm, auf dem sich endlose Zahlenkolonnen aufreihen, wie Soldaten beim Morgenappell. Sicher sitzt auf seinem athletischen Hals ein kluger Kopf.

Jetzt wischt er schon seit fünf Minuten auf der gleichen Stelle herum. Wenn er so weiter schrubbt, ist er durch das Glas durch. Zahlt das eigentlich die

Versicherung?

Gut gekleidet ist er auch. Immer im Anzug und mit einem sorgfältig gebügelten Hemd am Leib. Was trägt er eigentlich für Schuhe? Schuhe können manchmal den wahren Menschen, der sich hinter einem teuren Zwirn versteckt, entlarven. Sind sie billig, dann handelt es sich um jemanden, der nur so tut, als wäre er ein feiner Mann. Dann fühlt er sich eigentlich nicht wohl in seiner Verkleidung und würde viel lieber in Jeans und T-Shirt herumlaufen. Wenn er gute und teure Schuhe trägt, ist er ein Mann mit Stil und einem festen Charakter. Wenn er aber gute und teure Schuhe trägt, die durchgelaufen sind und einen neuen Absatz vertragen könnten, ist er ein Mann mit Stil, der auch einen Sinn für die angenehmen Seiten des Lebens besitzt. Ich hoffe, er gehört zur letzten Kategorie. Dann könnten wir sicher viel Spaß zusammen haben in unserer gemeinsamen Welt. Ich werde mich ein wenig hinunterbeugen, um einen Blick auf seine Schuhe erhaschen zu können.

Warum rutscht er denn jetzt auf den Knien hin und her? Ich werde nun doch einmal das Fenster öffnen und ihn fragen, ob ihm was fehlt. „Hallo du! Alles in Ordnung bei dir? Kann ich dir ein Glas Wasser bringen?"

Oh mein Gott, was sag ich denn jetzt? Ich fürchte, ich habe meine Sprache verloren. Sie muss wohl vom Gerüst gepurzelt sein. Ich werde meinen Job kündigen müssen, weil ich gleich bestimmt etwas ganz Dummes mache und mich danach nie wieder hier blicken lassen kann. „Äh, a-a-alles o.k., Da-nke." Nicht stottern! Versuche zu lächeln! Versuche es!

Merkwürdiger Typ. Grinst mich an wie ein Honigkuchenpferd. Es ist komisch, aber irgendetwas an seinem Lächeln berührt mich. Ich weiß nicht, warum, aber ich habe das Gefühl, ich sollte meinerseits ein Lächeln erwidern.

Er hat zurückgelächelt. Wow! Ich werde diesen Tag in meinem Leben nicht mehr vergessen können. Ich muss mir sein Lächeln einprägen, muss es gefangen halten in meinem Kopf und nie wieder hinauslassen. Dieses Lächeln gehört nur mir allein. Er hat es mir geschenkt, und mich damit sehr glücklich gemacht. Schade, dass er das Fenster wieder schließt. Jetzt beschäftigt er sich abermals mit seiner Zahlenarmee.

Die Zahlen scheinen vor meinen Augen davonzulaufen. Sie wollen einfach nicht mehr in meinen Kopf hinein. Und wenn doch ein paar dieser widerlichen kleinen Monster den Eingang finden, laufen sie in meinem Gehirn durcheinander ohne Sinn und Verstand. Ich werde wohl besser Feierabend machen. Heute bekomme ich sowieso nichts mehr auf die Reihe. Ich weiß nicht, was mit mir los ist. Der arme Junge auf dem Gerüst wird doch sicher auch bald Feierabend machen. Die Fenster sehen wieder sauber aus. Glasklare Durchsicht zu allen Seiten. Vielleicht sollte ich ihn fragen, ob ich ihn irgendwohin mitnehmen kann. Nur der Sicherheit halber. Der Kleine scheint mir doch ein wenig verwirrt zu sein. Jetzt starrt er wieder wie gebannt durch die Scheiben. Ich glaube, ich sollte ihn wirklich fragen.

Ich würde ihn so unglaublich gerne küssen! Nur ein einziges Mal. Das würde mir schon genügen. Vielleicht auch ein zweites Mal, aber davon würde ich dann träumen, nachdem ich einen ersten Kuss auf meinen Lippen trage. Ob er eine Ahnung davon hat, was er für mich ist? Er ist mein Montag, weil ich an diesem Tag die Fenster im fünften Stock dieses Bürogebäudes putzen darf. Er ist mein Dienstag und mein Mittwoch – die Tage, an denen ich von den Bildern zehre, die ich von ihm in meinem Kopf habe. Er ist mein Donnerstag und mein Freitag, wenn ich traurig bin, weil die Bilder verblassen und ich mich nach neuen Erinnerungen sehne. Er ist mein Samstag und mein Sonntag, weil ich die Stunden zähle, die ich noch zu warten habe, bis ich ihn wieder sehe. Ich würde ihn auch gerne umarmen. Ich denke, ich bin für heute fertig mit dem Putzen.

Er scheint mit dem Putzen fertig zu sein. Warum nur verlässt er das Gerüst nicht? Der arme Junge klammert sich an die Stangen, als würde er irgendwo Halt suchen. Vielleicht ist ihm ja schwindelig. Ich werde jetzt noch einmal das Fenster öffnen. „Ist auch wirklich alles in Ordnung bei dir? Kann ich dir irgendwie helfen? Ich fahre in ein paar Minuten in die Stadt. Soll ich dich mitnehmen?"

Mein Herz! Ich habe das Gefühl, die ganze Stadt kann es klopfen hören. Ein einziger Herzschlag ist so laut, dass ich Angst habe, die Scheiben könnten unter dem Druck, den das laute Echo meines Herzschlags verursacht, zerspringen.

Was hat er denn jetzt? Er glotzt mich an, als hätte ich ihn gefragt, ob er mit mir auf den Mond reisen wolle.

Mein Universum gerät in Aufruhr. Ich glaube, gleich gibt es einen zweiten Urknall und vielleicht entsteht dabei ja die Welt, die nur für ihn und mich geschaffen ist. „A-a-also ich ... Gerne, wenn es Ihnen nicht, also, ich will ja keine ... Wenn es keine Umstände macht. Ich bin hier fertig. D-a-anke."

Ach Gott, er stottert ja. Wie niedlich. Und ganz rot im Gesicht ist er. Er braucht doch nun wirklich keine Angst vor mir zu haben. „Komm, nimm meine Hand. Ich helfe dir, durch das Fenster in mein Büro zu steigen."

Er reicht mir tatsächlich seine Hand. Der liebe Gott meint es wohl heute gut mit mir. Ich muss nur noch zugreifen, und dann werde ich ihn spüren können.

Jetzt nimm schon meine Hand, Kleiner, sonst bekomme ich noch einen Krampf im Arm.

O.k., greif jetzt zu! Greif einfach zu!

Na endlich! Seine Hand fühlt sich kalt an. Ist ein ziemlich frischer Herbsttag heute.

Er ist ganz warm. Er zieht mich zu sich heran, und gleich werde ich ihn riechen können.

Jetzt haben wir es gleich geschafft. Nur noch ein Schritt und du bist drin.

Nur noch ein Schritt und ich könnte ihn umarmen oder vielleicht sogar küssen. Soll ich diesen Schritt tatsächlich wagen? Ich muss ihn einfach küssen. Ich kann nicht anders.

Na endlich: Er kommt näher. Noch näher. Sein Gesicht ist so nah. Er hat ja unglaublich schöne Augen, türkisblau wie der Ozean im letzten Griechenlandurlaub. Was hat er vor? Oh mein Gott, er hat mich geküsst! Mitten auf den Mund. Warum? Was geschieht hier? Ich bin ein wenig erschrocken. Es tut mir Leid, aber ich habe ihn reflexartig zurückgestoßen. Er taumelt zurück auf das Gerüst.

Hilfe!!! Ich verliere das Gleichgewicht! Aber der Kuss auf meinen Lippen wird mich beschützen, mich sicher nach unten geleiten und dort ein Bett für mich ausbreiten. Ich falle ... Es tut nicht einmal weh.

Scheiße! Er stürzt in die Tiefe! Ihm darf nichts passieren! Wenn ihm etwas zustößt, werde ich meines Lebens nicht mehr froh. Er ist doch noch so jung!

Epilog

„Hallo Marlene!"
„Guten Morgen, Sabine!"
„Hast du das gestern Nachmittag eigentlich noch mitbekommen? Ein Mitarbeiter der Gebäudereinigungsfirma Sonnenschein & Co ist beim Fensterputzen vom Gerüst gefallen. Wie durch ein Wunder hat er den Sturz aus dem fünften Stock fast unbeschädigt überlebt. Hat nur ein paar Prellungen."
„Himmel!"
„Ja, und stell' dir vor, der Schulze aus der Buchhaltung ist direkt hinuntergelaufen und hat sich wohl ganz rührend um den Jungen gekümmert. Er hat sehr besorgt reagiert. Übertrieben besorgt!"
„Ach ehrlich? Ist er vielleicht verwandt mit dem

Jungen?"

„Nee, der Schulze hat doch keine Verwandten. Ich glaube, der ist aus dem Ei geschlüpft."

„Warum war er denn dann so besorgt?"

„Wer weiß. Der Schulze ist ja sonst immer so ein verschlossener Typ, aber ich sag dir: stille Wasser sind tief. Herr Klein vom Empfang hat mir sogar erzählt, er sei mit dem Jungen zusammen ins Krankenhaus gefahren."

„Was, der Schulze? Das ist ja ein Ding! Ist der Schulze nicht eigentlich verheiratet?"

„Nee, ich glaub', der ist geschieden. Seine Frau ist doch mit so 'nem russischen Immobilienmakler durchgebrannt."

Auf Wiedersehen

Von Timm Grönlund

Sie war meine große Liebe. Das Mädchen mit dem blonden Zopf. Ich war zehn. Dass es Liebe war, konnte ich nicht wissen. Ein verfrühtes Gefühl, ungeschützt und seiner Zeit voraus, wie ein Schmetterling im Februar.
Am Klettergerüst des Schulhofs stießen wir zusammen. Sie fiel. Sie war nicht aus meiner Klasse. Doch anstatt einfach weiter zu toben, half ich ihr auf. Ich reichte ihr meine Hand. „Danke", sagte sie. Und als sie lächelte, erwachte in ihren Kinderaugen ein tiefes Geheimnis. Sie wurde ein wenig rot.
Ich konnte meinen Blick nicht von ihr wenden. Die anderen Jungen lachten vom Klettergerüst herab. Nach der Schule folgte ich ihr heimlich auf meinem Rad. Den anderen Jungen log ich etwas von häuslichen Pflichten vor. Ich sagte nicht welche. Niemandem erzählte ich irgendetwas von ihr. Das Mädchen mit dem Zopf bog in eine Gasse hinter den Reihenhäusern. An einer Gartenpforte mit Wein umranktem Spalierbogen stieg sie ab. Das Laub verbarg die Pforte beinahe völlig. Ich höre ein Scharnier leise quietschen. Sie verschwand. Ich fuhr in die Gasse und rollte an der Pforte vorüber.

Von nun an radelte ich täglich so oft durch die Gasse des Mädchens mit dem blonden Zopf, bis ich sie wenigstens ein Mal gesehen hatte. Manchmal stand sie an der Pforte. Dann rief ich: „Hallo!", und sie antwortete: „Hallo!" So ging es den ganzen Sommer bis zu jenem Freitag im September. Der Wein färbte sich bereits gelb und rot. Ich bog in die Gasse. Sie schaute mir entgegen als hätte sie mich erwartet. Ich hielt. Sie lächelte, und ich versuchte es möglichst gelassen auch. Sie trug ein taubenblaues Kleid. Es war wunderschön. Wir sprachen über die Schule, die Lehrer und das Schwimmbad. Gerade wollte ich ein Treffen im Schwimmbad vorschlagen, da streckte sie mir ihre kleine Hand entgegen. „Auf Wiedersehen", sagte sie mit dem großen Ernst, den nur Kinder in solche Momente legen können. „Auf Wiedersehen. Ich ziehe fort."

Ich war noch zu jung und zu verwirrt, um nach dem Ort oder gar nach ihrer neuen Anschrift zu fragen. Ich nickte nur und sagte auch: „Auf Wiedersehen." Sie schwieg. Dann stieß ich mich mit dem Fahrrad von der Pforte ab und rollte davon. Auf Höhe des nächsten Gartens drehte ich mich plötzlich um und rief: „Lebe wohl!" Sie winkte in ihrem taubenblauen Kleid. Ich habe das Mädchen mit dem blonden Zopf nie wieder gesehen und unsere Geschichte niemandem erzählt. Doch weckt mich ihr „Auf Wiedersehen" bis heute mitunter aus dem Schlaf.

Kurz nach meinem 15. Geburtstag hatte ich meine erste feste Freundin. Wir küssten uns. Ein halbes Jahr später machte sie wegen eines anderen Schluss. Mit 16 hatte ich meine zweite Freundin. Ich habe Liebesbriefe geschrieben und bekommen, „Ich-hab-dich-lieb" geflüstert und in meinem Ohr gehört. Ich habe es gemeint und empfunden. Dann war die Schulzeit vorüber, ich zog fort, studierte, fand einen Beruf und lebte lange Jahre im Ausland. Ich habe viele Menschen kennen gelernt, habe mit ihnen gearbeitet, gefeiert und gelacht und sie wieder aus den Augen verloren. Ich habe Namen und Gesichter vergessen, obwohl ich ein gutes Gedächtnis dafür habe. Doch jedes Mal, wenn ich einer blonden Frau in meinem Alter begegne, suche ich in dem Gesicht, oft ohne es zu merken, nach dem Lächeln eines kleinen Mädchens mit blondem Zopf. Schließlich habe ich geheiratet, eine wunderbare Frau, klug und schön, die beste Mutter, die ich meinen Kindern, einem Mädchen und einem Jungen, nur wünschen kann. Wir ergänzten uns gut, die Familie gedieh. Die Kinder wuchsen heran wie gesunde, gerade Bäumchen. Ein Haus wurde gebaut, am Stadtrand mit Garten. Ich war stolz auf meine glückliche Familie. In diesen Jahren, als die Kinder laufen lernten, auf Bäume kletterten und nach sonntäglichen Ausflügen schlafend in ihre Betten getragen werden mussten, habe ich angefangen, das „Auf Wiedersehen" des Mädchens mit dem blonden Zopf seltener zu hören.

Und heute feiert die Freundin meines fast volljährigen Sohnes Geburtstag. Sie holt ihn mit ihren Eltern ab, weil unser Haus an ihrem Weg liegt, und ich und meine Frau sehr beschäftigt sind. Ich bringe meinen Jungen zur Straße. Das Mädchen springt aus dem Auto und gibt ihm einen Begrüßungskuss. Mir gibt sie die Hand. Sie hat ein angenehm natürliches Lächeln. Ich mag das Mädchen. Am Steuer des Wagens sitzt ihr Vater und mir zugewandt ihre Mutter. Von der Gartenpforte rufe ich meinen Dank. Das Auto rollt an. „Gern geschehen" und „Auf Wiedersehen", ruft die blonde Frau lachend zurück. Mein Herz tut einen harten Schlag. Meine Gedanken wirbeln. Meine Stimme versagt. Ich bringe nichts hervor. Habe ich doch den Namen des Mädchens mit dem blonden Zopf nie erfahren.

Frühling

Von Lena Petri

Kalt ist es geworden. Der erste Schnee ist vor wenigen Stunden gefallen. Sanft hält er nun die Welt gefangen. Überzieht sie mit seinem eisigen Schweigen.

Das Leben wird nun langsamer. Es wird nicht stillstehen, dass tut es niemals, doch es wird ruhiger. Die Vitalität, welche den Menschen im Frühling überkommt, die die Sinne verwirrt und uns suggeriert, fröhlich und unbefangen zu sein, wird bald aus unserem Geist verschwinden. Wird sich, wie die Blumen, unter einer dünnen Schicht aus Schnee und Kälte verstecken. Bis die Sonne des Frühlings erneut alles auferstehen lässt.

Die Luft ist klirrend kalt geworden. Mein Atem bildet kleine, weiße Wolken. Ich ziehe die Schultern hoch und vergrabe meine Hände noch tiefer in meinen Hosentaschen. Wärmer werden sie dadurch nicht. Mein Körper zittert immer noch unkontrolliert. Meine Gesichtsmuskeln sind verspannt und die Kälte, welche vom Boden aufsteigt, kriecht lautlos durch meine Schuhsohlen. Leise ächzt der Schnee unter meinen Füßen gequält auf. Dieses Geräusch lässt mich erneut zusammenzucken und ein Seufzer entrinnt meiner Kehle. Was ist das nur für ein seltsamer Abend, denke ich, schüttle meinen Kopf und einige Schneeflocken rieseln aus meinem Haar hinab.

Es ist in der Tat einer sehr seltsamer Abend. Die Straßen sind wie leer gefegt, niemand säumt meinen Weg. Nicht einmal die gewohnten späten Heimkehrer, die einem doch sonst immer hier und da über den Weg laufen. Fast scheint es so, als wäre ich der einzige existierende Mensch in dieser sonst so lauten und hektischen Stadt. Ich schmunzle leicht über diesen Gedanken. Für einen kurzen Moment bleibe ich stehen und blicke hinauf in den schwarzen Nachthimmel. Sterne leuchten über mir. Aufmerksam betrachte ich die kleinen Lichter. Sanft scheinen sie aufzuflackern, erhellen das schwarze Firmament mit ihrem diffusen Licht. Erneut seufze ich leise auf und noch immer beschäftigt mich die gleiche Frage. Die Frage, warum du mich mitten in der Nacht angerufen hast. Was ist so wichtig, dass es nicht bis zu einer humanen Uhrzeit warten kann?

Du bist manchmal wirklich ein komischer Mensch. Um diesen Umstand weiß ich zwar nicht erst seit ein paar Tagen, aber deine Spontaneität überrascht mich immer wieder. Aber schätze ich dich nicht gerade aus diesem Grund so sehr? Weil du eben nicht so wie alle anderen bist, dich in kleinen wie großen Dingen stark vom Rest unterscheidest. Du gehst durch das Leben mit einer Leichtigkeit, die wahrlich beneidenswert ist. Jedem noch so dunklen Augenblick vermagst du etwas Positives abzugewinnen. Schaffst es selbst auf erstarrte, traurige Gesichter ein Lächeln zu zaubern. Wenn du den Raum betrittst, beginnt er zu leuchten. Wenn man mit dir zusammen ist, spürt man den Winter nicht mehr. Es ist wie ein ewiger Frühling …

Ich lächle schief, nehme meinen Blick von den Sternen und laufe langsam weiter.
Deine Wohnung ist von der meinen nicht weit entfernt. Eigentlich sind es nur wenige Straßen. Aller-

dings erscheint mir die Strecke dieses Mal länger als sonst zu sein. Gedankenverloren schweift mein Blick zu den Fenstern hinauf, alle sind dunkel. Nachdenklich erklimme ich die ersten Treppenstufen, welche zu deiner Haustür führen. Unschlüssig starre ich die Klingeltaste mit deinem Namen darauf an, strecke meinen Zeigefinger aus. Betätigen kann ich sie nicht.
‚Verdammt, du benimmst dich als wärst du zwölf', rüge ich mich selbst, atme tief durch und drücke kurz auf die Taste. Einige Minuten geschieht nichts und ich frage mich, ob du dir mal wieder einen Spaß mit mir erlaubt hast. Dann sirrt die Tür laut auf. Ein letztes Mal atme ich die kalte Winterluft tief ein. Es schmerzt unangenehm in meinen Lungen. Ich drücke die Tür auf und tauche in das stille Treppenhaus ein.

Lächelnd empfängst du mich. Du lehnst im Türrahmen und dein Körper wird von dem schwachen Licht aus deiner Wohnung umspielt. Wie eine überirdische Erscheinung stehst du da. Deine Augen blitzen im fahlen Licht. Das Lächeln um deine Mundwinkel ist spöttisch und fröhlich zugleich. „Schön, dass du gekommen bist", sagst du, schließt mich kurz in deine Arme und ziehst mich dann in deine Wohnung. Eine wohlige Wärme schlägt mir entgegen, langsam weicht die Kälte aus meinen Gliedern. Mein Körper fängt an sich zu entspannen und ich schließe kurz meine Augen. Ob vor Müdigkeit oder vor Wärme, weiß ich nicht. Immer noch lächelst du mich an, musterst mich kurz von Kopf bis Fuß. Es ist ein eindringlicher, tiefer Blick und ich fühle mich plötzlich unwohl in meiner Haut.

„Wie geht es dir?", fragst du und nimmst mir meine Jacke ab. „Wie soll es einem schon gehen, wenn man mitten in der Nacht aus dem Bett geklingelt wird und zwanzig Minuten, bei sibirischen Temperaturen, durch die Weltgeschichte laufen muss. Ausgesprochen gut würde ich sagen." Das Lächeln auf deinen Lippen wird bei meinen Worten bitter. Innerlich verfluche ich mich für sie. Ich wollte nicht, dass sie so klangen wie sie es taten. „Schön, dass du selbst um diese Uhrzeit deinen ganz besonderen Charme versprühen kannst."
Du seufzt sehr leise. Unentschlossen stehst du da und hältst dich an dem Ärmel meiner Jacke fest. Du siehst mich nicht an. „Julia." Schön klingt dein Name in meinen Ohren, ich spreche ihn gerne aus. „Was willst du denn von mir? Ist etwas passiert?" Ein leises Lachen dringt an meine Ohren und ich runzle meine Stirn. „Willst du auch einen Tee?", fragst du stattdessen. Deine Hand löst ihren Klammergriff um den Ärmel der Jacke und ohne meine Antwort abzuwarten verschwindest du in der Küche. Resigniert winke ich ab. So einfach wird es wohl nicht werden, was hätte ich anderes erwarten können? Ich bin lange genug mit dir befreundet, um zu wissen, dass du aus vielen Dingen ein Geheimnis machst. In gewisser Weise bist du selbst ein Geheimnis, jedenfalls für mich. ‚Wenn schon keine Antwort, dann wenigstens einen Tee', denke ich mürrisch und folge dir in die Küche.

Der kleine Raum ist erfüllt von leiser Musik. Dieser Art von Musik, wie sie Radiosender immer zu später Stunde spielen. Leise, beruhigend und ein bisschen deprimierend. Schweigend setze ich mich an den Küchentisch, sehe dir zu, wie du den Tee aufbrühst. Fahrig sind deine Bewegungen, deine Hände zittern leicht. Du versucht es zu verstecken, doch es gelingt dir nicht, nicht vor mir. Ich habe schon immer bemerkt, wenn etwas mit dir nicht stimmte, wenn dich etwas belastete. Haben wir nicht Nächte lang damit verbracht, einfach nur zu reden? Oft genug über einfaches, belangloses Zeug. Doch wer entscheidet schon, was belanglos ist und was nicht? Sind nicht genau diese Dinge diejenigen, welche uns am meisten beschäftigen und Freude bereiten? Die einfachen, belanglosen Dinge.

Mein Blick richtet sich auf die Tischplatte. Müde fahre ich mir über meine Augen. Die kleine Küchenuhr tickt leise vor sich hin. Man kann förmlich hören, wie die Zeit verrinnt. Ein Knarren schreckt mich aus meinen Gedanken und ich hebe meinen Blick, sehe in deine grünen Augen. Diese Augen, ich weiß es noch genau. Sie waren es, die mich vom ersten Moment an dir fasziniert haben. Es war auch nicht ihre ungewöhnliche Helligkeit. Es war das, was sich in ihnen abgespielt hatte, als ich zum ersten Mal in sie blicken durfte. Schweigend schiebst du die Teetasse näher an mich heran. Ich nehme sie dir aus der Hand. Für einen kurzen Moment berühren sich unsere Fingerspitzen. Abrupt ziehst du deine Hand zurück, als hättest du dich verbrannt. Der Ausdruck in deinen Augen verändert sich und du schlägst deinen Blick nieder. Stumm drehst du die Tasse zwischen deinen Händen hin und her. Seltsam, mir fällt erst jetzt auf, dass du schöne Hände hast. Drückend liegt diese Stille über uns, irgendetwas scheint in der Luft zu liegen. Sie förmlich zu verdicken, dass man sie fast schon mit den Händen festhalten könnte.

Argwöhnisch betrachte ich dich über den Rand der Tasse hinweg. Studiere dein Gesicht, suche Anzeichen in ihm, doch ich finde nichts. Sonst ist dein Gesicht doch immer wie ein offenes Buch für mich. „Flo." Bei der Erwähnung meines Namens schaue ich von meiner Tasse auf, blicke dich erneut an, aber du erwiderst meinen Blick nicht. „Endlich, ich dachte schon, wir wollten uns jetzt bis zum Morgengrauen anschweigen", scherze ich, doch du lächelst nicht. Es zuckt nicht einmal um deine Mundwinkel, dabei war es doch immer so einfach, dich zum Lachen zu bringen.

„Was hältst du eigentlich von Liebe und so?" Stutzig hebe ich eine meiner Augenbrauen, stelle die Teetasse auf der Tischplatte ab und falte nachdenklich meine Hände. „Was ich davon halte?", wiederhole ich deine Frage. Du nickst zaghaft und ich fahre mir nervös durch meine Haare. „Ich weiß nicht, es ist ein wunderschönes Gefühl. Jedenfalls für eine bestimmte Zeit. Aber eigentlich ist das alles doch nur eine hormonelle Angelegenheit. Sie spielen dabei einfach verrückt und es kann sehr wehtun, wenn sie sich wieder normalisiert haben." „Also reduzierst du das alles nur auf biologische Umstände?" Deine Stimme zittert bei diesen Worten. Nachdenklich starrst du die trübe Flüssigkeit in deiner Tasse an, als würdest du mit ihr sprechen und nicht mit mir. „Nein, ich reduziere es nicht nur auf biologische Umstände", erkläre ich ruhig und lehne mich sacht zurück. „Ach, ich weiß nicht. Immer, wenn ich Leute darüber reden höre, tun sie so, als könnten sie dadurch fliegen oder was weiß ich sonst noch tun. Das ist doch alles Schwachsinn …"
„Dann warst du wohl noch nie wirklich verliebt,

Flo."

Unvorbereitet trifft mich dieses, zugegeben, harte Urteil. Sprachlos starre ich dich an. Ich weiß nicht, ob ich darauf antworten sollte. Erwartest du auf deine Feststellung überhaupt eine Antwort und weiß ich nicht selbst am besten, dass du Recht hast? Ich glaube, ich war noch nie wirklich verliebt, jedenfalls bis jetzt …
Ein sanftes Lächeln bildet sich um deine Mundwinkel, fest fixieren mich deine wunderschönen Augen. „Es ist wirklich wie fliegen", flüsterst du so leise, dass es kaum zu vernehmen ist. „Dein ganzer Körper fühlt sich warm und geborgen an. Du weißt, dass es jemanden gibt, der dich um deiner selbst willen liebt und nicht, weil du vorgibst etwas zu sein, was du nicht bist. Man kann dieses Gefühl wirklich nur schwer erklären. Besonders jemandem, der es nicht kennt. Hast du so etwas wirklich noch nie erlebt?"

Nervös senke ich meinen Blick. Heftig pocht mir mein Blut gegen die Schläfen. Doch aus irgendeinem Grund bringen mich deine Worte zum Nachdenken. Auch das schätze ich so an dir, unsere Gespräche bringen mich immer zum Nachdenken. Oft habe ich noch Stunden nach unseren Treffen über unsere Unterhaltungen nachgedacht und jedes Mal kam ich zu der gleichen Feststellung. Du hattest immer Recht.

Liebe, oft habe ich mir eingeredet verliebt zu sein. Habe versucht mir eben diese Gefühle, welche du beschrieben hast, mit aller Macht einzureden. Es war jedes Mal vergebens. Sobald ich wieder klar denken konnte, die erste Phase des Verliebtseins verflogen war, fiel ich. Ich stürzte. Und dieser Fall war immer begleitet von Schmerz.

„Nein", flüstere ich ebenso leise wie du es getan hast. Meine Stimme klingt kratzig und rau in meinen Ohren. „Nein, ich konnte noch nie fliegen … Noch nie." Fest balle ich meine Hände zu Fäusten. Weiß treten meine Fingerknöchel hervor. Vorsichtig umfängt deine Hand meine Faust, streicht zärtlich über meine verkrampfte Hand, öffnet sie mit sanfter Gewalt. Irritiert blicke ich auf unsere ineinander verflochtenen Finger hinab. Stumm spielen unsere Hände miteinander, halten sich fest umschlossen. Soll ich jetzt etwas sagen oder zerstöre ich dadurch diese beruhigende, wunderschöne Stille zwischen uns?

„Hab keine Angst", flüsterst du mir zu, streichst mir mit deiner anderen Hand sacht einige Haarsträhnen aus der Stirn. „Ich werde dir nicht wehtun, Flo. Warum lässt du dir nicht zeigen, wie einfach diese Sache sein kann? Glaub mir, es ist einfach. Du musst es nur zulassen", kurz bricht deine Stimme ab, deine rechte Hand bleibt auf meiner Wange liegen. „Warum lässt du es dir nicht zeigen? Warum nicht von mir …"

Sprachlos starre ich dich an. In deinen Augen verändert sich etwas. Die Angst, welche ich zuvor in ihnen gelesen habe, wechselt in Hoffnung. War es das, was du mir sagen wolltest? Das, was nicht bis zu einem anderen Zeitpunkt warten konnte, weil dich sonst dein Mut verlassen hätte? Wortlos sehen wir uns in die Augen, betrachten die Veränderungen in ihnen. Plötzlich schlägst du deinen Blick nieder, lässt meine Hand los. „Vergiss am besten das, was ich eben gerade gesagt habe", sagst du und ziehst deine Knie fest an deinen Körper. „Ich hätte es wissen müssen, ich kenne dich lange genug."

‚Grübele nicht so viel nach, du alter Trottel', ermahne ich mich selbst, strecke vorsichtig meine Hand nach der deinen aus, umfange sie und ziehe sie wieder nahe zu mir. Argwöhnisch runzelst du deine Stirn. Selbst dabei bist du schön. Sanft umschließe ich deine Hand mit meiner zweiten, starr liegt sie in ihnen und ich betrachte sie fasziniert. Du hast wirklich wundervolle Hände. Leicht beuge ich mich vor, küsse sacht deine Fingerspitzen, deine Hand zittert. Ich kann es fühlen. „Ich glaube", flüstere ich und halte deine Hand fest in meinen, „wir haben jetzt sehr viel über einfache, belanglose Dinge zu reden, oder?" Ich lächle dich an, bemerke, wie sich dein Körper langsam entspannt. Sacht nickst du und gibst mir endlich ein Lächeln zurück.

Wie seltsam spielt das Leben doch manchmal mit uns. Oft genug glaubt man nicht an das, was es einem zu geben bereit ist. Sieht nicht, wie nahe das Gute eigentlich vor einem liegt. Unser Blick ist teilweise getrübt oder schwach, und realisiert wichtige Veränderungen nicht. Ich verstehe erst jetzt. Schweigend halte ich dich in meinen Armen. Mir ist früher nie aufgefallen, wie richtig es sich anfühlt.

Jenseits des Ozeans

Von Judith Ruf

Johanna lächelte, obwohl ihr gar nicht danach war.
Es war ihr stets wichtig gewesen, anderen nicht zu zeigen, wenn es ihr schlecht ging. So gesehen passte sie gut hierher. Es hieß, Japaner möchten das Gesicht wahren, egal, was passiert. Genauso empfand sie auch. Schon immer. Geboren mit blauen Augen, braunen Locken und dem Wunsch, nichts Schlechtes nach außen zu zeigen. Alles hinunterschlucken, vielleicht sogar heiser von dem Kloß im Hals werden, so wie jetzt. Dann fragte bei ihrem langen Räuspern und leisem Krächzen wenigstens keiner mehr danach, was denn nun genau geschehen sei. Und nach der Pause saßen alle wieder im Zimmer des Sprachkurses, ein bunter Haufen Ausländer zwischen 19 und 28, und Johanna lächelte. So gut es ging.

Sie wusste gar nicht so recht, wie alles gekommen war. Wann genau es angefangen hatte, und ob es jemals aufhören würde. Sie war verwirrt. Zu viele Gefühle auf einmal. Sie würde nach dem Unterricht ihre Sachen packen und noch heute Abend zu einer neuen Gastfamilie kommen. Vielleicht würde es ihr gelingen, sich auf den Umzug zu konzentrieren, und nicht darauf, dass sie wahrscheinlich Kiyoshi nicht mehr wieder sehen würde. Nie mehr.

Nach ihrer Ankunft in Tokyo hatte sie sich schnell eingelebt. Hier war alles so anders als in Europa, aber trotzdem fühlte sie sich wohl. Sie würde für sechs Wochen den Sprachkurs besuchen und dann in der Außenstelle einer großen deutschen Firma ein Praktikum absolvieren. Das war der Plan. Das mit Kiyoshi kam allerdings ungeplant.

Sie lebte gerne bei ihrer Gastfamilie, schließlich lernte man nur so hautnah eine völlig fremde Kultur kennen. Kiyoshi arbeitete in einer Computerfirma. Seine Frau Keiko blieb seit der Geburt ihres Sohnes zu Hause und war völlig beschäftigt mit den ganzen Freizeitaktivitäten, Kursen und Klubs, in die der kleine Taroo selbstverständlich jetzt schon musste: Früherziehung war das Stichwort. Aber das gemeinsame Abendessen war wichtig und wurde eingehalten, besonders mit dem Gast aus Europa. Für Keiko sollte immer alles richtig laufen, keine Fehler, keine Ausnahmen, ganz nach Plan. Johanna hatte das Gefühl, dass Kiyoshi die Dinge nicht so eng sah, auch mal lachte und locker war, wenn etwas daneben ging. Keiko war nie unfreundlich – sie wollte nur eben gern, dass man ihre Vorstellungen auch einhielt und erfüllte. Das tat sie selbst schließlich auch.

Kiyoshi war entspannt und irgendwie fühlte sich Johanna ihm deswegen verbunden. Oder sogar vertraut. Trotzdem war er anders als alles, was sie kannte: Sie war seltsam fasziniert von seiner Art sich zu bewegen, zu sprechen oder auch oft gar nichts zu sagen. Es entwickelte sich ein stilles Verständnis zwischen ihnen, das nur von Blicken lebte. Johanna konnte nicht sagen, wann genau es angefangen hatte, aber irgendwann spürte sie bei ihm nicht mehr nur Nähe, sondern auch Herzklopfen. Sie sah ihn an, länger, intensiver, wenn niemand da war außer ihnen beiden, beim Kochen am Abend, wenn Keiko Taroo vom Turnen holte, oder spät nachts vor dem Fernseher. Und wenn er sich dann zu ihr umdrehte, sah sie ertappt weg, nur um ihn dann doch wieder zu beobachten. Bis sich beide in die Augen sehen und lächeln konnten. Kein Verstecken mehr nötig. Jedenfalls nicht voreinander.

Eine Freundin hatte Johanna einmal gesagt, wenn du das Gefühl hast, er empfindet etwas für dich, dann ist da auch was. So etwas bildet man sich nicht ein.

Eines Abends standen Kiyoshi und Johanna nebeneinander beim Abwasch in der winzigen Küche. Er sagte beiläufig:
„Weißt du eigentlich, was dein Name bedeutet?"
Sie schüttelte den Kopf.
„Yohana", sagte er leise, und sie vergaß auf einmal, den Teller aus der Hand zu legen.
„Yo steht für den Ozean und das Land dahinter, den Westen. Und Hana bedeutet Blume. Du bist also eine Blume aus einem Land jenseits des Ozeans." Er lächelte sie an. Für einen ewigen Moment hielten beide in ihrer Bewegung inne.

Sobald andere im Raum waren, herrschte Stillschweigen. Keine Blicke, kein Herzklopfen drang nach außen. Johanna erzählte niemandem von dem, was da zwischen ihr und Kiyoshi war, weil sie nicht wusste, wie sie es benennen sollte.

Als Johanna eines Nachmittags vom Sprachkurs nach Hause kam, war alles anders. Die Nachbarin empfing sie zu Hause: Keiko hatte einen Autounfall gehabt, lag im Krankenhaus. Sie würde sich heute um Taroo kümmern, Kiyoshi war bereits im Krankenhaus. Johanna war nicht einmal geschockt, es kam ihr nur völlig unwirklich vor. Sie zog ihre Jacke gar nicht aus, drehte sich in der Tür um und setzte sich in das nächste Taxi in Richtung Krankenhaus. Es wurde langsam Abend, aber irgendwie schienen diesmal in der Stadt keine Lichter anzugehen.

Im Krankenhaus hatte Johanna das erste Mal das Gefühl, dass das Fremde, die unbekannten Schriftzeichen, die völlig anderen Menschen sie überforderten. Wie ein großes weißes Labyrinth. Irgendwie schaffte sie es zum richtigen Zimmer, Kiyoshi saß davor auf einem unbequemen Plastikstuhl.

Er schien gar nicht überrascht, sie hier zu sehen. „Sie liegt im Koma", sagte er nur, ohne Zittern in der Stimme, ohne Unruhe im Blick. Johanna nickte, zog einen anderen Stuhl an seine Seite und setzte sich wortlos.

Der Anruf des Krankenhauses hatte ihn bei der Arbeit erreicht. Er war erschrocken, aber hatte sich dann wie mechanisch bei seinem Vorgesetzten abgemeldet und auf den Weg hierher gemacht. Hatte sich die Erklärungen des Arztes angehört. Hatte sie da liegen sehen, blaue Blutergüsse und fahle Haut zwischen Bündeln von Laken, Verbänden und Kanülen. Jahrelang passiert gar nichts und dann so etwas.

Kiyoshi wollte, dass es ihr besser ging, dass sie keine Schmerzen hatte. Nur Verlangen war da nicht, kein „Verlass-mich-nicht" – es blieb lediglich die distanziert Sorge, dass alles gut gehen soll. Er sah auf die bewegungslose Frau, seine Frau, herab und merkte, dass sie in den letzten Jahren eher wie Bruder und

Schwester gelebt hatten, mit Freundlichkeit, Zuneigung, ein gutes Team. Und dass er jetzt mehr wie ein Bruder empfand, sich sorgte und sich verpflichtet fühlte. Und dann war da die Gewissheit: Die Liebe war ihnen irgendwo verloren gegangen.

Draußen vor dem Zimmer nahm er Johannas Hand. Ohne den Kopf zu heben, hielt er sie fest. Sie war etwas überrascht. Aber es fühlte sich gut an.

Es gab viel zu organisieren. Die Agentur, über die Johanna den Sprachkurs gebucht hatte, zog in Erwägung, sie in eine andere Gastfamilie zu verlegen. Spät abends war sie alleine mit Kiyoshi. Taroo kam vorübergehend zu seiner Großmutter, weil Kiyoshi zwischen Arbeit und Krankenhaus für jede Hilfe dankbar war.

Einige Tage später holte er sie überraschend an der Sprachschule ab. Er hatte frei genommen und sagte, er müsse mal raus und das alles vergessen, den Kopf frei bekommen.

Sie fuhren zum Meer und spazierten am Wasser entlang. Der Wind blies kühl und der Strand war recht leer. Kiyoshi und Johanna redeten viel, lächelten einander an und schwiegen nach ein paar Kilometern zufrieden. Alles war möglich. Mit Wind im Haar und dem Horizont im Blick. In der Weite vergaßen sie alles andere. Sie ließen sich einfach treiben wie die Wellen, die ihre Füße umspülten. Sie waren weit gelaufen und beschlossen, an der Promenade entlang zurückzugehen.

Sie blieben stehen, und erst jetzt merkte Johanna,

dass sie vor einem sogenannten Love-Hotel angekommen waren, in das man stundenweise einchecken konnte. Er sagte gar nichts, schaute sie nur lange an, eine leise Frage im Blick. Sie wusste später nicht mehr, wie sie eincheckten, die Schlüssel bekamen, die knarzende Holztreppe in den ersten Stock nahmen, sich verlegen auf das Bett setzten: Sie war voller Gedanken. Ist das richtig, was wir hier tun? Soll ich? Will ich? Möchte er nur Sex, hat er das die ganze Zeit im Sinn gehabt? Was passiert jetzt als Nächstes? Plötzlich nahm Kiyoshi ihre Hand, schnupperte sanft an ihrem Handrücken und sah ihr dann mit einem leichten Lächeln in die Augen, wie ein Kind, das den ersten Duft von einer unbekannten Süßigkeit in die Nase bekommen hat. Vor Überraschung musste Johanna leise und heiser lachen. Die dünne Haut der Sorgen und Verlegenheit zwischen ihnen riss.

Draußen vor dem Fenster begannen die endlosen Stunden der Abenddämmerung. Sie streichelten sich, fassten einander in die Haare, berührten Ohrläppchen, Wimpern, Lippen, wortlos. Dennoch schienen beide zu sagen: So fühlst du dich also an. So riechst du also. So schmeckst du. Ich hatte es mir die ganze Zeit vorgestellt. Und doch ist es ganz anders.
Es gab so vieles am anderen zu erforschen. Sie küssten einander mit offenen Augen, wollten alles in sich aufnehmen, den anderen erleben. Sie ließen sich Zeit. Erschlossen versteckte Stellen, erfühlten fremdes Zittern unter den eigenen Händen und Lippen. Keine Stelle auf ihrer Haut, über die er nicht sanft seine Fingerspitzen gleiten ließ, wie um auf ihr zu lesen.

Es war schon längst dunkel, als sie Zuhause ankamen. Kiyoshi schloss gerade die Tür auf, als das Telefon klingelte.
Er hielt nervös den Hörer fest und sah Johanna an, während sie die Tür hinter sich schloss.
„Okay, verstehe. Ich bin sofort da."
Sie sah ihn mit großen Augen an. Nichts würde mehr so sein wie in der Abenddämmerung. Auf einmal war er gar nicht mehr greifbar.
„Keiko ist aufgewacht. Ich fahre gleich ins Krankenhaus. Es geht ihr besser."
Wieso klingt das wie eine Entschuldigung, hätte Johanna gerne gefragt. Aber sie nickte nur.

Taroo war bei der Großmutter, sie war alleine in der Wohnung und machte kein Licht. In der Dunkelheit legte sie sich auf ihren Futon und wartete. An ihren Fingern roch sie ihn noch wie eine Erinnerung, ein Hauch seiner Seele. Es war spät, als sie hörte, wie er nach Hause kam. Er wusch sich das Gesicht und ging zu Bett. Ob er genauso lange wach lag wie sie?

„Sie wird nach Hause kommen. Die Agentur hat die Adresse der neuen Familie durchgegeben. Ich will ja gar nicht, dass du gehst, aber ..."
Er sprach den Satz nicht zu Ende. Die Agentur hielt es für das Beste, wenn sie in einer „patientenfreien" Familie untergebracht war. Keiko würde noch eine Zeit lang Pflege brauchen, alles war aus den Fugen. Man wollte Johanna den bezahlten Sprachkurs ja schließlich so angenehm wie möglich machen.

Eine Weile saßen sie stumm nebeneinander auf dem Boden. Dann nahm er ihre Hand, als ob er sagen wollte, verstehe doch bitte, und: Es hat sich nichts geändert. Sie blickten einander an. Dann lächelte Johanna, zog seine Hand hoch und schnüffelte demonstrativ an ihr. Kiyoshi lachte. Sie rückten etwas zusammen und küssten sich. Gerne hätte sie diese Nacht mit ihm verbracht, aber sie wusste, es ging nicht. Deswegen blieben sie einfach so sitzen, küssten sich, die letzten Stunden zu zweit.

Kiyoshi hatte sie so aufmerksam und eindringlich angesehen und berührt wie kein anderer Mann. Johanna fühlte sich erkannt – so als hätten beide einen stillen Blick auf die Seele des anderen werfen dürfen. Er würde diesen Moment als Erinnerung für sich behalten und in sein altes Leben zurückkehren. Und auch sie würde nie jemandem davon erzählen, auch nicht, wenn sie wieder in das Land jenseits des Ozeans zurückkehren würde.

Sie wusste einfach nicht, wie sie es in Worte fassen sollte, ohne seltsam zu klingen. Sie bezweifelte, dass es irgendjemand außer ihnen beiden verstehen würde. Also saß Johanna im Klassenzimmer, beantwortete heiser die Fragen, warum sie denn nun umziehen musste, mit einer knappen Schilderung des Autounfalls und lächelte tapfer. Obwohl ihr gar nicht danach war.

Perfekt

Von Marie Andrevsky

Linda Weinhart schob das Kofferwägelchen durch die Zollkontrolle. Ihr einziger Wunsch war, für längere Zeit festen Boden unter den Füßen zu haben und diese Füße samt anhängigem Körper in ein weiches Bett zu legen. Sie nahm nicht an, dass jemand sie in der Ankunftshalle erwarten würde. Aber wieder einmal hatte sie ihn unterschätzt, denn er war da. Der Mann, den sie im Stillen immer als den ersten Nagel zu ihrem Sarg bezeichnete. Er sah genauso aus wie vor zehn Jahren, als er ihrem Vater wichtige Unterlagen in dessen Villa gebracht hatte: dunkles Haar, perfekt geschnitten, gescheitelt und geföhnt; grauer Anzug, faltenlos, neutrale Seidenkrawatte. Damals tollte sie mit ihren Freundinnen im elterlichen Swimmingpool herum und kicherte darüber, wie ein Mensch bei 32 Grad im Schatten so herumlaufen konnte. Sissy, ihre beste Freundin und schon mit 15 nicht auf den Mund gefallen, fragte ihn keck, ob er nicht eine Runde mit ihnen schwimmen wollte. Er lehnte höflich ab, rückte seine Brille zurecht und verbeugte sich steif, um mit seinem Aktenkoffer in Richtung Dienstwagen zu entschwinden. Später erfuhr Linda, dass ihn ihr Vater als seinen persönlichen Assistenten eingestellt hatte, um endlich seinen lange gehegten Traum in die Tat umzusetzen. Dieser Traum war eine politische Karriere großen Stils.

Linda stoppte das Kofferwägelchen zwei Millimeter vor den blank polierten Schuhspitzen des Mannes. „Frederick Degener, welche Überraschung", sagte

sie in einem Ton, der ihre Worte Lügen strafte.
„Schön, Sie zu sehen, Linda", erwiderte er und griff nach den beiden Koffern, während Linda ihr Beautycase nahm. „Ihr Vater gab mir Anweisung, Sie im Penthouse unterzubringen."
„Komme ich überhaupt noch rechtzeitig? Mein Zeitgefühl blieb irgendwo über dem Atlantik liegen."
„Die standesamtliche Trauung fand gestern statt. Aber zur großen Feier und zum Presseempfang heute Abend kommen Sie noch zurecht."
„Und das ist vermutlich das Einzige, worauf es Paps ankommt."
Da er schwieg, fragte Linda neugierig: „Warum widersprechen Sie nicht, Fred? Schließlich bezahlt Sie mein Vater, um für ihn Stimmung zu machen."
„Die Gründe, warum Ihr Vater Sie hier haben wollte, entziehen sich meiner Kenntnis."
„Und Sie sammeln mich ein, damit ich nicht noch im letzten Moment verloren gehe. Wie viel Bonus kriegen Sie denn dafür?", erkundigte sie sich spöttisch.
„Nicht genug", murmelte er und warf die Koffer in den Gepäckraum der Limousine. Linda stellte das Beautycase daneben. Dabei fiel ihr Blick auf einen aufgerissenen Briefumschlag. Automatisch griff sie danach.
„Beeilen Sie sich bitte, ich habe noch Einiges zu erledigen."
Linda steckte den Umschlag in ihre Jackentasche und setzte sich in den Wagenfond. „Wollen Sie einen Becher Tee?" Fred hielt eine silberne Thermosflasche hoch.
Sie nickte und während er den Tee eingoss, sagte sie zusammenhanglos: „Ich hatte schon fast vergessen, wie sehr ich das alles hier hasse."

Er reichte ihr den Tee. „Ich darf annehmen, Sie meinen das Wetter?"

„Nicht nur. Aber ich bin zu erledigt, um mit Ihnen die Klingen zu kreuzen, Fred."

„Es hätte mich mehr gefreut, hätten Sie gesagt, Sie wären zu erwachsen dafür."

„Der Schlag soll Sie treffen, Fred. Ich bin nicht dazu da, Sie zu erfreuen."

„Da haben Sie wohl Recht, Linda", pflichtete er ihr bei.

Sie lehnte sich in die Polster. Zwei Minuten mit diesem Menschen genügten, um sie auf hundertachtzig zu bringen. „Und überhaupt, Sie sollten mich mit mehr Respekt behandeln."

„Respekt muss man sich erst verdienen", schnarrte er in der gewohnten Oberlehrermanier.

Linda schüttelte sich, aber plötzlich begann sie zu lachen. „Mein Gott, Fred, ich wusste ja, dass ich die letzten Jahre etwas vermisste, aber erst jetzt wird mir klar, was es war."

Er schwieg. Linda kuschelte sich in ihre Ecke und schloss die Augen. Zum ersten Mal seit sechs Jahren würde sie ihrem Vater gegenüberstehen. Und seiner neuen Frau.

Als sie sich nach der Scheidung ihrer Eltern dafür entschieden hatte, mit ihrer Mutter, die sich einen nicht unvermögenden Pferdezüchter angelte, nach Mexiko zu gehen, hatte sie gedacht, sie würde ihren Vater verletzen. Damit war sie dem größten Irrtum ihres Lebens erlegen. Nicht einmal zu ihrer Hochzeit mit Enrique schickte er eine Karte. Das Einzige, was er ihr schickte, war Frederick Degener mit einem Aktenkoffer voller Verträge, die sicherstellen sollten, dass Enrique Morales mit seinen schmutzigen mexikanischen Fingern nicht das blü-

tenweiße europäische Weinhartvermögen durchwühlen konnte.
Linda hatte getobt, Fred unverbindlich dreingeschaut und Enrique gelacht. Im Laufe der nächsten zwei Jahre stellte Linda fest, dass Enrique alle Probleme mit einem Achselzucken und einem Lächeln abtat. Sogar bei der Scheidung hatte er gelacht und mit einem Kontoauszug gewedelt. „Davon, querida, kann ich die nächsten Jahre sorgenfrei leben, und das ohne deine saure Miene."
Sie verkroch sich ein paar Wochen bei ihrer Mutter. Nachdem sie ihre Wunden geleckt hatte, fand sie einen Job in einem Touristikbüro. Wenig später machte sie sich als Reiseleiterin selbständig.
Sie hätte sicher gelernt, Paul Weinhart zu vergessen, hätte er nicht Fred Degener damit beauftragt, einmal pro Woche einen Kontrollanruf zu tätigen. Und Fred einen solchen Auftrag zu geben, hieß, dass jeden Freitag, den Gott werden ließ, um neun Uhr morgens das Telefon läutete.
Gleichgültig, ob sie das Klingeln ignorierte, sich eine andere Nummer zulegte oder die Mailbox einschaltete, er klebte an ihr mit der Hartnäckigkeit von Kaugummi und erreichte sie immer. Irgendwann sah sie ein, dass sich ihr Leben wesentlich einfacher gestaltete, wenn sie Freitag, Punkt neun, den Hörer abhob.
Genau damit hatte Fred sie hierher gelockt. „Glauben Sie, Ihr Vater ließe mich jede Woche anrufen, wenn Sie ihm gleichgültig wären?"
Vielleicht hatte Fred Recht. Schließlich war sie Paul Weinharts einziges Kind, seine einzige Tochter. Aber mit der gleichen Geschwindigkeit, mit der sie sich der Stadt näherten, nahm Lindas Zuversicht hinsichtlich der Gefühle ihres Vaters ab.

Der Wagen hielt vor einem Apartmenthaus. Fred öffnete den Schlag. „Geben Sie mir nur die Schlüssel, der Concierge kann mir mit dem Gepäck helfen. Sie brauchen Ihre wertvolle Zeit nicht länger mit mir zu vergeuden."
Er stellte die Koffer auf den Gehsteig. „Wie Sie wünschen. Ich hole Sie heute Abend um 18.30 Uhr ab. Oder möchten Sie Ihren Vater vorher ..."
„Nein", unterbrach sie ihn, „ich will nur schlafen."

Es war drei Uhr nachmittags, als Linda aufwachte. Dampfender schwarzer Kaffee und knuspriger Toast ließen das Grau vor ihren Fenstern nicht mehr ganz so düster erscheinen. Mit einem Gefühl, das fast schon an Zuversicht grenzte, packte sie ihre Koffer aus und legte das Abendkleid, das sie für diese Gelegenheit erstanden hatte, auf das Bett.
Es war silberweiß, schulterfrei und der schmale bodenlange Rock, der ohnehin nur aus durchsichtiger Silberspitze bestand, war vorne bis an die Grenze des Möglichen geschlitzt. Komplettiert wurde das Ensemble durch lange Satinhandschuhe und eine weiße Kleopatraperücke. Damit würde sie einiges Aufsehen erregen.
Sie blickte auf die Uhr: Halb fünf. Linda begann auf und ab zu gehen. Um sich zu beschäftigen, kontrollierte sie den Inhalt des Abendtäschchens. Außer einigen Taschentüchern fehlte nichts und sie griff nach ihrer Jacke, in der sie immer eine Packung Tempo hatte. Dabei stieß sie auf den zerknitterten Umschlag und strich das Papier glatt. Fred Degener, Althausstr. 65/4.
In ihrem Gehirn formte sich eine Idee, die ihr die Zeit vertreiben, ihre Neugierde stillen und eine lästige Kleiderdebatte aus dem Weg räumen wür-

de. Es interessierte sie brennend, wie ein solcher Mensch lebte. Sissy hatte ihn immer nur „Roboter" genannt. Gemeinsam malten sie sich aus, dass er einen Schrank grauer Anzüge besaß und seine Hemden in 60-Stück-Packungen kaufte. Abends hielt er seine Finger in die Steckdose, um Energie für den nächsten Tag zu tanken.
Ein Lächeln umspielte Lindas Lippen. Wenn sie gegen halb sechs bei ihm war, hatte sie genug Zeit sich umzusehen, aber er konnte sie nicht mehr heimschicken, um das Kleid zu wechseln. Etwas, was er in der Vergangenheit oft genug getan hatte. Ihr Lächeln erstarb. Je nach Belieben schrieb er ihr vor, wie sie bei einem offiziellen Termin mit ihren Eltern auszusehen hatte. Außerdem platzte er in jedes Fest, das sie besuchte, und blamierte sie vor versammelten Freunden damit, dass er sie wie ein Kindermädchen spätestens um ein Uhr nachts im Haus ihrer Eltern ablieferte. „Es darf um den Namen ihres Vaters keinen Skandal geben", wiederholte er stereotyp. Und es gab keinen Skandal. Nicht, als man sie mit LSD erwischte, nicht, als sie die Polizei mit ein paar anderen Jugendlichen in einem gestohlenen Auto aufgriff, und auch nicht, als ein Kaufhausdetektiv eine Flasche unbezahlten Cognac in ihrer Tasche fand.

Sie zog das schwarze Samtcape enger um ihre Schultern und drückte auf den Klingelknopf. Schritte näherten sich. Eine Sekunde lang dachte Linda, sie hätte sich in der Tür geirrt, denn sie fand sich einem wohlgeformten, dunkel behaarten Brustkorb gegenüber. Sie hob den Blick und begegnete einem Paar grüner Augen mit bemerkenswert langen Wimpern.
Die dazugehörigen Augenbrauen zogen sich düster

zusammen. "Ach, Sie sind's. Der Wagen muss jeden Moment hier sein. Sie können in der Garage warten", empfahl er ihr ungnädig und hätte die Tür geschlossen, wäre sie nicht schon an ihm vorbei in die Wohnung getreten. "Eine nette Idee. Aber ich bin so durstig, ich muss unbedingt noch etwas trinken", erwiderte Linda süß.

Er knallte die Tür zu. "Wie Sie wünschen. Der Wasserhahn befindet sich in der Küche." Linda legte ihr Cape auf einen Sessel und sah sich um. Die Einrichtung als spartanisch zu bezeichnen, wäre zuviel der Ehre. Außer dem Küchentisch war da eine Anrichte, auf der ein Mikrowellenherd stand. Daneben befanden sich der Kühlschrank und die Spüle. In einer Ecke war eine Duschkabine installiert. An der anderen Wand gab es ein Board, auf dem sich Teller, Tassen und Gläser stapelten. Besteck hing in einem Ständer.

Neugierig öffnete sie den Kühlschrank: zwei Eier, vier Joghurts, ein Becher Margarine und zwei Grapefruits. "Es beruhigt mich, dass Sie sich so gesund ernähren, Fred", murmelte Linda und füllte ein Glas mit Leitungswasser.

Er stand im nächsten Zimmer vor einem Spiegel und schloss die Knöpfe seines Smokinghemdes. "Ich dachte, Jean Harlow wäre tot."

"Noch nie etwas von Reinkarnation gehört? Oder gefällt Ihnen mein Kleid nicht?", fragte sie kampflustig.

"Das soll ein Kleid sein? Sieht eher so aus, als hätte Madonna ihre Nachhemden ausgemistet."

"Eines Tages, Fred, sind Sie tot. Und ich werde bei Ihrem Begräbnis auf dem Tisch tanzen", beschied ihm Linda giftig und besann sich auf den Grund ihres Hierseins. Ungläubig blickte sie sich um. Die gewag-

testen Vermutungen wurden von der nackten Realität übertroffen: Neben dem hohen Spiegel stand ein fahrbarer Metallkleiderständer auf dem - Linda zählte fassungslos - zwölf graue Anzüge in Zellophanhüllen hingen. Des Weiteren gab es eine Kommode, auf der ein Fernseher stand, und eine Couch, deren Fußteil ausgezogen war. Dort lagen Kissen und eine Decke. Damit hatte sie alles gesehen, was es in dieser Wohnung zu sehen gab.
Ein Schauer huschte über Lindas Rücken. Kein normaler Mensch konnte auf Dauer so leben, ohne Komfort, ohne die geringsten persönlichen Gegenstände wie Bücher, Bilder oder Pflanzen.
„Wie lange wohnen Sie schon hier?"
„Seit ich für Ihren Vater arbeite", antwortete er. Linda hob eine Augenbraue. „Vielleicht sollten Sie ihn um eine Gehaltserhöhung bitten."
„Ich komme nur zum Schlafen her. Die andere Zeit verbringe ich im Büro."
Linda schwieg. Es ging sie nichts an. Der Mann war ein hoffnungsloser Workaholic. Er schüttelte die Smokingjacke aus. „Macht es Ihnen Spaß, einem Mann beim Anziehen zuzusehen?"
„Umgekehrt gefällt es mir besser, aber ich bin durchaus flexibel."
Das Handy auf dem Küchentisch piepste. „Der Wagen ist da."

In der Limousine nestelte sie nervös an ihrer Tasche. „Sie brauchen keine Angst zu haben", sagte Fred ruhig und blitzartig saß Linda still. „Angst? Ich? Wovor sollte ich Angst haben? Etwa, dass mich mein Vater vor Begeisterung zu Tode küsst?", spottete sie. „Sie würden mir sicher ein tolles Begräbnis ausrichten, Fred."

„Zumindest würde ich nicht auf dem Tisch tanzen."

„Sie haben eben eine bessere Erziehung genossen, deshalb stellte mein Vater Sie auch ein."

„Ihr Vater stellte mich ein, weil alle anderen Bewerber nicht bereit waren, für das Geld, das er bot, zu arbeiten", berichtete er lakonisch.

„Und warum taten Sie es?"

„Weil ich es satt hatte, im demoskopischen Institut Statistiken zu erstellen. Abgesehen davon, glaubte ich an Ihren Vater. Sein Vermögen macht ihn immun gegen Korruption, er ist ein großartiger Wirtschaftsfachmann und er hat Charisma."

„Er wird also tatsächlich in die Regierung kommen?"

„Es sieht ganz danach aus. Sein Ehrgeiz wird sich nicht mit einem Platz in der zweiten Reihe zufrieden geben."

„Ohne Sie hätte er das alles nicht erreicht", entfuhr es Linda, aber er zuckte nur die Achseln. „Jeder andere hätte das gleiche getan. Wir alle sind ersetzbar."

„Möglich. Aber nicht jeder hätte sich mit einer renitenten Göre herumgeschlagen und jahrelang, Woche für Woche, tapfer die väterlichen Kontrollanrufe getätigt." Sie drehte sich zu ihm. „Wissen Sie, wie oft Sie mich in einer Stimmung erwischt haben, in der ich drauf und dran war, Enrique zu kastrieren, mich selbst aus dem Fenster zu stürzen oder einen meiner Touristen an die Wand zu nageln?"

„Ich bin also der Retter zahlreicher Menschenleben, das muss ich unbedingt in meinem Lebenslauf erwähnen."

„Ja, das sind Sie wohl wirklich. Die Anrufe haben mich immer wieder auf den Boden zurückgebracht. Aber es ist sehr rücksichtslos von meinem Vater, einen schwer beschäftigten Mann mit solchen Lappalien aufzuhalten."

„Alles nur eine Frage der Einteilung."

Linda nickte verständnisvoll. „Ihnen gingen diese Anrufe ebenso auf den Geist wie mir."

„Tja, sie waren praktisch der Höhepunkt meiner Arbeitswoche, die Viertelstunde, für die es sich zu leben lohnte."

Lachend drückte Linda seine Hand. „Oh ja, Fred, ich liebe Sie auch."

Der Wagen hielt vor einem hell erleuchteten Gebäude. Ein roter Teppich führte zum Eingang, bei dem schon einige Presseleute warteten.

Beeindruckt sah sich Linda das Interieur an. „Toller Schuppen. Was ist das?"

„Das Föhrenbergpalais. Spätes 18. Jahrhundert. Alles, was Sie hier sehen, ist echt."

„Da Sie das Fest arrangiert haben, hätte ich auch nicht mit Dubletten gerechnet", kicherte Linda.

Er war schon auf der Treppe und drehte sich um. „Haben Sie etwa im Penthouse die Minibar geleert oder haben Sie irgendwelche bunten Pillen geschluckt?", fragte er ärgerlich.

Sie schüttelte den Kopf. „Nein. Großes Ehrenwort. Ich bin abstinent, was das Rauchen betrifft, den Alkohol und sämtliche Drogen. Ehrlich. Fleisch esse ich auch fast keines mehr, dafür gönne ich mir hin und wieder einen feurigen Mexikaner, olé!", rief sie, klatschte mit den Händen über dem Kopf und stampfte mit den Füßen. Als sie sein Gesicht sah, bekam sie neuerlich einen Lachkrampf. „Mein Gott, warum sind Sie immer so ... so ..."

„Was bin ich denn?" Jetzt war der Ärger in seiner Stimme unüberhörbar.

„Perfekt. Dieses Wort ist für Sie gemacht worden. Sie

sind perfekt und alles um Sie herum ist auch perfekt." Sie atmete tief durch. "Ich weiß, dass es Menschen wie Sie geben muss, aber ich kann mit ihnen nichts anfangen. Ich bin nicht perfekt und ich werde es nie sein. Das ist auch der Grund, warum mein Vater mich hasst." "Nein, das tut er nicht, aber er ... er ist eben so, wie er ist."
Sie sagte nichts mehr, sondern ging neben Fred her. Paul Weinhart erwartete seine Tochter im Salon für den Presseempfang. Während er auf sie zukam, musterte er sie prüfend. "Es ist eine Hochzeit und kein Maskenball", stellte er fest und reichte ihr die Hand.
"Ich dachte, kühle Eleganz wäre angemessen", erwiderte Linda und versuchte das Zittern in ihrer Stimme zu verbergen.
Er sah sie mit jenem Blick an, der schon die zehnjährige Linda in ein Häufchen Elend verwandelt hatte. "Wenn du gedacht hast, war das Ergebnis schon immer katastrophal." Er drehte sich um. "Iris, das ist Belinda, sie kommt ganz nach ihrer Mutter Margot und glücklicherweise lebt sie auch bei ihr. Vermutlich werdet ihr euch nicht allzu oft über den Weg laufen."
Die Worte rauschten an Linda vorbei, weil sie völlig überrascht auf die Frau neben ihrem Vater starrte. Sie hatte sich nie Gedanken über ihre Stiefmutter gemacht. Deshalb traf sie die Tatsache, dass jetzt eine Frau ihres Alters vor ihr stand, wie ein Hieb in den Magen. Iris lächelte und blickte sie aus sanften braunen Augen an. "Schade, dass wir uns nicht früher kennen gelernt haben. Aber vielleicht können wir trotzdem Freundinnen sein." Sie streckte ihre Hand aus, Linda griff danach. "An mir soll's nicht liegen", brachte sie heraus.

Ihr Vater wippte ungeduldig auf den Zehen. „Ich wünsche, dass du der Presse gegenüber ein freundliches Gesicht aufsetzt, Belinda, dass du Iris umarmst und küsst. Und beantworte alle Fragen so, wie es sich gehört, wenn du nicht weiter weißt, wird wie üblich Fred für dich sprechen. Kommt, wir setzen uns alle hierher."
Langsam drehte sich Linda zu Fred um. In ihren Augen stand nackte Mordlust, aber er wirkte völlig ungerührt. Trotzig setzte sie sich auf einen Sessel, ihr Vater mit Iris nahm auf einem Sofa Platz und Fred lehnte sich an den Kamin.
Im selben Moment, als die Presseleute hereinstürmten, erschien auf Paul Weinharts Gesicht ein strahlendes Lächeln und seine Hand lag liebevoll auf der seiner jungen Frau. Lindas Magen drehte sich um. Wie hatte sie glauben können, es hätte sich etwas geändert? Fred war an allem Schuld. Er hatte sie hergelockt, als billigen Reklamegag für die Hochzeit ihres Vaters.
Mittlerweile hatten die Fotografen ihre Bilder im Kasten und die Reporter begannen mit ihren Fragen. Paul Weinhart redete am meisten, Iris sagte hin und wieder „Ich bin ja so glücklich"! oder „Ich kann es noch gar nicht fassen."
Sie selbst lächelte, bestätigte, wie sehr sie sich für ihren Vater freue und wie sehr sie bedauere, schon bald wieder nach Mexiko zurückkehren zu müssen. Die Reporter hörten ihre Worte mit höflichem Desinteresse und wandten sich gleich wieder an Iris. Erstaunt begriff Linda, dass sie, im Gegensatz zu früher, für die Presseleute nicht mehr wichtig war. Mit Blick auf die Uhr verabschiedete Fred die Reporter.
Paul Weinhart erhob sich. „Du warst großartig, Iris. Ich bin stolz auf dich." Er küsste sie flüchtig und ih-

re Augen leuchteten auf. Gemeinsam verließen sie den Raum. Linda blickte ihnen nach, während Fred zu ihr trat, um sie zur Tafel im Speisesaal zu führen. Resignierend nahm sie seinen Arm. „Ich sitze bestimmt zwischen Vater und Ihnen, richtig?"
„Richtig. Aber wenigstens brauchen Sie sich keine Gedanken über die Konversation zu machen."

Genauso war es auch. Linda aß sich schweigend durch sämtliche Gänge und beobachtete dabei ihren Vater, der mit Iris flirtete. Der Gedanke, dass er Iris wirklich lieben könnte, bohrte sich wie ein Messer in Lindas Herz. Wenn sie davon ausging, dass Paul Weinhart unfähig war zu lieben, dann war der Gedanke, dass er sein eigenes Kind nicht liebte, fast natürlich. Aber wenn er Iris liebte, war es ihre ureigene Schuld, wenn er sie nicht liebte. „Es ist deine Schuld ..." Der Satz hämmerte in ihrem Kopf und ohne, dass sie es wusste, schwammen ihre Augen in Tränen.
„Sie werden jetzt nicht weinen, Linda", hörte sie eine Stimme an ihrem Ohr. „Niemand in diesem Raum ist es wert, dass Sie auch nur eine Träne vergießen."
Sie drehte den Kopf zu ihm. In diesem Augenblick war sie wieder das kleine Mädchen, das sich so verzweifelt nach der Liebe seines Vaters sehnte. „Er liebt sie, nicht wahr? Er liebt sie wirklich", flüsterte sie tonlos. Verzweifelt sah sie Fred an und merkte nicht, wie ein Muskel in seiner Wange zuckte. Sein Tonfall klang so nebensächlich, dass Linda zuerst dachte, sie hätte ihn falsch verstanden. „Wenn er seinen Schwanz in sie hineinschiebt, sicher."
Alles Blut wich aus Lindas Gesicht. „Sie ... Bastard! Sie dreckiger, kleiner Speichellecker! Wie können Sie ..." Die Wut machte ihre Stimme heiser und sie

brauchte alle ihre Kraft, um ihre Hand ruhig zu halten und ihm nicht ins Gesicht zu schlagen.
Vorsichtig atmete sie durch. „Wissen Sie, wie wir Sie immer nannten? Fred, den Roboter. Kalt, steif, eckig, ohne Gefühle, ohne Wärme. Und nachdem, was ich heute gesehen habe, bin ich sicher, dass wir Recht hatten. Wenn Sie sich beim Rasieren schneiden, kommt sicher kein Blut, sondern Schmieröl."
Einen Moment lang blieb er stumm sitzen, dann rückte er seine Brille zurecht und griff nach dem Besteck. „Immerhin ist es nett zu glauben, dass sich ein Roboter rasieren muss", entgegnete er und spießte ein Stück Rehbraten auf.

Nach Mitternacht verabschiedete sich das Brautpaar in die Flitterwochen. Linda umarmte zuerst Iris, dann ihren Vater. „Viel Glück", murmelte sie leise. Sie blickte dem Wagen nach, als sie jemand unvermittelt am Arm packte und herumwirbelte.
„Linda, fast hätte ich dich nicht erkannt", rief ein Mann und blitzte sie aus blauen Augen strahlend an.
Sie runzelte die Stirn, dann lächelte sie. „Norbert Reimann, Traum meiner schlaflosen Nächte!"
Er legte eine Hand auf sein Herz. „Warum, Geliebte, enthüllst du mir erst jetzt deine wahren Gefühle?"
Linda lachte. „Es wird doch nicht zu spät sein, Treuloser?"
Er grinste schief. „In der Tat, ich tröstete mich anderweitig." Er legte den Arm um eine Frau mit geradezu beängstigendem Dekolleté.
„Das ist die beneidenswerte Frau Reimann. Alexa, das ist Linda Weinhart, wir drückten zusammen die Schulbank."
„Hallo Linda, wie du siehst, spinnt Norbert noch immer", lachte Alexa.

Norbert musterte Linda von oben bis unten. „Du siehst toll aus. Alexa, diese Frau war die Queen meiner Teenagerjahre. Sie hatte ein Auftreten, das ganze Kompanien umwarf, eine veilchenäugige Göttin, meine Zunge hing mir bis ..."
„So genau will das keiner wissen", unterbrach ihn Linda.
„Ja, ja, er ist sehr begeisterungsfähig." Alexa tätschelte seinen Arm.
„Hüterin meines Herzens, du wirst doch nicht eifersüchtig sein?", säuselte Norbert.
„Nein, ganz sicher nicht. Geh' und amüsier dich. Ich sehe dort hinten Jürgen Gracht, diesen grandiosen Schauspieler. Den wollte ich schon immer kennen lernen." Damit verschwand sie in der Menge.
Stöhnend fuhr sich Norbert durch sein dichtes Haar. „Diese Frau wird mich in den Wahnsinn treiben, es ist nur eine Frage der Zeit." Er versuchte ihr nachzuspähen, gab aber schnell auf. „Was soll's. Einen Tanz können wir wagen."
Belustigt sah ihn Linda an. „Bist du sicher?"
Er grinste ertappt. „Ich bin ein Pantoffelheld, klar, aber ich liebe sie nun einmal. Was soll ich machen?"
„Nichts. Ist doch schön. Wie lange seid ihr denn schon verheiratet?"
„Drei Jahre. Ich lernte Alexa kennen, als ich bei WEW anfing. Weißt du eigentlich, wer mein Boss ist? Fred, der Roboter."
„Da musst du ja ein angenehmes Arbeitsklima haben."
„Na ja, aber es ist toll, mit ihm zu arbeiten. Er ist einfach ..."
„Perfekt", ergänzte Linda trocken und er nickte. „Allerdings wird sich demnächst einiges ändern. Er hat

gekündigt, zum 31. März."
Linda blieb mitten auf der Tanzfläche stehen. „Wer? Fred Degener? Und warum?"
„Keine Ahnung. Schätze, es hat etwas mit der Hochzeit zu tun. Dein Vater und Degener haben sich tagelang angebrüllt, hinter verschlossenen Türen, aber laut genug ..."
„Fred hat gebrüllt? Unmöglich."
„Wenn ich's dir doch sage", beharrte Norbert und beugte sich vor. „Iris ist schwanger." Zum zweiten Mal an diesem Abend wich alle Farbe aus Lindas Gesicht. Nur am Rande registrierte sie, dass die Musik aufhörte und sich Norbert auf die Suche nach Alexa machte. Linda kippte zwei Gläser Champagner auf ex hinunter und fühlte ihren Puls in der Schläfe. Wütend marschierte sie durch die Säle. Sie fand ihr Opfer schließlich im Wintergarten, praktischerweise war es allein.
„Warum haben Sie mir nicht gesagt, dass ich bald ein Geschwisterchen bekomme? Ich hätte mir in meinem Kalender gleich einen Termin für die Taufe eintragen können", höhnte sie böse.
„Ich legte keinen Wert darauf, die kostbaren Teppiche vom Blut Ihres Vaters und seiner Frau durchtränkt zu sehen."
„Ihm hätte ich nichts getan. Schließlich ist er mein Vater."
„Gerade deshalb. Es braucht nur mehr eine winzige Kleinigkeit und Sie klicken aus, Linda. Sie haben jahrelang um seine Liebe gebettelt. Sie haben alles getan, um seine Aufmerksamkeit zu erregen, um einen Zipfel seiner Zuneigung zu erhaschen. Es ist Ihnen nicht gelungen und jetzt ..."
„Und jetzt macht er alles neu. Neue Frau, neues Kind, neues Leben. Das alte wirft er auf den Müll, so wie

er es schon mit seiner alten Frau und seinem alten Kind gemacht hat", schloss sie bitter.
Gleichmütig sah er sie an. "Sehen Sie doch die guten Seiten. Sie sind draußen, Linda. Keine Zeitung wird sich mehr darum kümmern, was Sie tun."
"Ich lebte auch die letzten Jahre recht ruhig."
"Ja, aber Ihr Vater wird in die Regierung kommen, man wird seine Familie durchleuchten und auf dem Silbertablett servieren. Aber seine Familie wird Iris und das Baby sein. Ein weitaus besseres Motiv als eine auf eigenen Beinen stehende, erwachsene Tochter und eine glücklich wiederverheiratete erste Frau."
"Trotzdem tut es weh ..."
"Es tut weh, weil Sie zulassen, dass er Ihnen weh tut. Hören Sie auf damit, sich weiter zu demütigen, hören Sie auf damit, ihn weiter um etwas anzubetteln, was er Ihnen in hundert Jahren nicht geben wird."
"Warum kümmert Sie das?"
"Weil es sinnlos ist und ich sinnlose Unternehmungen verabscheue."
"Haben Sie deshalb gekündigt?"
"Ich habe für Ihren Vater getan, was ich tun konnte. Ich bin vierunddreißig und wenn ich mein Leben in eine andere Richtung bringen will, dann muss ich das jetzt tun."
Linda verschluckte sich an ihrem Champagner. Großer Gott, der Mann war nur neun Jahre älter als sie selbst. Sie kannte ihn schon so lange, dass er sich für sie jenseits von Gut und Böse befand. Hätte man sie gefragt, hätte sie ihn in der Generation ihres Vaters angesetzt - der war zweiundfünfzig.
"Was werden Sie tun?", fragte sie ehrlich interessiert.

Er zuckte die Achseln. „Ich weiß es noch nicht. Ausspannen, nachdenken. Alle die Dinge tun, die ich die letzten Jahre nicht getan habe. Und davon gibt es eine ganze Menge", fügte er hinzu und lächelte. Um ein Haar wäre Linda das Glas aus der Hand gefallen. Frederick Degener lächelte. Das Lächeln ließ ihn beinahe menschlich aussehen.
„Ich glaube, Sie werden krank, Fred. Es entschlüpfte Ihnen ein Lächeln."
„Entschuldigen Sie, es wird nicht wieder vorkommen", antwortete er völlig ernst.
„Darum will ich auch gebeten haben", sagte Linda streng. „Diese Schuhe bringen mich noch um", stöhnte sie dann und verlagerte ihr Gewicht auf den rechten Fuß.
„Es ist kurz vor drei Uhr. Sie können sich unbesorgt verabschieden", entgegnete er und drehte sich zu einem jungen Mann um, der in einiger Entfernung abwartend stehen geblieben war. Linda beschloss, unauffällig zu verschwinden.
Im Bewusstsein, ihn ausgetrickst zu haben, hüpfte sie frohgemut die Stufen des Palais hinunter. Als sie die schwarze Limousine sah, vor der sich Fred mit dem Chauffeur unterhielt, blieb sie abrupt stehen. Missmutig trat sie zu den beiden Männern. „Es ist lieb, dass Sie mich heimbringen wollen, Fred, aber ich schaffe das auch alleine. Ich werde mir ein Taxi nehmen, Sie können den Wagen ganz für sich haben."
Er öffnete den Schlag. „Sparen Sie sich die Höflichkeiten, Linda, solange Sie in Köln sind, bin ich für Sie verantwortlich."
„Ich bin durchaus im Stande, auf mich aufzupassen, sogar in diesem gefährlichen Winkel von Europa", entgegnete sie schnippisch.

Er hielt wortlos die Tür auf. Zähneknirschend stieg Linda ein. „Ich werde im Dom ein Dutzend Kerzen anzünden, weil Sie demnächst nicht mehr als der verlängerte Arm meines Vaters fungieren", zischte sie. „Was heißt übrigens, Sie können für meinen Vater nichts mehr tun?"

„Ich bin nicht bereit, für einen Mann zu arbeiten, der alle meine Warnungen in den Wind schlägt."

„Wieso? Welche Leiche liegt denn in Iris Keller?"

„Iris war ein Callgirl."

„Na toll, wie haben Sie denn das der Presse gegenüber auf die Reihe gebracht?", fragte Linda schon fast bewundernd.

„Es wurde ein wasserdichter Lebenslauf mit allen nötigen Dokumenten für sie besorgt, aber irgendwann wird sie trotzdem auffliegen."

„Warum?"

„Ein Kunde wird sich an Iris erinnern. Wenn Paul Glück hat, wird es so lange dauern, bis er ein bisschen von der Macht genascht hat. Wenn er Pech hat, kommt sein Stern gar nicht dazu, richtig aufzugehen."

„Und zehn Jahre Ihrer Arbeit sind den Bach hinunter", ergänzte Linda. „Mein Gott, wenn ich denke, was Sie mir alles angetan haben, um Vater in makellosem Weiß erstrahlen zu lassen", sagte sie kopfschüttelnd. „Alles umsonst, alle Ihre Mühen und Überstunden vergebens. Armer Fred, an Ihrer Stelle würde ich ernste Depressionen kriegen."

„Vielleicht könnte ich mir den Weg zum Psychiater sparen, wenn ich meine Hände um Ihren Hals lege und langsam zudrücke", entgegnete er sarkastisch. Linda nickte beifällig. „Da zwischen einer Zelle und Ihrer Wohnung kein Unterschied besteht, brauchen Sie vor den Folgen auch nicht zu zittern."

Sie begann, ihre Sachen zusammenzusuchen, da der Wagen vor dem Haus anhielt. „Was ist, Fred, kommen Sie noch auf eine Dose Thunfisch hinauf?"
Es sollte der Abschluss ihres Geplänkels sein, sie erwartete keine Antwort und schon gar nicht die, die sie bekam: „Aber mit Vergnügen."
Sie versuchte, ihrer Verblüffung Herr zu werden, als er die Tür auf ihrer Seite öffnete und mit in den Manteltaschen vergrabenen Händen neben ihr ging. „Er will es mir nur heimzahlen, beim Lift wird er sich sicher verabschieden", dachte Linda. Aber er bestieg hinter ihr die Kabine und steckte seinen Schlüssel in das Schloss neben dem Schild „Penthouse".
Linda musterte ihn durch ihre Wimpern. Sie musste schon gehörig einen sitzen haben, denn er wies plötzlich eine überraschende Ähnlichkeit mit einem überaus attraktiven Vertreter der Spezies Mann auf. Verschwommen überlegte sie, wie sich seine Haut wohl anfühlen mochte, und ob es ihm gefiel, wenn man seine Brusthaare kraulte. Ihr letzter One-Night-Stand lag eine ganze Weile zurück. Außerdem dämmerte für die Kondome in ihrer Geldbörse das Ablaufdatum herauf und sie hasste Verschwendung. Dann biss sie sich auf die Lippen, um nicht zu kichern. Da suchten sie die wildesten erotischen Phantasien heim, aber da es sich bei dem Objekt ihrer Begierde ausgerechnet um Fred handelte, war es möglich, dass er tatsächlich nur ein Glas Orangensaft wollte und nicht an ihre Wäsche.
Die Tür glitt zur Seite, Linda trat auf den dicken Teppich und ließ Cape, Handtasche und Perücke achtlos zu Boden fallen. „Was darf's denn sein, Fred, Co..." Sie brachte weder den Satz zu Ende, noch erreichte sie den Lichtschalter. Fred hatte sie mit affenartiger Geschwindigkeit an sich gezogen und

küsste sie, dass ihr Hören und Sehen verging. Ohne sie loszulassen, zog er den Reißverschluss ihres Kleides auf und Linda schlängelte sich heraus. Ihre linke Hand vergrub sich in seinem Haar und ihre rechte fingerte ungeduldig an den Knöpfen seines Hemdes herum.
Wenig später lagen sie nackt auf dem weichen Teppich und küssten sich weiter. Als er den Kopf hob, um Luft zu holen, sah ihn Linda völlig fasziniert an und strich mit ihrem Zeigefinger sanft von seiner Augenbraue über seine Wange bis zu seinem Mund. Er stupste mit der Zungenspitze gegen ihre Fingerkuppe. „Was auch immer passieren mag, mein schönes Verhängnis, diese Nacht wirst du nicht vergessen", murmelte er.
Langsam zog sie seinen Kopf wieder zu sich. „Das will ich doch hoffen, Fred."

Linda wurde durch eine Bewegung geweckt. Verschlafen blinzelte sie. Draußen war es hell. Drinnen suchte ein halb angezogener Fred nach seinem linken Schuh. Sie sah auf die Uhr. „Halb acht", grunzte sie und zog sich die Decke über den Kopf. „Ich muss los, Linda. Wir sehen uns." Sie spürte, wie er sie auf die Schulter küsste und blickte ihm nach, wie er den Raum verließ. Von Müdigkeit übermannt, schlief sie wieder ein.
Gegen Mittag rief Sissy an und sie verabredeten für den Nachmittag einen Stadtbummel. Als Linda das Telefon weglegte, spielte ein Lächeln um ihre Lippen. Was würde Sissy wohl sagen, wenn sie erfuhr, dass sich hinter Freds grauer Fassade eine Mischung aus Leidenschaft und ausgefeilter Technik verbarg?
Die beiden Frauen zogen bis abends durch die Innenstadt, plünderten Boutiquen und Geschäfte. Aber

erst, als Linda vor ihrem Haus Sissys Wagen nachwinkte, fiel ihr auf, dass sie Fred mit keiner Silbe erwähnt hatte.
Sie stand gerade unter Dusche, als das Telefon klingelte. Mit einem Satz stürzte sie vom Bad in die Küche. Es war das Reisebüro, das ihren Rückflug für den nächsten Freitag bestätigte und ihr mitteilte, dass sie die Tickets morgen Nachmittag abholen konnte. Es war Montagabend und sie fühlte sich nicht besonders. Dienstagabend fühlte sie sich definitiv schlecht und machte das nasskalte Wetter dafür verantwortlich. Mittwochabend fühlte sie sich wie eine Schnecke, der man das Haus gestohlen hatte, und gab vorsichtig zu, dass es vielleicht doch an dem hartnäckig schweigenden Telefon lag. Sie erwartete ja keine Liebesschwüre, aber er könnte sich doch erkundigen, wann sie wieder nach Mexiko zurückflog, man könnte gemeinsam essen gehen, man könnte ...
Donnerstagabend war sie so mürbe, dass sie im WEW Konzern anrief und Fred Degener verlangte. Die Sekretärin bedauerte, er wäre in einer Konferenz und könne nicht gestört werden. Ob er zurückrufen solle? Hastig lehnte Linda ab und war froh, ihren Namen nicht genannt zu haben. Also kroch sie auch an ihrem letzen Abend allein ins Bett und schlief trotz schwarzer Gedanken bald ein.

Das Piepsen der Armbanduhr riss sie aus ihren Träumen. Sie sah auf die Leuchtzahlen: 1 Uhr 30. Langsam richtete sie sich auf und ihr Verstand setzte sich holpernd in Bewegung. Die Uhr war eines der digitalen Wunderdinge des Computerzeitalters. Man konnte für jeden Wochentag eine eigene Zeitzone und eine eigene Weckzeit programmieren. Sie hatte

nur den Freitag gespeichert. Freitag war der Tag, an dem Fred, pünktlich wie der Tod, um neun Uhr anrief und um seiner Inquisition gewachsen zu sein, stellte sie den Alarm auf 8 Uhr 30.
8 Uhr 30 mexikanischer Zeit. Hier in Köln hatte sie zwar die normale Anzeige auf europäische Zeit umgestellt, aber nicht die Alarmfunktion und das hieß ... Fred hatte die ganzen langen Jahre um zwei Uhr nachts bei ihr angerufen. Blitzartig schlüpfte sie in Jeans und Pulli, orderte ein Taxi und hielt keine zwanzig Minuten später ihren Finger auf Freds Klingelknopf gedrückt.
Der Mann, der öffnete, trug ein langes grünes T-Shirt und war sichtlich nicht Herr seiner Sinne.
„Linda", murmelte er ohne Begeisterung. „Weißt du, wie spät es ist? Was, um Himmels Willen, willst du?"
Rasch schloss Linda die Tür. Sie durfte ihm keine Zeit zum Überlegen geben. „Du schläfst um diese Zeit? Du arbeitest nicht die Nächte durch? Machst nach Mitternacht keine Überstunden?", vergewisserte sie sich.
Er gähnte und fuhr sich durchs Haar. „Ich arbeite von 7 bis 22 Uhr, das genügt mir und es genügt auch deinem Vater. War es das, darf ich wieder schlafen gehen?", brummte er.
„Sofort. Nur mehr eine Frage. Warum hast du mich sechs Jahre lang um 2 Uhr nachts angerufen?"
Er lehnte sich an die Küchentür. „Job ist Job."
„Der Zeitunterschied beträgt sieben Stunden. Wenn du in deiner Mittagspause angerufen hättest, wäre ich gerade beim Abendbrot gewesen."
„Ich nahm an, am Morgen ist deine Zunge noch nicht so spitz", antwortete er trocken. „Wer hat dich auf die Fährte gebracht?"

„Meine unbestechliche Digitaluhr. Ich ließ mich extra eine halbe Stunde vorher daran erinnern, meine Zunge zu schärfen."

Sie schwiegen beide. Linda würgte an dem Frosch in ihrem Hals. Es lief nicht so, wie sie gedacht hatte. Was war sie doch für ein Narr! Niedergeschmettert fragte sie in einem Anfall von Selbstbestrafung leise: „Es war also nicht die Viertelstunde, für die es sich zu leben lohnte?"

Langsam ging er in die Küche. Dort hockte er sich vor den Kühlschrank und holte eine Grapefruit heraus. Dann füllte er ein Glas mit heißem Wasser und stellte beides auf den Tisch. „Was ist, wenn es so war?" Er drehte sich um und gönnte ihr einen kalten Blick. „Krieg' ich dann eine Weihnachtskarte oder ein Glückwunschtelegramm zu meinem Geburtstag?"

Linda blickte ihn aus großen Augen an. Er nahm ein riesiges Messer und hielt es der unschuldigen Grapefruit an die Brust. „Vielleicht solltest du deine Brille holen, damit du dich nicht schneidest", wagte Linda zu sagen.

Die beiden Grapefruithälften fielen auseinander. „Ich brauche keine Brille. Das war eine der vielen genialen Ideen deines Vaters, dem ich für diesen Job immer fünfzig Jahre zu jung aussah. Er wollte mir auch einen Vollbart einreden, aber da biss er leider auf Granit", kommentierte Fred unbewegt und drückte die Grapefruit über dem Glas aus. „Willst du auch eins? Das bringt deinen Verstand schneller auf die Beine als fünf Liter Kaffee."

Linda schüttelte den Kopf.

„Du willst sie also hören, die nackte Wahrheit", fuhr er fort und schlenderte an den Platz, wo er am weitesten von ihr entfernt stand. „Liebe ist ein verdammt

unbarmherziges, rücksichtsloses Gefühl. Es fragt nicht danach, ob es im richtigen Moment kommt. Es macht sich breit, ob man will oder nicht. Weißt du, wie sich ein Mann fühlt, der sich in ein 15-jähriges Kind verknallt? Nein? Ich werde es dir sagen: krank, schmutzig und pervers, knapp davor, sich vor den nächsten Intercity zu werfen. Er setzt alles daran, diesem Kind aus dem Weg zu gehen. Und dann kommt der Vater des Kindes auf die Idee, ausgerechnet diesen Mann zum Schutzengel seiner Tochter zu machen. Willst du noch mehr hören?"
Linda nickte wie betäubt.
„Glücklicherweise verfügte dieses verwöhnte Töchterlein über das Zartgefühl und die Sensibilität eines afrikanischen Steppennashorns und sah nichts, was über den eigenen Tellerrand hinausging. Sie fand es amüsant, ihren Schutzengel bis aufs Blut zu quälen und ihn als ekelhaften Spielverderber ihrer pubertären Mätzchen hinzustellen." Er nahm einen Schluck. „Der Schutzengel hätte entweder seinen Job hinschmeißen oder sich den Stiefel anziehen können. Er tat das letztere. Er spielte seine Rolle so gut, dass sie irgendwann zu seinem zweiten Ich wurde."
„Warum hast du nie etwas gesagt? Ich war doch nicht immer 15", fragte Linda heiser.
„Nein, das warst du nicht. Einmal warst du 17 und so voll mit LSD, dass du richtig zutraulich wurdest. Hätte ich das vielleicht ausnutzen sollen?" Er hob eine Augenbraue. „Dann warst du 18 und vollkommen von der Rolle, weil sich deine Eltern scheiden ließen. Mit 19, als du über Weihnachten heimkamst und sehen musstest, dass dich dein Vater vermisst hat wie ein eitriges Furunkel, hast du nur darauf gewartet, jemanden so zu verletzen, wie du selbst verletzt worden bist. Du hättest mir mein Herz heraus-

gerissen und es mir um die Ohren geschlagen. Als du 20 warst, tauchte der liebe Enrique auf, den du mit 21 unbedingt heiraten musstest. Mit 23 warst du glücklich wieder geschieden und damit beschäftigt, in Selbstmitleid zu baden. Und das ganze letzte Jahr hat mich dein Vater so in Atem gehalten, dass ich keine großartigen privaten Pläne wälzen konnte", schloss er.
„Trotzdem hast du Woche für Woche angerufen", brachte Linda die Sache wieder auf den Punkt.
„Ja", bestätigte er, „meine Schizophrenie erreichte bedenkliche Ausmaße: Ich war schon zufrieden damit, dass mich deine liebreizende Stimme abfertigte wie einen Versicherungskeiler und ich fing an, mich in dieser Wohnung wohl zu fühlen. Beides Zeichen, dass ich etwas ändern musste, und zwar schnell." Er trank das Glas aus. „Deinem Vater war es verdammt egal, ob du zu seiner Hochzeit kommst oder nicht. Ich wollte dich hier haben."
„Warum?"
„Damit du einsiehst, dass du für deinen Vater nie irgendeine Bedeutung haben wirst und …"
„Und?"
„Und weil ich endlich die Kette durchschlagen wollte, die mich an dich fesselt."
Linda blickte ihn verständnislos an.
„Ich muss es also wirklich aussprechen", fragte er müde und sie nickte. „Ich wollte mir beweisen, dass du eine Frau bist, wie Dutzende andere auch. Keine Märchenfee, keine Traumgestalt, keine Eisprinzessin, sondern einfach eine Frau, die die Beine für mich breit macht."
Dieser Schlag traf sie so unvorbereitet, dass er die Luft aus ihren Lungen presste. Schwerfällig stand sie auf. Damit war alles gesagt. Was auch immer sie in

den letzten Tagen empfunden haben mochte, verblasste angesichts dieser Worte zu bedeutungslosen Fragmenten. Er hatte seine Rache gehabt, aber er würde nie erfahren, wie perfekt sie wirklich gelungen war.
„Tut mir Leid, dass ich dich gestört habe", antwortet sie ruhig. „Leb wohl."

Sie hielt schon die Klinke in der Hand, als die Stille durch seine tonlose Stimme unterbrochen wurde. „Es hat nicht funktioniert."
Er saß zusammengesunken auf dem Küchensessel. „Du kannst mich haben, Linda. Ob ich will oder nicht, ich gehöre dir. Mit Haut und Haaren, für immer und ewig."
Linda sah ihn an. Innerhalb der nächsten zehn Minuten würde sie sich in einen Waschtrog voller Tränen verwandeln, aber bevor das passierte, musste sie ihn noch aus seinem schwarzen Loch holen.
„Klingt gut, Fred, für den ersten Versuch meine ich. Aber ich würde doch um etwas mehr Enthusiasmus bitten. Bei ‚Du kannst mich haben, Linda', solltest du auf die Knie sinken und demütig dreinschauen, obwohl ich zugebe, dass das mit deinen grünen Augen nicht so einfach ist. Außerdem klingt „für immer und ewig, mit Haut und Haaren" doch besser als umgekehrt. Wenn du diese kleinen Änderungen berücksichtigst, werde ich dein Angebot wohlwollend in Betracht ziehen."
Er stand auf. „Irgendwann, Linda, wird dich jemand auf einem Scheiterhaufen verbrennen", stieß er böse hervor.
Linda grub ihre Fingernägel in die Handfläche, um die Tränen zurückzuhalten. „Was soll's, solange ich vorher meinen Spaß habe", erwiderte sie unbe-

kümmert.
Nach seinem Gesicht zu schließen, würde ihr Spaß die nächsten fünf Sekunden nicht überstehen. Doch dann änderte sich seine Miene schlagartig. „Das ist meine Masche, nicht wahr? Den Schmerz durch Wut ersetzen, weil wir zivilisationsgeschädigten Menschen mit Wut besser umgehen können als mit Schmerz."
Linda nickte und merkte nicht, dass ihr die Tränen über die Wangen liefen. „Ich kann's noch nicht so gut wie du. Wie kein anderer Mensch auf dieser Welt weißt du, dass ich nicht perfekt bin. Aber vielleicht könntest du diese Tatsache gnädig übersehen."
Vorsichtig zog er sie an sich. „Nein, das kann ich nicht, mein schönes Verhängnis, aber all deine Unzulänglichkeiten machen dich schon wieder perfekt. Perfekt für mich."

Hotel Okzident

Von Johanna Sibera

Er sah Helene schon von weitem, wie sie da vor dem Eingang des Hotels stand, ganz offensichtlich um Auffälligkeit bemüht. Es war ihr nicht eingefallen, sich diskret einige Meter entfernt zu halten oder vielleicht auf der gegenüberliegenden Seite des Tiefen Grabens auf ihn zu warten. Sie stand in einer Art da, die einen geradezu zwang, sich nach ihr umzudrehen, in einem schwarzen Trenchcoat, die sandblonde Mähne, die schon einen Schatten von Grau trug, im Nacken zusammengefasst. An ihren überaus wohlgeformten Ohren und dem schönen, langen Hals fand sich keinerlei Schmuck oder gar eines dieser unsäglichen Tücher, die manche Frauen ihres Alters so gerne verwenden, um irgendwelche Welkheiten dahinter zu verbergen. Sie war unendlich auffallend in ihrer eleganten Schlichtheit und Rudolf erschrak ein bisschen. Er hatte den Plan gehabt, einem womöglich auftauchenden Bekannten zu erzählen, dass er auf dem Weg zum polnischen Lesesaal sei, der sich gleich um die Ecke befand. In seinem Freundeskreis galt er als profunder Kenner des polnischen Idioms. Aber ihre schillernde Erscheinung hier vor dem Okzident würde solche Ausflüchte natürlich von vornherein ad absurdum führen.

Er begrüßte sie eilig und strebte dem Eingang zu. In das Hotel hinein ließ er sie tatsächlich vorgehen. So als würde ihr Auftauchen in diesem schummrigen Vestibül seinen dahinter nachschleichenden Umrissen die Schärfe nehmen, ihn absorbieren und im Gegenzug zu ihrer strahlenden Gestalt sozusagen ungesehen machen. Selbstverständlich war nichts dergleichen der Fall. Der hoch gewachsene dunkle junge Mann an der Rezeption wollte sich vorbei an Helenes herrlich unfrisiertem Kopf an ihn wenden, aber sie kam ihm zuvor:

„Wir wollen ein Zimmer, so ziemlich genau für eine Stunde, mittlere Preisklasse!"

Sie griff in ihre große Ledertasche, die dekorativ an ihrer Trenchcoatschulter herabhing, und holte ein paar Geldscheine heraus.

„Zimmer 8 im zweiten Stock", sagte der Rezeptionist, und überreichte Helene den Schlüssel. „Wollen die Herrschaften etwas serviert bekommen, eine Flasche Wein vielleicht oder Champagner?"

„Danke, ganz reizend", antwortete Helene, „aber so viel Aufwand wird wohl nicht nötig sein!" In diesem Augenblick betrat ein weiteres Paar das Entree des Okzident. Für Rudolf war nichts Auffälliges an ihnen. Ebenfalls waren sie nicht mehr ganz jung. Das zarte Gesicht der Frau war fast zur Hälfte von einer überdimensional großen dunklen Brille bedeckt. Zudem trug sie ihr blaues Kopftuch etwas zu sehr in die Stirne gezogen, was den von ihr beabsichtigten Effekt der Tarnung völlig in sein Gegenteil verkehrte. Sie hatten einen Hund bei sich, einen großen semmelblonden Schäferhund, den der Mann an der Leine führte.

„Mein Gott, der ist ja wunderschön", sagte Helene spontan und beugte sich zu ihm hinunter, um ihn zwischen den langen Ohren zu streicheln. Die zarte Frau mit der dunklen Brille warf einen reichlich missbilligenden Blick auf die Kniende. Das war der Augenblick, in dem Helene sie zu erkennen schien: „Sie sind doch ...!", rief sie, offensichtlich freudig überrascht, aber das Kopftuch schritt eiligst Richtung Lift, ohne noch ein Wort oder einen Blick an sie zu verschwenden. Der Mann folgte ihr mit dem Hund.

Rudolf bedeutete Helene, einen Moment zu warten, bevor sie sich zu Fuß auf den Weg in den zweiten Stock machten.

„Was war das jetzt?", fragte er, mehr resigniert als überrascht. Er kannte Helenes Art, sich nie und in keiner Situation irgendwie zurückzuhalten und keine Gelegenheit auszulassen, eine verhängnisvolle oder zumindest zweideutige Bemerkung von sich zu geben.

„Du, mein Liebling, das war doch die Caninenberg, hast du sie nicht erkannt? Eigentlich hätte ich ihr einen schöneren Fehltritt zugetraut als diesen ältlichen Durchschnittsmann!"

„Nicht jede geht mit so einem Adonis fremd wie du", sagte er vergnügt. „Aber das war jetzt doch ein wenig indiskret von dir, findest du nicht? Wer will denn schon in einem Stundenhotel erkannt werden, auch wenn es das angeblich berühmteste in ganz Wien ist?"

„Die Caninenberg muss mit so etwas rechnen, wenn sie sich an einen Ort wie diesen begibt. Anscheinend benützt sie den Hund als Ausrede, um von daheim wegzukommen. Diese Berühmtheiten kochen wohl auch nur mit Wasser, so wie wir Alltagstypen!"

„Für mich war sie nichts anderes als eben so ein Alltagstyp. Mein Gott, in deinem letzten Fetzen siehst du zehnmal besser aus als sie. Ich habe auch mein

Leben lang nie von einer Caninenberg gehört. Bist du sicher, dass sie so berühmt ist?"
„In Schauspielerkreisen und beim Publikum, dem diese Schauspieler bekannt sind, gewiss, aber vermutlich warst du seit den Stehplatztagen in deiner Schulzeit nicht mehr im Theater."
„Woher willst du wissen, dass es überhaupt Stehplatztage gegeben hat? Ich habe es immer gehasst, mich bei derlei Anlässen nicht hinsetzen zu können, stundenlange, lähmende Opern, endlose Klassiker. Ich bin viel lieber ins Kino gegangen, da gibt es keine Stehplätze!"

Sie betraten das Zimmer Nummer 8, Helene sperrte zu und fiel übergangslos in seine Arme. Er öffnete den Gürtel ihres Trenchcoats und dann den bis zum Saum reichenden Zippverschluss im Rücken ihres schmalen schwarzen Leinenkleides. Die tadellosen Proportionen ihres Körpers, die ihm geradezu göttlich scheinende Anordnung ihrer Gliedmaßen an einem stets zart gebräunten Torso wirkten unbedroht von Banalitäten wie ihrem fortschreitenden Alter oder einer eventuellen Gewichtszunahme. In der folgenden Stunde liebte er sie mit Leidenschaft, jedoch auch mit einer gewissen, ihm als Beamten nicht fremden Methodik.

Als sie das Hotel Okzident verließen, war es genau zwölf Uhr. Rudolf war nicht überrascht, fast an derselben Stelle der engbrüstigen Eingangshalle, wo sie der Caninenberg samt Hund und Liebhaber begegnet waren, die drei wieder zu treffen, die ebenfalls dem Ausgang zustrebten. Vielmehr war er so glücklich und heiter gestimmt, dass er ihnen freudig zulächelte. Einen Augenblick lang hatte er sogar das unbedingte Bedürfnis, etwas sehr Nettes zu sagen oder zumindest eine verbindliche Bemerkung zu machen, die diesen hochkonzentrierten, wenn auch kurzzeitigen Zustand der Verschwörung bekräftigen sollte. Aber weder er noch Helene wurden eines Blickes gewürdigt.

„Die haben uns nicht lieb", sagte Helene, während sie im scharfen Schatten, den die Hausmauern in die von mittäglichem Sonnenlicht überfluteten Konturen des Tiefen Grabens schnitt, demonstrativ die Arme um seinen Hals legte. „Dann sollen sie es eben lassen."

„Wir brauchen sie gewiss nicht", bekräftigte Rudolf und warf einen verstohlenen Blick über Helenes Schulter, um wenigstens einen ungefähren Überblick über die Anzahl von Menschen zu bekommen, die sie in diesem Moment beobachteten. Der polnische Lesesaal, den er sich als Ausrede zurechtgelegt hatte, verlor völlig an Glaubwürdigkeit mit der an seinem Hals hängenden Geliebten.

„Ich gehe jetzt", sagte Helene, „Thomas kommt zum Essen heim. Ich rufe dich an!"

Seinerseits beschloss er, den Rest dieses wunderbaren Tages nicht im Büro zu verbringen, sondern gleich nach Hause zu fahren. So bestieg er den Bus nach Döbling. Wider Erwarten fand er seine Frau nicht vor, was ihm zunächst sehr recht war. Eine gute Viertelstunde nach seiner Ankunft hörte er ihren Wagen auf der Auffahrt und blickte ihr vom Balkon entgegen. Sie war schlanker geworden in der letzten Zeit. Er dachte, dass ihr das nicht so übel stand, und ihre dunklen Haare trug sie kürzer, mit einer kleinen Asymmetrie hinter dem linken Ohr, die ihm heute zum ersten Mal auffiel.

„Du bist schon da", stellte sie fest, während sie ih-

ren Mantel auszog, einen schwarzen Trenchcoat.
„Du rätst nicht, wo ich war."
„Gleich werde ich es wissen." Ohne es eigentlich zu wollen oder einen Grund dafür zu sehen, ging er auf ihren neckischen Tonfall ein.
„Bei einer Dichterlesung, Literatur am Mittag. Das Thema war: ‚Briefe berühmter Frauen an ihre Liebhaber'. Und weißt du, wer gelesen hat? Die Caninenberg!"

Ring ums Herz

Von Dagmar Schellhas-Pelzer

Manchmal stellt sich im Leben heraus, dass auch eine schlechte Angewohnheit ihre guten Seiten hat.

Ich habe meinen Lieblingsring erneut verloren. Ausgegangen, Hände gewaschen, Ring abgelegt, vergessen. Ich glaube nicht, dass er ein zweites Mal zu mir zurückkehrt. Dieses Mal war es anders als damals. Es war an der Zeit. Zehn Jahre braucht ein Herz, um zu heilen.

Als meine beste Freundin mir damals den kleinen gewölbten Umschlag überreichte, wusste ich nicht, dass du mir mit dem Ring auch dein Herz schickst. Deine Zeilen jedoch trafen mich sofort tief in meiner Seele. Eigentlich hatte ich nicht damit gerechnet, je wieder von dir zu hören. Einen Tag nach unserem Zusammenstoß im Kosmos spürte ich immer noch eine klare Abweichung von meiner Laufbahn. Ich hatte damit begonnen, weiter zu leben und mir eine schöne Erinnerung zu konservieren. Eine Party, ein Kuss, kein Versprechen. Der Freund eines Freundes.

Plötzlich war ich dankbar über meine lästige Eigenschaft, Ringe irgendwo liegen zu lassen. Du hattest deine Chance erkannt, den Ring an dich genommen und ihn mir geschickt. Er war kostbarer denn je. An besagtem Sommerabend wurde schnell deutlich, welche Blicke sich über alle Köpfe hinweg immer wieder trafen. Deine Stimme schmiegte sich wohlig in meine Ohrmuschel, selbst wenn du anderen diese amüsanten Geschichten erzähltest. Ich stand mit dem Rücken zu dir und konnte dich fühlen. Ein unsichtbares Band.

Wir unternahmen herrliche Reisen durch Literaturgeschichten, Märchentäler, exotische Länder und alle Zeiten und Gezeiten, ohne einen Schritt zu setzen. Selbst für den Flug zum Mond stiegen wir nur drei Treppen hinauf auf das Dach. Gleich an unserem ersten Abend. Du entführtest mich über die Dächer der Stadt. Dort oben lag uns die ganze Welt zu Füßen. Vermutlich war das Dach danach undicht, an den Stellen, wo wir auf dem Belag umher tanzten, im Taumel und doch mit schlafwandlerischer Sicherheit. Als wir uns umarmten, schien der Mond zu explodieren. Danach musstest du ehrlich zu mir sein. Wie anständig von dir. Es existierte eine Frau.

Nun gab es ein Geheimnis. Eines, welches die Unwägbarkeiten des Lebens jemandem ins Herz einbrennen, ohne dabei zu erwähnen, dass es wehtun wird. So beschloss ich für mich, niemandem zu verraten, dass wir uns liebten.

Ich überlegte, ob ich dich trotzdem wollte. Doch wie hätte ich widerstehen können, wo du mich zu deiner Königin machtest. Ich war dein Goldengel, dein Garten Rheinischer Lust, deine Schokofee, die Ringträgerin. Verehrt, gehuldigt …

Meine Königin!
Die Arbeit in den Provinzen, die ich in dem Wissen, sie für Euch, Majestät, zu verrichten, mit dem Äußersten meines Vermögens zu bewältigen su-

che, zehrt an meiner Zeit. Und schon in weniger als einer Stunde muss ich im Bürgerhaus erscheinen, um mich mit den ständischen Vertretern der Handwerkergilden zu schlagen um einen neuen Pachtvertrag. Doch zuvor muss ich Euch, meine Schönheit, von einer Neuigkeit unterrichten, die Euch auf jedwede erdenkliche Art erfreuen wird: Ich habe einen verschwiegenen Knappen Eures Hofes dafür gewinnen können, die Zeugnisse meiner Verehrung in geheimen Botengängen zu transportieren. Und auch Eure Gunst kann mir auf diesem sicheren Wege endlich zuteil werden. Damit kann ich nunmehr, meine Königin, den Weg zu Eurem Herzen finden, ohne dabei die Kompromittierung fürchten zu müssen. In dieser Stunde, da Ihr dies zärtlich geschriebene Papier in Händen haltet, ist dies geschehen und nichts hat es aufhalten können!
Mit ergriffenem Herzen ...

Und meines erst!

Anfangs wehrte ich mich. Ich machte mich rar, zeigte keinerlei Interesse. Dein Eroberungswille wurde angestachelt. Zwei Frauen zu lieben, bedeutete für ein so großes Herz wie deines keinerlei Anstrengung. Ich verstand. Kein Ultimatum, keine Szene. Es machte sogar Spaß, war aufregend, spannend. Selbst Feiern, auf denen du mit ihr gewesen bist, haben wir genossen. Die heimlichen Berührungen, die zarten Gesten, der verstohlene Augenaufschlag. Das Tuscheln der Herzen. Wir sahen uns und freuten uns. Das war genug.

Bis ich dich zu sehr liebte. Jetzt hieß es handeln.

Seine Würde behalten. Abschied nehmen. Gehen lassen, um zu schauen, ob es zurückkommt, ob es vielleicht doch meines war. Natürlich konntest du dich berechtigt eine kleine Weile darauf ausruhen, dass deine Unberechenbarkeit und unkonventionelle Art einen Teil des Reizes ausgemacht haben. Heimlichkeiten, stets auf dem Sprung, Flüstern in der Nacht. Aber dann blieben gewisse zarte Bande angegriffen und überspannt zurück, ohne Halt, ohne Orientierung. Du wolltest nicht verstehen, dass selbst bei einem so locker geknüpften Gewebe die ein oder andere Masche stabil sein musste, um es nicht reißen oder auseinander fallen zu lassen.

Ich fühlte mich wie in einem Segelboot, weit draußen auf dem Meer. Wind, Wellen, Sonne, Salz, aber niemals ein Ufer in Sicht, keine Anlegestelle. Ein Sprung über Bord in die tiefblauen Wogen.

Angeblich brauchtest du nur etwas Zeit, dich zu sammeln. Du hast mir nie gesagt, ob sie es wusste. Sie ging weg und unser Geheimnis verlor sich. Wie ein Ring verloren geht. Du wusstest nicht, wie du um die eine Frau trauern solltest, und dich über die andere freuen. Bisher waren beide Grund zu Umschmeichelung, Romantik und Ritterspielen. Du dachtest, du hättest alles im Griff. Ein Ritter in schillernder Rüstung.

Da ging er hin, der selbstsichere Recke, mein romantischer Held. Der Glanz verschwand. Wie bei einem Silberring, der poliert werden müsste.

Zeit für einen neuen Ring.

Ein Freund

Von Diana Heither

Es war schon zu einer angenehmen Gewohnheit geworden, dass er oft abends vor ihrer Haustür stand. So war sie nicht gezwungen, die langen Abende allein in ihrer Wohnung zu verbringen. Nach Feierabend kam er zum Abendessen und sie verlebten einige gemeinsame Stunden. Ein Freund mit dem sie gerne zusammen war, mit dem sie reden konnte, schweigen, lachen und auch streiten. Ein guter Freund, nicht mehr.

Dieser Abend begann ebenso wie alle anderen zuvor. Nach einer vertrauten Begrüßung lud sie ihn an den liebevoll gedeckten Tisch ein und servierte das Essen. Bei Rotwein und Kerzenschein erzählten sie sich die Erlebnisse des Tages, nur unterbrochen durch kleine Neckereien, die beide sehr fröhlich stimmten.
„Gib mir das Telefon. Ich erwarte einen Anruf!"
„Auf meinem Telefon? Das fehlte noch. Ich denke nicht daran. Hol es dir doch!"
Lachend entwendete sie blitzschnell das kleine schnurlose Telefon und lief damit durch die Wohnung. Er jagte ihr hinterher. Kaum hatte er es in seiner Hand und spürte Siegesstolz in sich aufsteigen, nahm sie das Telefon wieder an sich, und das Spiel begann erneut.

Kerzengrade reckte sie sich vor ihm auf, das Telefon hinter ihrem Rücken versteckt. „Und du kriegst es nicht", lachte sie.
„Du wirst es sehen …", drohte er grinsend und ging

einen Schritt auf sie zu, so dass sein Gesicht das ihre fast berührte.
Ausgelassen zog sie seinen Mund zu sich herab. Ganz sanft ließ sie ihre Lippen über seine gleiten.
Er war überrascht und versuchte es sogleich mit Vernunft. „Irgendetwas muss im Essen gewesen sein, Kleines. Dies ist vielleicht nicht der richtige …" Sie öffnete seinen Gürtel und schlang ihn sich um die Schulter, während ihr Mund weiter über seine Lippen glitt.
Es war schwer für ihn, vernünftig zu bleiben, derweil all sein Blut aus seinem Hirn abwärts schoss. „In ungefähr zehn Sekunden …", wieder berührten ihre Lippen seinen Mund, während sie ihre Fingerspitzen unter sein Hemd gleiten ließ, „wird es mir egal sein, ob etwas im Essen war oder nicht."

Seine Finger legten sich um ihren Nacken. Sie spürte seinen warmen Atem auf ihrer Haut. Sein Gesicht war so nahe, dass es ihr Blickfeld ausfüllte. Plötzlich sah sie die kleinen Dinge, die sie all die Jahre nicht hatte bemerken wollen: den dünnen grünen Ring, der seine Iris einfasste, die gerade, fast aristokratische Linie seiner Nase, die sanfte, ausdrucksvolle Form seines Mundes.
Seine Finger verstärkten ihren Griff und er beugte sich zu ihr herab. Mit seiner Zungenspitze zeichnete er die Form ihrer Lippen nach und entlockte ihr damit ein leises Stöhnen.
„Bist du bei dem Rest der Übung genauso gut wie beim Küssen?"
Er verdrehte die Augen und spürte, wie seine Knie nachgaben. „Was soll ich denn darauf antworten, ohne wie ein Idiot zu klingen?"
Langsam sank er auf den Küchenstuhl und zog sie

zu sich heran.
Seine Augen schimmerten dunkel. Irgendetwas Gefährliches glitzerte in ihnen. Das Herz klopfte ihr bis zum Hals. Ihre Stimme war heiser, aber ihr Blick fest, als sie flüsterte: „Es ist möglich, dass ich dich auf irgendeiner Ebene benutze, um mir etwas zurückzuholen."

Er saß immer noch auf dem Küchenstuhl und sie glitt auf seinen Schoß, umfing seine Hüften mit ihren Beinen und legte ihm die Arme um den Hals. „Stört dich das?"
„Nicht im Mindesten." Er fuhr mit seinen Händen an ihrem Rücken hoch. „Das Risiko gehe ich ein", murmelte er, beugte sich vor und nahm ihre Unterlippe zwischen seine Zähne. Er knabberte daran, dann presste er seinen Mund auf ihren und tauchte mit seinem Kuss in Tiefe, Dunkelheit und Gefahr ein.
Sie schloss die Augen und hätte schwören können, dass der Boden unter ihnen nachgab.
„Und wenn sich das hier als ein großer Fehler erweist?"
„Hast du noch nie einen Fehler gemacht?" Sein Grinsen blitzte auf, und sie stellte fest, dass sie ebenfalls lächeln musste.
„Einen oder zwei. Aber ..."
„Später." Er senkte seinen Kopf und sie küssten sich weiter. In diesem Kuss lag alles – die Energie, das Feuer, die Leidenschaft. Eine Liebe, die ihm nie ganz gehört hatte, erfüllte ihn nun endlich mit Triumph.

Ihr Herz setzte aus, als sein Mund über ihren streifte und ihr Puls beschleunigte sich. Er eroberte sie, Zentimeter um Zentimeter, ihre blasse Haut, ihre

zarten Formen.
Sie wollte ihn nur um ihren Finger wickeln, doch wie konnte sie das, wenn sie bereits um seinen Finger gewickelt war?
Woher hätte sie wissen sollen, dass die Lippen dieses Mannes eine derartige Vielfalt an Gefühlen auslösen konnten? Sie konnte ihn schmecken – seinen warmen Atem. Sie konnte ihn fühlen – seine Lippen, weich und doch fest und erfahren. Sie konnte ihn riechen – den herben Duft von Wind und Sonne. Durch ihre Wimpern konnte sie sein Gesicht sehen, so nah und doch verwischt.

Seine Zärtlichkeit war so unerwartet, so unwiderstehlich. Nichts hatte sie darauf vorbereitet, was passieren würde, dass es sie derart berühren, ihr Blut so in Wallung bringen und ihr Innerstes erreichen würde, wenn er sie derart geduldig und unnachgiebig liebkoste. Sie hatte keine Geheimnisse mehr vor ihm, keinen Stolz, hinter dem sie sich hätte verstecken können. Was immer sie war, was immer er von ihr wollte, sie bot es ihm freiwillig an. Schwach, voller Vertrauen und willig gab sie sich ihm hin.
Sein Mund, seine Hände waren überall, und alles, was sie noch zustande brachte, war ein heiseres Aufstöhnen. Zwischendurch versuchte sie sich zu befreien. Aber er hielt sie in der Falle jenes unerträglichen Verlangens gefangen. Er ließ ihr keine andere Wahl, als den wilden Kampf, den die Empfindungen untereinander ausfochten, durchzustehen.
Sie ließen sich zu Boden sinken, und während sie aus ihren Kleidern und Schuhen schlüpften, landete der Stuhl krachend auf dem Parkett.

Er zog ihr die Jeans über die Hüften nach unten, bis

das winzige blaue Stück Satin zum Vorschein kam. Sein Mund erforschte ihren Bauch, bewegte sich immer weiter abwärts, bis sein Atem stoßweise im gleichen Rhythmus wie ihrer ging.
Sie wurde von dem aufflammenden Verlangen überwältigt. Es gab nur noch ihn – seine Hände, seine Lippen. Dieses verzweifelte Sehnen oder diese übermächtige Kraft war ihr bisher völlig fremd gewesen. Sie hatte das Gefühl, verschlungen zu werden.
Er beobachtete sie, fasziniert vom schnellen Aufflackern der Selbstvergessenheit, Verwirrung und schließlich Verzweiflung in ihrem Gesicht.

„Nein, sieh mich an", verlangte er, als sie die Augen schloss. „Sieh mich direkt an." Seine Hände suchten ihre und schlossen sich um ihre Finger. Seine Gedanken verschwammen. Obwohl er versuchte, sie zu klären, darum kämpfte, sich selbst zurückzuhalten, verführte sie ihn. Nicht seinen Körper. Den hätte er ihr rückhaltlos gegeben. Sie verführte seinen Verstand, bis er völlig von ihr erfüllt war.
Er lag auf ihr, sein Kopf ruhte zwischen ihren Brüsten. Sie fühlte seinen Herzschlag, vernahm das leise Seufzen des Windes, der um das Haus strich.
Er spürte ihre leichte Bewegung. „Bin ich dir zu schwer?"
„Schon gut, ich kann fast atmen."
Lächelnd küsste er ihre Brüste, dann rollte er sich zur Seite.

Er konnte sie nicht ansehen, ohne sich nach ihr zu sehnen. Seine Gefühle gingen weit über das Körperliche hinaus.
Sicher, er konnte ohne sie leben. Das hatte er all die Jahre geschafft, und er wusste, dass er es wie-

der könnte. Aber er wäre nur ein halber Mensch mit einer großen unerfüllten Sehnsucht, wenn sie nicht Teil von ihm war. Doch es blieb ihm nichts Anderes übrig, als das zu nehmen, was sie ihm zu geben bereit war, und sie gehen zu lassen, wenn die Zeit kam.

Mit geschlossenen Augen legte sie ihren Kopf an seine Schulter.
Wie oft schon hatte sie sich die Frage gestellt, wie es mit ihm sein würde. Nun wusste sie es.
Jetzt drängte sich ihr eine ganz andere Frage auf: Wie würde sie nach dieser Nacht so tun können, als wäre sie mit diesem einen Mal zufrieden?
Tief atmete sie seinen Duft ein. Oh, ich liebe dich, dachte sie, während sie mit den Fingerspitzen über seine warme Haut strich. Und der sicherste Weg, dich jetzt zu verlieren, wäre der, es dir zu gestehen.

Die siebte Säule

Von RosMarin

Es roch nach Gummi, Öl, Benzin und allem, was sonst noch so unter der Haube eines Autos verborgen ist. Vom Kühler stieg eine Fontäne aus Dampf und verschmierte die gerade geputzte Windschutzscheibe des roten BMW. Fabius fuhr auf den Pannenstreifen und blieb dort stehen. Er befand sich auf der Autobahn von Bari in Richtung Foggia. Eine Zeitlang blieb er bewegungslos im Auto sitzen, dann drehte er das Radio auf und lauschte der Musik, als wäre nichts geschehen. Das war seine Art, die Dinge zu nehmen, wie sie sind, da eine Aufregung sowieso nichts gebracht hätte.

Nach einer Weile intensiven Nachdenkens stieg er aus dem Wagen und öffnete die Motorhaube. Giftige Abgase hüllten ihn in stinkenden Nebel. Schnell wandte er sein Gesicht wieder ab. Ja, der Keilriemen war gerissen. Fabius hatte keinen Reservekeilriemen dabei und keine Reisebegleiterin, wie damals, als Evi ihren Nylonstrumpf ausgezogen und sie damit die Verbindung zwischen Motor und Kühlung wiederhergestellt hatten. Kommt Zeit, kommt Rat, dachte er gelassen. Er setzte sich auf den Kofferraum und blickte in die Richtung, aus der die Autos an ihm vorbeischossen. Viele waren es nicht. Es war der Nachmittag eines sonnigen Tages. Die meisten Leute waren wohl am Strand und genossen die schöne Zeit. Wieder raste ein Wagen an ihm vorüber. Fabius sah ihm sehnsüchtig nach. Da hörte er die Bremsen quietschen, das Auto blieb im Rückwärtsgang vor ihm stehen.

Eine elegante Dame reiferen Alters stieg aus dem Cabrio. Erfreut ging Fabius ihr entgegen.
„Erwin Fabius?", sprach sie ihn an. „Wenn ich mich nicht täusche?"
„Ich bin überrascht, dass man mich auch hier kennt", sagte Fabius verblüfft.
„Die Krimiserie mit Kommissar Lothammer läuft auch bei uns. Mein Name ist Cornelli."
„Sie sind Italienerin?"
„Ja, mit deutschem Vater, in Hannover geboren, und auch die frühe Kindheit habe ich dort verbracht", erwiderte sie lachend.

Violetta Cornelli hatte das deutsche Kennzeichen auf dem Pannenstreifen gesehen und gedacht, behilflich sein zu müssen. Als Fabius dann vor ihr stand, erkannte sie ihn als Kommissar Lothammer. Sie schlug vor, ihn bis zur nächsten Tankstelle mitzunehmen. Dort sei eine Autowerkstatt und sie als Dauerkundin würde sich bemühen, sofortige Reparatur zu erreichen. Die Tankstelle befand sich etwa zwanzig Kilometer von dem Pannenort entfernt. Es war, wie Violetta gesagt hatte. Der Chef schickte zwei seiner Leute, die den Wagen sofort abschleppten.

„Wenn Sie noch Zeit hätten, würde ich Sie sehr gern zu einer Tasse Kaffee einladen", sagte Fabius mit einer Verbeugung zu Violetta.
„Ja", erwiderte sie. „Ich habe noch Zeit; die Reparatur wird nicht lange dauern. Ein Keilriemen ist schnell montiert. Ich wohne zwar hier um die Ecke, aber um Sie zu mir auf einen Mokka einzuladen, ist die Zeit zu kurz."
„Ach! Sie wohnen hier?"
„Dort auf dem Hügel, das Haus!"

„Gott! Sie sagen Haus! Das ist ja ein Palast!"
„Es ist zugleich unser Betrieb. Wir haben Olivenplantagen und pressen Speiseöl."
„Ja, richtig! Jetzt fällt es mir wieder ein! Der Name Cornelli ist ja sehr bekannt. Und doch wusste ich zuerst nicht, wo ich ihn einordnen sollte. ‚Das Beste aus der Natur'. Ist es das?"
„Stimmt, das ist unser Werbespruch. Sie sprechen italienisch?"
„Sehr dürftig und sehr selten. Die Leute denken gleich, ich sei der Sprache mächtig und sprechen mich italienisch an."
„Nicht zu Unrecht, denn Ihre Krimiserie ist in unserer Landessprache synchronisiert."
Sie setzten sich in den von Blumentöpfen umrandeten Garten zu Tisch und bestellten Fruchtsäfte.
„Cornelli", sagte Fabius. „Ich las in der Werbung – seit über hundert Jahren im Familienbesitz?"
„Der Großvater meines Mannes hat die Produktion aufgenommen", erzählte Violetta freundlich. „Es war eine kleine Hütte, nur für ein paar Leute konnte man das Öl pressen. Eigentlich wurde nur das verkauft, was vom Eigenbedarf übrig blieb. Mein Schwiegervater baute die Haine mit seinem Sohn, meinem Mann, auf die jetzige Größe aus. Leider starb er sehr früh, durch einen Autounfall, und die ganze Last blieb an mir hängen."
„Dachten Sie nie, sich wieder zu verheiraten?"
„Nein!", rief Violetta mit gespielter Empörung. „Ich habe rechtzeitig meine Bewerber durchschaut. Denn jeder, der von Amore sprach, schielte über meine Schulter auf die Plantage. Einer war sogar so offen, oder man kann auch sagen, frech, mir mitzuteilen, er würde mich sofort heiraten, aber die Hälfte des Ganzen müsse auf ihn überschrieben werden.

Haha. Und da ich keine Kinder oder sonstige Verwandte habe, käme nach meinem Tode sowieso alles in seinen Besitz."
„Kaum zu glauben", schmunzelte Fabius.
Violetta Cornelli lachte hell auf: „Er meinte, er sei ein gut aussehender Mann, und das müsse es mir wert sein."

Sie saß so, dass sie in die Richtung sehen konnte, aus der der Abschleppdienst kommen musste.
„So, sie sind schon da", sagte sie nach einigen Minuten.
„Schade, es war so nett, mit Ihnen zu plaudern." Fabius zuckte bedauernd die Schultern. Die beiden Monteure schoben den Wagen in die Werkstatt. Nach einer Weile kam der Chef, er redete auf Frau Cornelli ein, während sein Blick auf Fabius, der nur Bruchstücke verstand, ruhte.
„Bei Ihrem Wagen", sagte Violetta, „ist auch die Motordichtung durchgebrannt. Der Chef hat keine in Reserve, er könnte aber einen seiner Leute in seine Hauptwerkstatt schicken, um eine Ersatzdichtung zu holen. Es würde aber mindestens vier Stunden dauern."
So blieb Fabius nichts übrig, als zuzustimmen und zu warten.
„Dann geht es auch, dass ich Sie zu mir einlade." Violetta schenkte ihm ein reizendes Lächeln.
„Das ist also eine der Situationen, von der man sagt, Glück im Unglück zu haben. Ich bin dem Zufall dankbar, mit Ihnen noch eine Weile verbringen zu dürfen."

Das Haus am Hügel erschien Fabius wie eine romantische Filmkulisse. Violetta zeigte ihm den Betrieb.

Alles war auf das Modernste eingerichtet. Von der Ernte über das Sortieren bis zum Pressen.

„Ich denke, wir setzen uns in die Laube", sagte Violetta. „Da ist ein Springbrunnen, der sorgt für eine frische Brise."

„Es ist traumhaft schön hier", schwärmte Fabius. „Ein herrliches Fleckchen Erde."

„Schauen Sie sich ruhig um", forderte Violetta ihn auf. „Ich geh mir nur schnell etwas anderes anziehen. Und Martina wird uns gleich etwas Erfrischendes zubereiten."

Violetta verschwand im Haus und kam nach kurzer Zeit in einem legeren, mit Sonnenblumen bedruckten Hausanzug wieder.

„Ich kann mich nur wiederholen", sagte Fabius. „Sie haben ein Stück Paradies hier auf Erden."

„Kommen Sie mit!" Violetta nahm Fabius Hand und führte ihn durch alle Räume des Hauses bis auf die Terrasse. „Hier haben Sie einen wunderschönen Ausblick", sagte sie und zeichnete mit anmutiger Geste einen großen Bogen. So weit man blicken konnte, reihte sich ein Olivenbaum an den anderen. Selbst am Horizont, dort, wo der Hügel aufhörte und wieder zum Tal abfiel, sah man noch die Reihen der Baumkronen im Sonnenlicht glänzen.

„Wieso wundert es Sie, wenn die Männer über Ihre Schulter auf die Plantage schielen?", scherzte Fabius aufgeräumt. „Ist doch ein wunderschöner Anblick!"

In diesem Augenblick kam Martina und fragte, ob sie ihren Kaffee hier trinken wollten.

Sie setzten sich so auf die Terrasse, dass sie den Vorderteil des Hauses überblicken konnten. Nach einer Weile sagte Violetta: „Es ist seltsam." Sie sah in

Fabius blaue Augen. „Sie erinnern mich an jemanden aus meinen Mädchenjahren. Die Stimme, die Sprache ..."
„Hoffentlich eine angenehme Erinnerung?"
„Meine erste Liebe. Also kann es nur etwas Angenehmes gewesen sein."

„Erzählen Sie!" Fabius Herz klopfte einige Schläge schneller. „Es ist immer schön, sich an solche Geschichten zu erinnern. Aber wenn sie zu persönlich sind?"
„Es ist schon zu lange her, als dass man etwas verbergen möchte", erwiderte Violetta etwas zögerlich. „Aber, komisch, ich habe es noch nie jemandem erzählt. Es wäre also das erste Mal. Immerhin war es vor vierzig Jahren."
„Erzählen Sie. Ich wäre sehr geehrt."

„Ich war damals noch Schülerin, süße achtzehn Jahre", begann Violetta leise, „und wollte Modeschöpferin werden. Ich konnte gut zeichnen und hatte ein Gefühl für Bekleidung. Wenn ich die Leute ansah, hatte ich zu jedem Typ schon die passende Garderobe im Kopf. Meine Ferien verbrachte ich bei meiner Tante in Termoli. Ihr Haus lag direkt am Meer. Mir bereitete es Freude, im Sommer die Menschenmenge und viele Fremde zu sehen. Und es machte besonderen Spaß, wieder deutsch zu sprechen, denn Deutsche gab es in rauen Mengen. Mein Stammplatz lag etwas abseits. Ich mied die dümmlichen Annäherungsversuche der jungen Papagallos, die sich in Eroberung der Frauenherzen übten. An einem Tag dieses Sommers, als ich mich meinem Stammplatz näherte, sah ich dort einen jungen Mann sitzen. Ich nahm, wie gewohnt, meinen Platz ein, ganz in seiner Nähe. Ich sagte etwas verärgert auf Deutsch, ich hätte meine Sonnenbrille vergessen. Spontan bot er mir seine an. Er trüge seinen Strohhut ohnehin meist tief über die Augen geschoben, sagte er lachend. Amüsiert lachte auch ich, bedankte mich und fand in diesem Augenblick meine Brille. So habe ich also ein Gespräch angefangen. Nachdem wir uns eine Weile über ein paar Meter Entfernung unterhalten hatten, bot ich ihm an, sich neben mich zu setzen. Er stellte sich als Eric Ahlbeck, Heidelberg, Student der Germanistik vor und sei schon zum zweiten Male hier auf Urlaub.

‚Violetta', sagte ich. ‚Ein wunderschöner Name', sagte Eric, ‚bedeutet auf Deutsch soviel wie Veilchen.' Ich hatte nicht den Eindruck, er sei ein Schmeichler, denn auch mir selbst gefiel dieser blumige Name. Wir unterhielten uns noch eine Stunde, dann musste ich leider gehen, da ich Klavierstunde hatte. Ob ich morgen wiederkäme, fragte Eric, und ich sagte ja. Und plötzlich, schon im Weggehen, ich weiß nicht, woher ich den Mut nahm, sagte ich noch, wenn er Lust hätte, könnten wir uns abends am Korso treffen. Ein Spaziergang in der bunten Menschenmenge sei immer etwas Lustiges.

‚Um welche Zeit? Wie viel Uhr?', fragte Eric aufgeregt.

‚Am Abend', wiederholte ich.

Das heißt bei uns, man geht ein paar Mal hin und her, bis man sich findet. Ich wunderte mich über mich selbst. Um alles in der Welt hätte ich wetten können, niemals einem Mann so entgegenzukommen. Es lag etwas in der Luft ...

Am Abend dann stand Eric etwas abseits vom Gehsteig, um die Vorbeigehenden sehen zu können. Das war vor allem praktisch, wenn man auf jemanden wartet. Ich sah ihn schon von weitem und ging auf ihn zu. Ich nahm ihn sogar bei der Hand, als wir den Korso entlanggingen. Wir setzten uns eine kurze Weile auf die Terrasse der Tanzdiele und tranken einen Saft. Dann schlug ich vor, den Korso zu verlassen und am Strand entlangzugehen. Es sei ruhiger hier, sagte ich. Ja, es lag etwas in der Luft ...

Wir gingen am Ufer entlang in die Dunkelheit. Man hörte schon die Musik aus der Tanzbar ganz entfernt. Eric legte ganz vorsichtig seinen Arm um meine Schulter. Und als er keinen Widerstand verspürte, zog er mich noch etwas näher an sich heran. Wäre ich ein reifer Apfel gewesen, hängend auf dem Baum, ich hätte in diesem Augenblick zu meinen Freundinnen gesagt: ‚Ciao, Fratelle, ich bin reif, heute falle ich ab.'
So war es auch. Das erste Rendezvous, das erste Mal Hand in Hand mit einem jungen Mann. Dann der erste Spaziergang im Dunkeln, und auch der erste Kuss. Alles auf einmal. Am ersten Abend! Und dann so etwas! Gut, dass es dunkel war, denn ich schämte mich sehr. Ich bin doch so erzogen, so etwas nur mit dem Mann zu tun, den ich heiraten würde, natürlich nur in der Hochzeitsnacht!

Als es vorbei war, war ich froh, dass er mich wieder bis zur Tanzdiele brachte. Ich verabschiedete mich schnell und lief nach Hause. Dort kam der große Katzenjammer.
Ich hatte mich in Eric verliebt, und die Sehnsucht, ihn wieder zu sehen, wurde immer unerträglicher. Eine ganze Woche blieb ich zu Hause, nur um zu vermeiden, ihm zu begegnen. Es tat sehr weh. Aber als ich doch wieder zum Strand ging, war Eric nicht

mehr da. Einer der Papagallos, der mich an dem Ort des Geschehens fand, kam mir entgegen und erzählte, Eric sei vor drei Tagen zurück nach Deutschland gefahren. Ich erfuhr auch, dass er mit den Jungs befreundet war. Wenn es ihm nicht gelänge, mich zu verführen, soll er gesagt haben, würde er sich eine Glatze scheren. Am nächsten Tag erschien er kahl geschoren. Die Papagallos waren überzeugt von seiner Ehrlichkeit und bewunderten ihn aufrichtig. Ich galt von da an als eine uneinnehmbare Festung. Eric hatte also, um meine Ehre zu schützen, seine Haarpracht geopfert. Dabei hatte ich das Gefühl, ihn verführt zu haben. Die Papagallos wurden meine Freunde. Sie schützten mich vor jeder Belästigung der Fremden und weihten mich eines Tages in ein Geheimnis ein: Am Ufer entlang, etwa eine halbe Stunde zu gehen, war ein Weg, der in ein Wäldchen zu einem Hügel führte. Auf der anderen Seite des Abhangs war, übrig geblieben aus der Antike, der Rest eines Palastes zu sehen, von dem noch sieben Säulen erhalten waren. Sie waren von oben bis unten mit Mädchennamen beschrieben. Die Jungs hatten die Säulen untereinander aufgeteilt und jeder seine Eroberungen mit Namen und Datum verewigt. Nur eine Säule war ohne Namen. Doch eine Graffitizeichnung zeigte ein in wunderschöner violetter Farbe gesprühtes Blümelein. Ein Veilchen. Darunter stand: Ich liebe Dich!

Der Sommer verging. Ich sehnte mich nach dem nächsten. Alle sechs Jungs waren gekommen. Nur Eric nicht. Auch das zweite und dritte Jahr nicht. So wartete ich Sommer für Sommer. Doch Eric kam nicht. Inzwischen war ich schon fünfundzwanzig Jahre alt. Angelo Cornelli, einer der Jungs, war im-

mer hinter mir her, doch ebenso wie die anderen mit großem Respekt. Eines Tages fragte er mich, ob ich ihn heiraten würde. Einen Monat später waren wir Mann und Frau. Am Morgen nach der Hochzeit, ich war gerade im Bad, hörte ich ein Gepolter aus dem Schlafzimmer, ein Fluchen und Schreien. Ahnungsvoll ging ich nach oben. Angelo stellte gerade das Doppelbett auf das Fußende, dann schleuderte er brüllend die Decken und Kissen und die Matratze und was sonst noch im Bett war, durch das Zimmer und heulte wie ein verletzter Stier.
‚Wenn du die Spuren deiner Heldentat der Hochzeitsnacht suchst, suchst du vergebens', sagte ich. ‚Eric hat sich die Glatze zu Unrecht geschoren.'
Von nun an war ich eine Ehebrecherin! Ich hätte ihn betrogen, schrie Angelo außer sich, meine Reinheit, die ihm zustünde, einem anderen geschenkt. Er sprach von mir, als sei ich eine Biersorte, die ein Reinheitsgebot vorzuweisen hätte. Dann fiel er über Eric her: Dieser Hurensohn habe nicht nur mich, sondern die ganze Clique betrogen, wütete er. Und ihr Vertrauen missbraucht, dieser Mistkerl. Wenn der ihm noch mal unter die Augen käme. Irgendwie verstand ich ihn sogar. Die Jungs hatten sich ja aus Solidarität ebenfalls eine Glatze scheren lassen und liefen den ganzen Sommer erfolglos am Strand umher, weil sie mit ihren Eierköpfen aussahen wie Häftlinge auf Kurzurlaub und keine Eroberungen aufweisen konnten.
Scheiden hätte sich Angelo nie lassen, dazu war er zu religiös. Aber was noch schlimmer gewesen wäre, der Grund der Scheidung wäre ans Tageslicht gekommen und damit auch die Schande über ihn, eine ‚gebrauchte' Frau geheiratet zu haben. Außerdem kann uns hier in Italien nur der Tod trennen.

Das tat er auch. Als Angelo wieder einmal voller Übermut die schmale einspurige und kurvenreiche Straße entlangraste, wurde er in einer unübersichtlichen Kurve von einem anderen Raser überholt und prallte mit einem entgegenkommenden Auto zusammen. Er war sofort tot. So war ich schon vier Monate nach der Hochzeit Witwe."

Martina kam ins Zimmer. Die Werkstatt hätte angerufen, sagte sie, das Auto sei repariert.
„Wenn Sie wieder einmal in der Nähe sind, kommen Sie doch auf einen Sprung vorbei. Sie sind immer herzlich willkommen", verabschiedete sich Violetta von Fabius, der sich für die Hilfe und Gastfreundlichkeit bedankte. „Ihre Geschichte hat mich übrigens sehr berührt. Vielen Dank für Ihr Vertrauen." Zum Abschied sahen sich die beiden tief in die Augen und sie fügte hinzu: „Die Ähnlichkeit ist wirklich bemerkenswert. Ich kann mir gut vorstellen, dass er heute so aussieht wie Sie."

Fabius fuhr sehr schnell, er hatte einen Termin und musste mehrere Stunden Verspätung aufholen. Gegen Mitternacht erreichte er die österreichische Grenze und geriet in eine Art Stau. Bewaffnete Gendarmerie auf der einen Seite, Carabinieri auf italienischem Boden. Alle Fahrzeuge wurden angehalten und streng kontrolliert. Ein junger Kripobeamter warf einen Blick in den Wagen, grüßte höflich und winkte zur Weiterfahrt.
„Vorne, rechts, ist unser Funkwagen und die SOKO-Leitung", sagte er.
Fabius war verwirrt. Ein zweiter Beamter, offensichtlich ein Vorgesetzter, kam auf den Jungen zu, um zu sehen, warum er Unkontrollierte weiterfah-

ren ließ. „Es war der Kommissar Lothammer", sagte der junge Beamte entschuldigend. „Ich hab ihn zur Leitung geschickt. Wahrscheinlich ist er angefordert worden."
„Wir haben niemanden angefordert", sagte der Vorgesetzte streng. „Und schon gar nicht irgendwelche Fernsehkommissare. Sind Sie von allen guten Geistern verlassen?! Vielleicht ist es gerade der, den wir suchen!"
Sie stiegen in ein Auto und fuhren Fabius nach. Sie erreichten ihn, als er gerade eine Raststätte betreten wollte.
„Inspektor Lothammer?"
„Nein. - Ja."
„Was denn nun?! Ja? Nein?"
„Das ist mein Name für die Rolle", sagte Fabius lachend, „die ich im Fernsehen spiele. Mein Name ist Fabius, Erwin Fabius."
„Darf ich mal Ihre Papiere sehen?"
Fabius reichte dem Beamten seinen Pass. Der blätterte ihn von vorn bis hinten durch. Einmal zurück, wieder von vorn. Dann betrachtete er lange Fabius Gesicht.
„Sie sind also Erwin Fabius?", fragte er mit Nachdruck.
„Ja!"
„Und warum steht dann hier: Eric Ahlbeck?"
„Weil ich Eric Ahlbeck bin. Fabius ist mein Künstlername, und Lothammer heiße ich in der Fernsehrolle."
„Öffnen Sie bitte den Kofferraum", sagte der Vorgesetzte streng. Er ließ den Jungen den Wagen untersuchen und ging mit dem Pass in das Polizeiauto. Nach kurzer Zeit kam er zurück.
„Alles in Ordnung", sagte er betont freundlich. „Sie

können jetzt weiter fahren. Sie sind in eine Razzia geraten. Wir suchen einen Waffenhändler. Entschuldigen Sie bitte das Missverständnis."
„Alles in Ordnung, Herr Kollege."
Fabius Ahlbeck Lothammer fuhr weiter. Es war ihm schon oft passiert, dass er als Lothammer angesprochen wurde, man ihm gute Tipps und Ratschläge gab.

Und nun das mit Violetta …

Er war damals noch nicht zwanzig Jahre alt und studierte Germanistik. Trotz des reichen Elternhauses und der Taschen voller Geld hinderte ihn nichts, Reisen per Autostopp zu unternehmen. Einfach aus Abenteuerlust. Er fuhr, solange es ihm Spaß machte, stieg irgendwo aus, blieb, solange es ihm gefiel, und fuhr mit der nächsten Gelegenheit weiter. Der Zufall brachte ihn nach Termoli. Er suchte einen Ort zum Übernachten und ging am Strand an der Tanzdiele vorbei. Das Nest gefiel ihm. Ein verträumtes Fischerdorf, von der Natur mit Schönheit reich beschenkt. Es war schon Abend. Er kroch am Strand unter ein umgekipptes Boot und schlief, als wäre er in einem Hotel. Am nächsten Morgen ging er wieder durch den Ort. In einem Hof fielen ihm mehrere junge Männer auf, die sich mit einem Auto beschäftigen. Er bot ihnen an, die Karre mit Sprayfarbe bunt zu besprühen und zeigte ihnen einige Muster, von denen sie sofort begeistert waren. Auf die Frage, was das kosten würde, winkte er ab und sagte: ‚Tute simpatiko'. Das bedeutet: aus Sympathie.
Von den Mustern suchten sich die jungen Männer einen mehrfarbigen Drachen aus. Er sollte die ganze Motorhaube bedecken und war in weniger als

zwei Stunden fertig. Die Begeisterung war so groß, dass sie ihn in ihre Gruppe aufnahmen und gemeinsam johlend durch die Straßen fuhren.

Nun blieben noch die Mädchen. In dieser Beziehung waren die Italiener ihm weit überlegen. Mit ihm gingen sie aber gern in ein Café oder eine Eisdiele, bedankten sich dann höflich und waren wieder fort. Seine neu gewonnenen Freunde fuhren ihn zu den „Sieben Säulen". Er bekam auch eine, doch sie blieb leer. Er musste bald wieder nach Hause und hatte noch nichts erlebt. Da erzählte Silvio, dass das Mädchen wieder hier sei, das alle Jahre käme, und bei der keiner landen könne. Sie habe immer denselben Platz. Das Mädchen sei eine Deutsche, die hier Verwandte habe.
„Das wäre eine Aufgabe für dich", hatte Silvio gesagt und ihn in die Seite gestoßen. „Da könntest du mal deine Männlichkeit unter Beweis stellen."
„Kein Problem", hatte er geprotzt.
Die Jungen nahmen ihn beim Wort. Sie fuhren mit ihm zu den „Sieben Säulen" und schlossen die Wette ab. Er war sich sicher, er würde verlieren, schlug aber trotzdem als Einsatz seine Haarpracht vor. Da er in vierzehn Tagen sowieso seinen Militärdienst antreten musste, würde ihm eine neue Frisur nichts ausmachen.

Dann begegnete er Violetta. Sie war zart, anmutig und unschuldig. Von der ersten Sekunde an hatte seine Verführung mit Liebe zu tun. Am nächsten Morgen ließ er sich den Kopf rasieren. So trug er die so genannte Billardkugelfrisur. Drei Tage später fuhr er zurück nach Heidelberg, ohne Violetta wieder gesehen zu haben. Vorher war er noch einmal bei den

Säulen gewesen und hatte das Blümchen gesprüht. Während seiner Soldatenzeit dachte er unentwegt an Violetta. Er hatte große Sehnsucht und schrieb seine erste Geschichte. Doch die Zeit heilte auch bei ihm alle Wunden.
Schließlich beendete er sein unterbrochenes Studium, heiratete zweimal und vergaß Violetta und „Die siebte Säule" ganz allmählich.

Nun hatte ihn das Schicksal wieder zu ihr geführt.

„Ich Esel!", dachte er laut, überquerte den Grünstreifen, wendete und fuhr zurück.

Griechische Nacht

Von Ellia

Christina lächelte ihrem Spiegelbild zu. Sie gefiel sich mit ihrem schulterlangen, hellbraunen Haar, dem tief ausgeschnittenen Trägerkleid aus hellgrüner Seide, welches so gut zu ihren grünen Augen passte. Sie entsprach nicht gerade dem griechischen Schönheitsideal, dazu war ihre Nase nicht schmal genug. Heute freute sie sich auf den Abend mit Alain.
Er war ein wirklich netter Mann, etwas klein, aber voll griechischem Feuer. Christina zog ihre Lippen nach und rauschte in den Abend. Vor dem Hotel wartete Alain, reichte ihr seinen Arm und flüsterte: „Kalispera, guten Abend." Charmant wie dieses Küstenstädtchen, dachte Christina, und so schritten sie durch gewundene Gassen, vorbei an weiß getünchten Häusern, und genossen die leichte Brise der sich abkühlenden Luft.
An einer Wegkreuzung blieben sie stehen und konnten sich nicht entscheiden, welchen Weg sie einschlagen sollten. Links die Gasse führte zu den Überresten einer venezianischen Festung, rechts schlängelte sich der Weg zur Küste und geradeaus führte eine Treppe hinauf. Von oben würden sie gewiss einen herrlichen Blick über den kleinen Hafen haben.

So nahmen sie diesen Weg und als sie die schmalen Stufen emporstiegen, kam ihnen ein Wirt mit ausgebreiteten Armen entgegen und strahlte: „Guten Abend, herzlich willkommen! Seien Sie Gast in meinem Restaurant! Wir haben erlesenen Fisch, alles frisch zubereitet. Schauen Sie in meine Küche! Für ein so schönes Paar wie Sie habe ich den besten Platz auf meiner Dachterrasse mit der schönsten Aussicht über Parga! Und für Sie spielt Musik zum Sonnenuntergang. Kommen Sie, lassen Sie sich verzaubern an diesem wundervollen Abend."

Der Wirt hatte nicht zu viel versprochen, wie vom Rang eines Amphitheaters blickten sie hinab auf die Westküste. Sie genossen den angepriesenen Fisch, dazu einen halben Liter Retsina, den mit Harz versetzten Weißwein. Christina hatte sich erst an diesen Geschmack gewöhnen müssen und doch war gerade das Urlaub. Nichts, aber auch gar nichts, erinnerte an den grauen Dunst einer Großstadt. Christina war glücklich.

Der Wirt tauschte die abgebrannte Kerze aus und eine kleine griechische Kapelle trat in ihrer landestypischen Tracht hinaus auf die Dachterrasse. Die Sängerin trug eine weiße Rüschenbluse und einen farbenfrohen weit schwingenden Rock. Ihre schmale Taille umschloss ein breiter weinroter Gürtel. In ihrem Blick schien die gesamte Melancholie ihres Volkes zu liegen. Ein leichter Wind wehte vom Meer herauf durch ihr langes schwarzes Haar und die Luft war erfüllt von ihrer rauchigen Altstimme und den Klängen aus Gitarre und Bouzouki.

Lag es am Wein oder am Vollmond, der die Szenerie beleuchtete? Ein leichter Schauer erfasste Christina und ein kühler Hauch schien sie zu umwehen. Alain betupfte seine Lippen mit einer Serviette, da traf sie wieder dieser Blick. Seine Pupillen weiteten sich und Christina fühlte sich in die unergründliche Tiefe seiner schwarzen Augen hineingezogen. Sie fühlte sich an die Stätte ihrer ersten Begegnung zurückversetzt.

Es war so dunkel, dass sie die dicken Mauern des unterirdischen Gewölbes nur erahnen konnte. Ihr schien, als ob Weihrauchschwaden aus dem Boden krochen, Grabesstille umfing sie.
Es war schon einmal in ihrem Leben so still gewesen. Nico war gegangen. Hatte gesagt: „Ich gehe jetzt." Er hatte die Tür hinter sich ins Schloss gezogen. Stille. Zehn Jahre Gemeinsamkeit weg, zurückgelassen. Die Einsamkeit kroch an ihr hoch, das Unverständnis und die Angst. Das kommende Jahr hatte sie wie im Nebel verbracht. Er drohte sie zu ersticken, sie aufzulösen, bis sie sich durchsichtig fühlte, ein Nichts ohne ihn. Und gerade, als sie begonnen hatte, ein Leben ohne Nico zu versuchen, stand er wieder vor ihr.

Plötzlich erfüllte eine tiefe Männerstimme die Finsternis: „Die natürliche Unfähigkeit der Menschen, das Göttliche zu begreifen, ist so alt wie die Welt. Suchst du die Macht eines Gottes? Aus welchem Grund, Angst oder Hoffnung?" Christina blieb wie erstarrt stehen. So mussten sich die Pilger gefühlt haben, als sie den Orakelspruch vernommen hatten, dachte sie.

Aber sie hatte doch ihre Frage noch gar nicht gestellt. Konnte sie Nico verzeihen? Das letzte Jahr war für ihn eine Erfahrung gewesen, die ihn wieder zu ihr zurückgeführt hatte. Er wusste jetzt, wohin er gehörte. Ihm war klar geworden, dass er sein weiteres Leben mit ihr verbringen wollte. Sie war die Frau, die er liebte. Es waren Angst und Hoffnung, die sie empfand.

„Entschuldigen Sie, ich wollte Sie nicht erschrecken. Darf ich mich vorstellen, mein Name ist Alain. Wenn Sie möchten, führe ich Sie durch Nekromantion, nach dem alten Glauben der Griechen war hier einst einer der Eingänge zur Unterwelt. Ja, so ist es", er nahm wie selbstverständlich ihre Hand. „Schauen Sie nach oben! Können Sie die Löcher in der Decke erkennen? Durch sie floss das Opferblut hinab und hinauf drangen die Stimmen der Priesterinnen. Sie müssen sich das so vorstellen, seit Tagen ging der Gesandte eines Königs, Herrschers oder Priesters durch das Labyrinth aus Gängen und Kammern. Seine Opfergaben sollten die Geister der Unterwelt ihm wohlgesonnen stimmen, ehe er in die über uns gelegene Opferkammer gelangte und ehrfurchtsvoll die Seelen der Toten befragte."
Christina lauschte gebannt seinen Worten.

Ja, ich kenne diesen Gang durch die Finsternis. Ich habe das Flüstern gehört. Traurigkeit und Schmerz tief in meiner Seele gespürt. Doch hatte das alles nichts daran geändert, dass sie Nico liebte und immer lieben würde. Und so gelangte sie hier, an diesem mystischen Ort, an der Seite dieses fremden Mannes, zu der Erkenntnis, dass Nico und sie zusammengehörten.
Der warme, anziehende Klang in Alains Stimme bestärkte sie:
„Der weise Orakelspruch war jedoch meist so unverständlich, dass der Gesandte anschließend Seher aufsuchen musste. Er hoffte, dass diese ihm das Orakel deuten konnten." Sie waren an der Eisentreppe angelangt. Alain führte Christina aus der Dunkelheit ins Licht. Jetzt erst konnte sie ihn ansehen.
‚Danke Alain, mein Gesandter aus der Unterwelt, du

hast mich sehend gemacht.'

Mit einem Lidschlag holte er sie in den Abend zurück: „Möchtest du tanzen? Komm wir tanzen Sirtaki." Alain verbeugte sich vor Christina. Sie sah an ihm vorbei zur Kapelle. Die Sängerin war zur Tänzerin geworden. Sie warf ihren Kopf in den Nacken und forderte mit weit ausholenden Armbewegungen zum Tanz auf. Christina lächelte und nahm Alains Arm. Sie reihten sich in den Reigen ein, legten ihre Arme auf die Schultern der neben ihnen Tanzenden und so wiegten sie sich im Rhythmus der Musik, einige Schritte nach links, dann nach rechts, einen Schritt vor, dann wieder zurück. Mitgerissen von den fröhlichen Gesichtern der Tänzer spürte auch Christina in sich eine unbändige Lebensfreude, sie zwinkerte dem Mond zu und lachte. Zu Hause würde sie Nico wieder in die Arme schließen und mit ihm neu beginnen, in Liebe.

Ein Moment der Nähe

Von Irene Komoßa-Scharenberg

Sichtlich nervös schlug sie die Beine übereinander und sah sich scheinbar interessiert in dem gemütlichen Wohnraum um. Die Wände waren frisch gestrichen, in Lindgrün. Die Farbe gefiel ihr. Zögernd blickte sie zu dem Mann, der kaum einen Meter entfernt in einem Sessel saß. Trotz der ersten Fältchen wirkte er sehr jugendlich. Der angespannte Gesichtsausdruck und sein markantes Kinn ließen ihn leicht verwegen erscheinen.

„Der Anstrich ist wohl neu", sagte sie, um das bedrückende Schweigen zu beenden.
„Nicht ganz", entgegnete er ein wenig heiser. „Du warst lange nicht hier." Dabei senkte er die Schultern, als wolle er damit sein Bedauern ausdrücken. „Bei deinem letzten Besuch blühte gerade der Flieder", fuhr er fort, „und dein Kleid, das helle mit den schwarzen Rändern, hatte keine Ärmel." Sogar diese Details hatte er nicht vergessen. Auch sie erinnerte sich nur zu gut an die laue Sommernacht.

Damals hätte sie ihm beinahe alles gestanden: ihre Liebe, ihre Sehnsucht, ihre Träume. Aber sie hatte die Chance vertan. Dabei wusste sie nicht einmal, ob dieser wunderbare Moment der Nähe überhaupt eine Chance gewesen war. Während er sie sehnsüchtig mit den Augen verschlungen hatte, war sie in einem Meer der Gefühle versunken. Aber schließlich hatte sich die kaum zu ertragende Verbundenheit zwischen ihnen aufgelöst wie Konturen im Nebel. Später, zum Abschied, hatte er ihr kameradschaftlich auf die Schulter geklopft, als habe es diesen unglaublichen Augenblick nie gegeben.

„Einen Aperitif vor dem Essen?", riss er sie abrupt aus der Vergangenheit.
„Gern", erwiderte sie hastig. Verstohlen beobachtete sie, wie er die Bar ansteuerte. Er war mittelgroß und schlank, fast hager. Beim Laufen drehte er die breiten Schultern leicht zur Seite, während seine Hände die Hosennaht berührten. Daran hätte sie ihn unter Tausenden wieder erkannt. Sie stellte sich kurz vor, wie diese feingliedrigen Hände ihren Körper berührten, ihren Hals, die Brust, langsam immer tiefer glitten, bis sie dort ankamen, wo sie ihn am meisten ersehnte. Als er mit zwei gefüllten Kristallgläsern zurückkehrte, trafen sich ihre Blicke.

Trotz ihres kunstvollen Make-ups und der sorgsam ausgewählten Kleidung empfand sie sich in diesem Augenblick als hässlich.
„Du siehst bezaubernd aus", sagte er, als habe er ihre Gedanken erraten.
Während er ihr einen trockenen Martini reichte, streiften seine Augen sehnsüchtig ihr Dekolleté. Wieder spürte sie diese unwiderstehliche Nähe. Als sie den Aperitif entgegennahm, berührten sich ihre Finger. Ein Schauer durchlief ihren Körper und ließ ihre Unterlippe leicht zittern. Mit unsicherer Hand stellte sie das Glas auf den Couchtisch. Um nicht völlig die Kontrolle zu verlieren, bohrte sie die Fingernägel so tief in die Handflächen, bis es schmerzte. Warum konnte sie sich nicht besser beherrschen? Wo blieb die ihr nachgesagte Souveränität? Sie hatte ihn doch nicht so lange gemieden, um sich jetzt hilflos ihren Gefühlen auszuliefern. Am liebsten hät-

te sie sich geohrfeigt.

„Kehrst du nach dem Urlaub ins Ausland zurück?", fragte er, wobei er ein nicht vorhandenes Muster auf dem Teppich zu fixieren schien.
„Ich weiß nicht", antwortete sie wieder halbwegs gefasst, „vielleicht bleibe ich auch hier in der Heimat."

An seinem Hals trat eine kleine rote Ader hervor, genau dort, wo der geöffnete Hemdkragen die leicht gebräunte Haut freigab. Seine Stirn legte sich in Falten, wodurch er merkwürdigerweise noch anziehender wirkte. Unbedacht fuhr ihre Zunge über die trockenen Lippen und verschmierte die blassrote Schminke. Warum erwiderte er nichts? Kein Kommentar, kein Überreden, nicht einmal ein Achselzucken. Um sich abzulenken, schaute sie zu der Fensterbank. Die bunte Blütenpracht passte nicht recht zu ihrer Stimmung, eher schon welke Blätter, die – wie sie – jeden Moment zu Boden sinken konnten. Niemand hatte sie gezwungen, wieder in ihre Heimatstadt zu kommen. Tausend Ausreden hätte sie erfinden können, um ihren Urlaub nicht hier zu verbringen. Nun gut, sie wollte ihre Eltern besuchen und natürlich Sabine, die Freundin aus Kindertagen. Verzweifelt schlang sie ihre Arme um die Knie. Alles, was sie jetzt brauchte, war Distanz, mehr noch als diesen Martini, den sie soeben auf einmal hinunter gekippt hatte. Der Alkohol tat seine Wirkung. Mit einem Mal umgab sie ein kaum spürbarer Hauch von Arroganz, ein Schutzschild, das ihr kurz trügerische Sicherheit vorgaukelte. Dabei genügte ein einziges Wort, um das zart geknüpfte Netz zu zerreißen und ihre Verletzlichkeit bloßzulegen.

Aber es fiel kein Wort. Der Mann starrte nur auf sein Glas, als läge die Antwort auf alle Fragen in der klaren, leicht öligen Flüssigkeit. Plötzlich zog er die oberste Stirnfalte bis zum Haaransatz hoch. Entsetzt sah sie ihn an. Ihr Blick schien in ihn zu dringen, als wolle sie die Tiefe seiner Seele ausloten.
Noch zögerte sie, das quälende Bild festzuhalten, doch dann ließ es sich nicht mehr verbannen. Ich werde mich zurückziehen, entschied sie, für immer, unwiderruflich. Am liebsten wäre sie jetzt aufgesprungen, hätte fluchtartig das Haus verlassen, aber das durfte sie ihren Gastgebern nicht antun.

In der Diele klapperten hohe Absätze, hallten auf den Steinfliesen wider. Sie wandte den Kopf zur Türe und blickte auf eine attraktive Frau, die ihr vertraut und doch fremd erschien.
„Endlich hast du den Weg zu uns gefunden", begrüßte die Eintretende sie und streckte ihr lächelnd die Arme entgegen. „Hoffentlich hast du nicht lange warten müssen. Aber mein Mann hat dich sicher gut unterhalten." Sie nickte stumm. Der Kloß in ihrem Hals erstickte jede Antwort. „Möchtest du auch einen Martini?", fragte er seine Frau. Dabei sprang er eilig aus seinem Sessel auf, um ein Glas zu holen. „Ria", fuhr die Frau fort, „ich hab dich vermisst. Nicht umsonst nannten sie uns die Unzertrennlichen."

Sabine hatte Recht. Wie hatte sie selbst daran zweifeln können. Als die Freundin sie herzlich umarmte, fühlte sie sich trotz des bohrenden Schmerzes erleichtert. Nun wusste sie es genau: Sie hatte die richtige Entscheidung getroffen.

Das Flüstern des Sandes

Von Daniel Mylow

Das frierende Licht atmet in den blassen Räumen des Hauses. Auf den Fenstersimsen liegen die Blütenköpfe verdorrter Rosen. Du eilst meinen Schritten voraus. Wohin ich auch gehe, du öffnest die Türen vor mir, du wartest in den Ecken und Winkeln verlassener Räume und hauchst Zeichen in den vergessenen Staub der Sommerwinde. Winzige Kegel aus Licht schimmern wie Rosenköpfe über den offenen Fugen. Durch die Fenster sehe ich auf das Labyrinth des Rosengartens. Es ist still. Der Winter hat die Vogelstimmen versteinert. Eine Tür schlägt im Wind und die Blätter vergangener Herbste wehen über den Boden. Wenn ich die Augen schließe, kann ich deine Schritte hören. Wenn ich die Augen schließe, kann ich die Rosen atmen hören.

Unsere Füße waren schwarz, wenn wir vom See zurückkehrten. An der Biegung des Flusses trennten wir uns. Ich lief zurück in die Stadt und Masja rannte in die Vorortsiedlung, wo die Baracken der Flüchtlinge standen.

Ich rannte und rannte, rannte wie sie über wolkendünnen Asphalt, der mir die Sohlen verbrannte. Wie sie träumte ich mir einen Ort, an dem mir niemand folgte. Wir trafen uns so oft es ging am Fluss oder im Rosengarten hinter unserem Haus. Meine Eltern hatten mir jeden Umgang mit den Asylanten verboten. Sie wünschten keine Fremden in ihrem Haus. Sobald ich das Haus durch den Rosenpark verlassen konnte, sehnte ich mich wie ein kleines Kind nach dem

Flüstern des Sandes. Meist wartete Masja im Schatten der Friedhofsmauer auf mich. Die Zeit schnitt die Stille in gebrochene Linien. Die Luft schmeckte fremd und das Schattenmoos an der Mauer hinter den Rosen war durchsichtig geworden.

Ihre Augen schimmerten wie die Rosenblüten in der Dämmerung. Wir rannten zum Fluss.
Aus dem verbrannten Wasser schöpfte der Himmel Licht über die dunkle Haut der Uferstrände. Ich war der, der Masja suchte, während sie mich längst gefunden hatte. Ihr Wimpernschlag erzählte von ihrem Geheimnis wie die Vogelstimmen in unserem Garten. Wenn die Dämmerung über den Schieferrand der Steine kroch, blieb ihr Geruch dort liegen wie etwas, das sie verloren hatte. Legte ich meinen Kopf darauf, brachte es die Welt zum Verschwinden. Manchmal blieb ich noch am Wasser sitzen, bis Masja weit genug fort war. Weit genug, damit uns niemand zusammen sehen konnte. Weit genug, damit sie mich nicht sah, wenn ich wie ein Trunkener im Mondwasser nach den Silben der Sterne fischte.

Einen Sommer lang erfanden wir jede Geschichte, nur um ein paar Stunden in der Nähe des anderen sein zu können. Obwohl sie meine Sprache kaum beherrschte und ich ihre noch weniger, verstand ich alles, was sie sagte. Masja stand dann vor mir und lächelte mich an. Ihre Blicke waren sanft und müde geworden in den Monaten des vergeblichen Wartens, der Lügen und der Angst vor Entdeckung. Ich habe nie verstanden, warum man einen Menschen, nur weil er anders aussah und in einer fremden Sprache zu uns redete, nicht lieben durfte wie jeden anderen Menschen. Als wir noch in unserer

Kindheit wohnten, war der andere das Geheimnis. Einer, den wir fragen konnten, wo liegt dieses Land, von dem du singst.

Ich zählte die Sommersprossen auf ihrer Haut, bis das Stundenglas stehen blieb und unsere Stimmen sich schlafen legten inmitten der bleichen Steine des Sandes. Masjas Atem träumte. Unter den Schattennetzen ihrer langen Wimpern klang es wie ein Flüstern.

Kurz vor meinem neunzehnten Geburtstag schickten mich meine Eltern zum Studium der Medizin nach England. So wenig Zeit sie mir ließen, soviel mussten sie von allem gewusst haben. Uns blieb ein einziger Nachmittag. Ein Nachmittag, den wir in langem reglosem Schlaf verbrachten. Ich wagte nicht, ihr etwas zu sagen. Ich war zu feige. Und ich wusste, dass Masja nicht mit mir kommen konnte. Sie war auch in diesem Land nur geduldet. Masja sagte nichts. Sie schien es zu wissen.
Ihr Blick erwiderte den Raum. Sie ließ mich nicht los. Ihre kleinen Hände furchten eine Spur in meinen Körper, wie ein Riss mittendurch. Es war, als wollte sie mir etwas sagen.

Die Welt war leer. Es gab keinen Tag in dieser Zeit, an dem ich nicht an Flucht gedacht hätte. Aber wenn ich gegangen wäre, hätte ich damit auch meinen Studienplatz und die finanzielle Unterstützung meiner Eltern verloren. Ich versuchte, ihre Sprache zu lernen. Ich schrieb ihr jeden Tag. Als keine Antwort kam, wurden meine Briefe seltener. Dann hörte ich schließlich auf, ihr zu schreiben. Später erfuhr ich, dass sie nicht einen meiner Briefe erhalten hatte.

Im Winter kehrte ich nach Hause zurück. Sieben Monate waren vergangen. Ich hatte eine falsche Ankunftszeit angegeben, damit ich unbemerkt gleich zu Masja in die Vorstadt laufen konnte. Masjas Stimme und der Glanz ihrer Augen hatten all diese Wege durchsichtig werden lassen. Ich lief in ein anderes Land. Die Winterfelder hatten ihre Gesichter in Falten gelegt. Dort, wo die Baracken gestanden hatten, tönte das Licht die leeren Flächen. Der eisige Wind flüsterte Fugen in den schwarzen Sand.

Vom Pförtner der nahen Fabrik erfuhr ich, dass die Behörden die Asylanten in der letzten Woche plötzlich eines Morgens abgeholt und in ihre zerstörte Heimat abgeschoben hatten. Ich fragte ihn nach Masja und ihrer Familie. Er erinnerte sich.

„Das schwangere Mädchen? Die war nicht dabei. Haben auch ein paar andere gefehlt, keine Ahnung, vielleicht hat sie jemand gewarnt oder die sind schon vorher weg."
„Schwanger? Sind Sie sicher, dass sie es war?"
„Klar. Ich kann mich gut an dich erinnern. Hast sie doch oft hier abgeholt und auf sie gewartet. Von hier aus kann ich die ganze Welt sehen. Mir entgeht nichts, Junge."
Ich starrte ihn an, eine Gestalt im dunklen Mantel, die hinter dem milchigen Glas verschwamm.

Masjas Gesten waren wie dieses Glas gewesen. Bögen aus fließendem Glas, schwarzes Kristall, das jedes Wort, das von ihren Lippen kam, einschloss in die Dunkelheit ihrer Augen. Sie war wie ein Nachtfalter, der im Mondlicht seine Flügel häutete. Sie wusste, was niemand wissen wollte. Ich rannte davon.

Atemlos erreichte ich den Bahnhof. Ich versteckte mich am Ende der Gleise, um mich dann, als der Zug eingefahren war, unter die aussteigenden Reisenden zu mischen. Die Menge strebte dem Ausgang zu. Meine Eltern waren nirgends zu sehen. Vor dem Glasportal der kleinen Bahnhofshalle stand eine ältere Frau. Ich kannte sie nicht. Sie ging auf mich zu, als hätte sie auf mich gewartet. Aus ihrem Gesicht leuchteten die Augen Masjas. Sie sagte meinen Namen.

„Was ist passiert?", fragte ich. Die Frau antwortete nicht. Sie griff nach meinem Arm und zog mich fort. „Wo sind meine Eltern?", versuchte ich sie zum Reden zu bringen. Ihr Griff wurde fester. Ihre Augen sahen mich durchdringend an.

„Deine Mutter ist in einer Klinik. Nichts Ernstes, nur die Nerven. Dein Vater ist bei ihr. Er hat dir ein Taxi geschickt, damit du zu ihnen kommen kannst." Während sie sprach, schlug ihr Atem in schnellerem Takt, als wollte sie den schwer aussprechbaren Worten Flügel malen. „Es geht um Masja. Ich bin ihre Tante. Deine Eltern haben mir deine Briefe gegeben. Ich weiß alles."
„Was ist passiert? Wo ist sie?", fragte ich stockend.

Sie schwieg. Während wir mit einem Taxi wegfuhren, erzählte sie mir alles. Die Fahrgeräusche rafften ihre Stimme. Ich las die Worte aus ihrem reglosen Gesicht, in dem das Winterlicht ihre Tränen unsichtbar werden ließ.

Masjas Eltern hatten meine Briefe an sie versteckt. Ein Angestellter meines Vaters holte sie einmal in der Woche dort ab. Für jeden Umschlag gab er ihnen ein Kuvert mit Geld. Masja wartete oft in der Nähe des Hauses auf mich, bis man sie verjagte. Sie schlief nicht mehr. Jeder Anflug von Zeit häutete ihre Träume. Ihr Herz erblindete. Als ich damals nach England fuhr, war sie bereits schwanger.

Einen Monat vor meiner Rückkehr brachte sie in einer dunklen Neumondnacht ein Kind zur Welt. Ein Sturm hatte die Sterne vom Himmel gebrochen. Von den Vogelstimmen kehrte keine mehr heim. Masja hatte sich in unseren Garten gesetzt und auf mich gewartet, wie in so vielen Nächten zuvor. Sie war der festen Überzeugung, dass ich rechtzeitig zurückkehren würde.

Als sie aus ihrer Bewusstlosigkeit erwachte, lag neben ihr ein Körper, rund und flüchtig und lebendig. Ihre Sprache war die Sprache der Sterne, aber der Himmel war leer. Das Kind lächelte sie an. Sie presste das winzige Bündel an ihre Brust und deckte es mit ihrem Mantel zu. So hatten meine Eltern sie am nächsten Morgen gefunden.

Das Taxi hielt. Wie eine Barke im Eis neigte sich das Haus gegen den fahlen Himmel. Die Frau sah mich an.
„Ich weiß nicht genau, wo sie jetzt ist, wenn du mich das fragen willst. Aber ich dachte, es wäre gut, dich erst einmal hierher zu bringen. Masja ist nicht weit von hier. Wenn du sie wirklich liebst, dann wirst du sie finden."
Sie drückte meine Hand. „Die Liebe ist ohne anderswo."

Ich erinnere mich, dass ich über die Mauer in den Garten geklettert war. Welke Sternblüten trieben über das Gras. Ein Fenster des Hauses stand offen. Ich ging auf die Tür zu und öffnete sie.

Über den Flur hallt eine Kinderstimme. Nachtfalter taumeln aus der Dämmerung des Hauses. Wohin ich auch gehe, sie eilen mir voraus. Alles, was ich sehe, und alles, was blieb, ist eingeschlossen im Gehäuse der Zeit. Nichts mehr schließt es auf, wenn du nicht da bist. Ich sehe den Nachtfaltern nach. Vielleicht zeigen sie mir den Ort, an dem du auf mich wartest.

Die Zeit am Meer

Von Myriam Keil

Zwischen den Zeilen erkenne ich die Präzision seiner Sprache. Das Papier liegt spröde in meinen Händen, fremd und ohne Wärme. Wir haben den Wind besucht, draußen, wo die Wellen über den Strand jagen. Ich habe nicht nach einem Andenken an diese Zeit gefragt, und das, obwohl ich wusste, dass das Vergessen irgendwann über uns hereinbrechen würde. Bereits jetzt spüre ich, wie die Erinnerung beginnt sich aufzulösen. Bereits jetzt, nach nicht einmal zwei Wochen.

Der Entschluss, ans Meer zu fahren, war spontan entstanden, mitten in der Nacht, während eines unserer langen Telefonate. Ich hatte mit meinem Freund gestritten und brauchte jemanden zum Reden. Oft rief ich ihn an, manchmal, um Lösungen zu finden, manchmal, um mich zu verlieren in den Gedanken über die Welt. Ich konnte ihm alles erzählen. ‚Beste Freundin' nannte ich ihn scherzhaft, wenn er an mir verstand, was ich selbst kaum zu begreifen in der Lage war. In jener Nacht kamen wir zu dem Ergebnis, dass ich ein paar Tage Ruhe brauchte von den Entscheidungen, die die Welt von mir forderte. „Wir fahren zusammen ans Meer", sagte er und lachte. „Wie damals mit unseren Eltern, weißt du noch?" Ich erinnerte mich an Sand zwischen den Zehen, an Krebse, die wir in Eimer mit Schlamm gesetzt hatten, an Sonne, die bis unter die Haut brannte. Er hatte Recht, eine kleine Flucht wie diese könnte mir bei den anstehenden Entscheidungen helfen. Seine Stimme war fürsorglich, wie immer, wenn er von den alten Zeiten sprach, in denen er mich seine kleine Schwester genannt hatte. „Es wird sein wie früher", sagte er. Ich glaubte ihm.

Wir schrieben zehn Orte, die am Meer liegen, auf einen Zettel, dann losten wir unser Reiseziel aus. Nicht, weil wir uns nicht hätten entscheiden können, sondern weil wir das immer taten. Es war unser ganz eigenes, persönliches Ritual, das wir immer dann durchführten, wenn eine Möglichkeit so gut wie die andere war. Das Los fiel auf einen kleinen Ort an der Küste der Toscana. Wir brachen am nächsten Tag auf, ohne uns von jemandem zu verabschieden. Wussten, wir würden Ansichtskarten verschicken, die ohne Entschuldigungen auskommen durften.

Als ich das Meer erblickte, hatte ich das Gefühl, es zum ersten Mal zu sehen. Die Jahre, die seit seinem letzten Anblick vergangen waren, hatten es in meiner Erinnerung verändert, angepasst an das eintönige Erscheinungsbild der Stadt, in der ich lebte. Der Horizont war so weit entfernt, dass er jene leichte Wölbung bildete, die man nur hinter der weiten Fläche des Ozeans erkennen kann. Ich versuchte, das Wasser vollständig vom Himmel zu trennen, doch das gleißende Licht der Sonne verhinderte es. Plötzlich vernahm ich ein Atmen neben meinem linken Ohr. Erst da bemerkte ich, dass er hinter mir stand, ebenso wie ich gebannt war von dem, was lange zurücklag und nun neu gesehen werden wollte, mit anderen Augen.

Tagsüber lag ich neben ihm im Sand, fühlte meine Unsicherheit; zu Anfang vermieden wir Berührungen. Unsere Hände in derselben zerfallenen Sandburg, unser Haar von derselben Windböe erfasst, das war nah genug. Vielleicht hatten wir Angst, weil wir all dies nicht kannten. Vielleicht kannten wir es aber auch bereits so gut, dass wir wussten, was es mit uns machen würde. Ich erinnere mich, einen Wunsch in eine Wolke mit zerfasernden Rändern gelegt zu haben. Einen Wunsch, von dem er nichts wusste, der nur mir gehörte. Dann kreiste der Abend über unseren Köpfen, der zweite Abend am Meer.

Wir gingen in dieser Nacht nicht zurück zum Hotel. Die untergehende Sonne schmolz in den Ozean, wir zählten die Sekunden, bis sie verschwunden war. Als nur noch der Mond ein die Schwärze kaum erhellendes Leuchten aussandte, fraß sich der Strand menschenleer in die Dunkelheit hinein. Wir bemerkten nicht, dass es kühl geworden war. Tasteten mit den Fingerspitzen nach Sand, Meer, Haut, konnten nicht mehr unterscheiden. Als hätten wir all die Jahre nur auf diesen Moment gewartet, für nichts anderes gelebt. Ich fühlte Narben, dicht unter seiner Haut.

Die restlichen Tage zeichneten keine Veränderung, wir blieben das, was der zweite Abend am Meer aus uns gemacht hatte. Uns blieb keine Wahl. Hätten wir einander in diesen Tagen aufgegeben, wären unsere Körper zerschellt an der Nacht. Einmal nahm er meine Hand, folgte den Linien in der Innenfläche, bestimmte den Punkt, der möglicherweise das Jetzt darstellte. „Was sind wir", fragte er. Ich hatte keine Antwort für ihn.

Erst als der Tag unserer Heimreise gekommen war,

wir uns vom Meer entfernten und zurückkehrten in die Stadt mit den eintönigen Gesichtszügen, löste sich auf, was der Urlaub erschaffen hatte. Wir, die stets über alles hatten reden können, waren nur noch zum Schweigen fähig. Ich dachte an meinen Freund und daran, dass ich es ihm würde sagen müssen. Vielleicht nicht, was geschehen war, aber doch, was es aus mir gemacht hatte. Der Mann, der im Flugzeug und später im Taxi neben mir saß, in Stille gehüllt, war zum Unbekannten geworden, und als unsere Wege sich trennten, wusste ich, dass es nicht nur für heute sein würde. Seine Augen riskierten keinen Blick, als er sich verabschiedete.

Ich halte das Blatt Papier in den Händen, noch immer ist es mir fremd wie etwas, das ich niemals kannte, obgleich ich es zu kennen, zu begreifen versucht habe mit all meiner Kraft. „Danke für die Zeit am Meer", schreibt er, und es gibt nichts, was sich in diese Worte hineindeuten ließe, nichts, was ihnen mehr Sinn geben könnte als das, was sie sagen, so wie sie sind. Danke für die Zeit am Meer. Noch vor wenigen Wochen hätte ich es nicht für möglich gehalten, dass solche Worte ausreichen könnten, doch sie tun es. Ohne Verpflichtungen zu kennen, legen sie sich wie ein Schatten über meine Augen. Mit dem letzten Rest leisen Schmerzes, der noch nötig ist, vergesse ich das kleine Stückchen, das jene Tage zu etwas Besonderem machte und meinen besten Freund für immer von meiner Seite riss.

Der Prinz an der Kühltheke

Von Anita Römgens

Ganz harmlos. Ganz harmlos fängt es an. Ich stehe am Wühltisch in einem x-beliebigen Kaufhaus und wühle mich so durch. Summe leise vor mich hin. Die Welt ist in Ordnung und die Sonne scheint. Da sehe ich ihn. Aus den Augenwinkeln heraus. Ein Traum von einem Mann. Mein Traummann. Schlacksig, groß, markantes Gesicht. Prominente Nase. Nasen sind für mich wichtig. Nein, nicht wegen des altbekannten Spruchs. Sie verleiht meiner Meinung nach dem Gesicht Charakter und Würde.

Unauffällig schleiche ich mich näher ran. Der Mann ist einfach gekleidet in Jeans und Hemd. Ich stelle mich hinter ein Regal, so dass ich einen Blick auf seine Schuhe werfen kann. Auch Schuhe sind wichtig. Vielleicht sogar ein bisschen wichtiger als die Nase. An den Schuhen kann man viel über die Persönlichkeit eines Menschen erfahren. Glänzende Lackschuhe sind nichts für mich, der Träger könnte eitel sein. Ausgelatschte Treter mit unpassenden Socken verraten das Gegenteil. Zu schlampig. Solide müssen sie aussehen. Gut gepflegt, aber nicht übertrieben. Seine Schuhe befriedigen mich voll und ganz. Wie gerne wüsste ich noch mehr über diesen unbekannten Mann!

Leise folge ich ihm bis zu den Zeitschriften. Hoffentlich kein Sport- oder Computerfreak. Auf so einen habe ich gar keine Lust. Aber nein, er bleibt bei den Reisemagazinen stehen. Jetzt hält er eine Zeitschrift über Australien hoch. Erleichtert atme ich auf.

Auf Ballermann-Typen fahre ich schon gar nicht ab.

Doch das Allerwichtigste wäre mir beinahe entgangen: Kein Ring am Finger. Ich bin keine Frau, die sich in fremde Ehen einmischt.
Vielleicht sollte ich auch in einer Zeitschrift blättern. Wie sehe ich eigentlich aus? Hm, nicht so vorteilhaft. Ich habe mir nur schnell etwas übergeworfen, wollte ja nur flott einige Sachen kaufen. Ordentlich frisiert bin ich auch nicht.

Trotzdem stelle ich mich neben ihn und suche mir was zu lesen aus. Was nehme ich nur? Nichts Oberflächliches, aber auch nicht übertrieben intellektuell. Will ja niemanden erschrecken. Am besten auch ein Reisemagazin. Das signalisiert direkt: „Hey, wir haben die gleichen Interessen." Ganz nah steh ich bei ihm, nur einige Zentimeter trennen uns. Riechen tut er auch gut. Nettes Rasierwasser, nicht zu aufdringlich, aber gepflegt. Es gibt doch nichts Widerlicheres als unsaubere Männer. Genüsslich schnuppere ich noch ein wenig an ihm rum. Lecker.

Der Mann beachtet mich nicht. Stattdessen greift er sich eine Zeitschrift und geht weiter. Soll ich ihm wieder folgen? Sieht das nicht ein bisschen blöd aus? Vielleicht könnte ich einen auf Kaufhausdetektiv machen. Erst einmal schauen, wohin er geht. Lebensmittelabteilung. Delikatessen. Ah, kein Kostverächter. Es gibt doch nichts Schlimmeres als einen Mann, der mehr Diät hält als seine Frau. Muss ja nicht sein. Hm, spanische Tapas. Ich liebe spanische Tapas. Spontan beschließe ich, diesen Mann zu heiraten.

Nun muss ich ihn nur noch ansprechen. Doch wie? „Könnten Sie mir bitte sagen, wie spät es ist?" Das wäre zu knapp. Er würde mir die Uhrzeit nennen und sofort wäre das Gespräch beendet. Ich könnte es einmal mit der direkten Art versuchen: „Gehen wir zusammen einen Kaffee trinken?" Nein, das ist zu forsch. Wahrscheinlich denkt er, ich bin eine Verrückte, die ihn verfolgt. Bin ich ja auch. Irgendwie. Bessere Idee: Ich werde ihm eine Unterhaltung über Tapas aufzwingen. Mich dumm stellen, irgendetwas fragen. Und dann in ein langes Gespräch verwickeln. Ja, so könnte es gehen.

Nur sollte ich vorher mal meine Frisur richten. Sehe sonst zu abschreckend aus. Ah, da hinten ist ein Spiegel. Schnell, zupf, zupf – hoffentlich schaut gerade keine Verkäuferin – mit dem Kamm über die Haare. Und nun zu meinem unbekannten Traumprinzen. Huch, wo ist er nur hin? Stand der nicht gerade am spanischen Essen? Vielleicht ist er in einem Nebengang? Nein, hier auch nicht. Ich suche und finde ihn nicht. Mann, was bin ich blöd! Hätte ich ihn doch nur direkt angesprochen. Was muss ich auch nur so eitel sein. Hätte, hätte, hätte.

Ich verlasse bedrückt das Kaufhaus, achte nicht mehr auf meine Umwelt. Heute ist so ein dummer Tag. Selbst die Sonne verzieht sich hinter den Wolken. Bäng! Autsch! Das war wohl ein Laternenpfahl. Nun liege ich da auf dem Boden. Trampel!
„Haben Sie sich verletzt? Kann ich Ihnen helfen?" Hm, was für eine angenehme Stimme. Langsam schlage ich die Augen auf, und ergreife eine ausgestreckte Hand. Die meines geheimnisvollen Märchenprinzen.

Küsse in der Mailbox

Von Friederike Costa

Während Ulrike tippte, formten ihre Lippen das Geschriebene mit: „Ich hasse es zu lügen, aber manchmal gehört das zum Leben. Hätte ich etwa meiner besten Freundin erzählen sollen, dass ich ihren Mann mit ihrer Erzfeindin beim Schmusen überrascht habe? Während sie selbst kurz vor der Geburt seines Kindes stand? Ich werde es ihr sagen, wenn das Kind da und sie wieder bei Kräften ist. Vielleicht sage ich es ihr auch überhaupt nicht. Mal sehen." Ulrike drückte auf ‚go' und nahm einen Schluck Wein.
Dann starrte sie wieder auf den Bildschirm ihres Computers, denn die Antwort von ‚Pavarotti' trudelte bei ihr ein.
„Auch eine halbe Wahrheit ist eine ganze Lüge! Aber Du hast schon Recht, Desdemona: Mit manchen Dingen ist es wie mit Würstchen - besser man sieht nicht, was drin ist!"
Ulrike lachte. Dieser Pavarotti hatte genau den Humor, den sie liebte. Sie hatte ihn vor vier Wochen beim Chatten kennen gelernt. Inzwischen mailten sie auch, und es machte ihr mehr und mehr Spaß, sich mit ihm schriftlich auszutauschen. Er war klug, witzig und hatte Stil. Immer öfter ertappte sie sich bei dem Gedanken, ihn kennen lernen zu wollen.
Plötzlich ging die Tür auf und Rebecca stand hinter ihr. „Sorry, konnte nicht klopfen, habe alle Hände voll." Sie lud die Zeitungen und die Tüte mit Milch und Brötchen auf dem Tisch ab und blies den Atem aus. „Puh, die vier Treppen hier rauf werden immer anstrengender für mich!" Sie klopfte sich mit bei-

den Händen auf den hochschwangeren Bauch. „Sag mal, bist du etwa schon wieder im Chat?"
„Richtig."
„Probier's doch zur Abwechslung mal mit einem Mann aus Fleisch und Blut!"
Ulrike verabschiedete sich von ‚Pavarotti' und schloss den Chat, dann drehte sie sich zu Rebecca um und sah sie an. „Wie, bitte schön, soll man als Schauspielerin einen vernünftigen Mann kennen lernen? Die Kollegen sind entweder schwul oder total auf dem Egotrip, und in der nächsten Saison sind sie dann weiß Gott wo auf Engagement. Oder sie sind arbeitslos und hängen dir wie ein Klotz am Bein." Sie nahm Brötchen und Milch und ging in die Küche. „Und die anderen Männer, die mit beiden Beinen fest im ‚wirklichen' Leben stehen, haben doch für unser verrücktes Leben zwischen Bühne und Probenstress überhaupt kein Verständnis!"
Ulrike wusste, wovon sie sprach, sie hatte ihren Karl, seines Zeichens Finanzbeamter, vor die Tür gesetzt, weil er allen Ernstes von ihr verlangt hatte, ihren Beruf an den berühmten Nagel zu hängen und ‚was Vernünftiges zu tun'.
„Wenn du kommst, schlafe ich schon, wenn ich gehe, schläfst du noch! Wo bleibt da bitte unser Liebesleben?"
Haha – als ob es ihm je um Liebe gegangen wäre! Er wollte seinen Sex und danach seine Ruhe. Aber dieser Pavarotti war anders. Wer so humorvoll, witzig, feinfühlig und romantisch schreiben konnte, war auch für die Liebe geschaffen.
Ulrike wollte das Thema wechseln, deshalb fragte sie: „Und wo ist dein Herbert heute morgen? Wieder mal beim Angeln?"
Rebecca, die sich inzwischen am Küchentisch breit

gemacht hatte, nahm die Ironie, die in dieser Frage mitschwang, nicht wahr. Sie schien wirklich total ahnungslos zu sein, was ihren sauberen Ehemann betraf! „Du weißt doch, das Angeln entspannt ihn. Und er hat ja sein Handy dabei. Falls es losgehen sollte, kann ich ihn immer erreichen."
„Na, wunderbar!", grummelte Ulrike vor sich hin. Als sie den Sonntags-Frühstückstisch gedeckt hatte, nahm sie eine der Zeitungen und schlug sie dort auf, wo die Kritiken standen. Vorgestern hatte sie im Kleinkunsthaus mit Dario Fos *„Offene Zweierbeziehung"* Premiere gehabt - mal sehen, was die Herren und Damen Kritiker so schrieben.
Sie entdeckte auch gleich, wonach sie suchte und wurde plötzlich blass: *„Dario Fo und eine fahle Nuss"* lautete die Überschrift. Bevor Ulrike weiter las, suchte sie nach dem Namen des Verfassers. Umberto Marango. Den Namen kannte sie nicht. Klang italienisch. Er musste neu sein im Kreise der Kritiker. Dann wandte sie sich dem Text zu. Sie las laut, ihre Stimme überschlug sich beinahe: ‚Je älter man wird, desto ähnlicher wird man sich' - das hat Luciano Pavarotti einmal gesagt. Sollte das auch für die Reichenberger zutreffen?" Die Reichenberger, das war sie! „Dann würde das bedeuten, sie ist im Grunde ihrer Seele hohl und leer. Frau Reichenberger wirkte auf der Bühne wie ein Schlafwagen auf dem Abstellgleis. Eine fahle Nuss mit einem Sprachfehler!"
Himmel, er hatte es gehört! Ulrike errötete. Vor Wut und Scham! Drei Jahre Sprachtraining, Kronen auf die Schneidezähne – alles für die Katz! Dabei hatten ihr die Kollegen versichert, sie hätte nun endlich die Kurve gekriegt, und man hörte nichts mehr.
Ulrike überflog ein paar nichts sagende Zeilen, dann

las sie wieder laut: „Es gibt keinen Menschen, dem man so viel vormachen kann wie sich selbst. Frau Reichenberger beweist es! Sie glaubt von sich, sie käme und ginge wie ein Gewitter. Aber das nun weiß Gott nicht. Um noch einmal einen berühmten Mann zu zitieren – Dr. Martin Luther sagte einmal: ‚Aus einem verzagten Arsch kann kein fröhlicher Furz kommen!' Und wie man bei Frau Reichenberger sieht, hatte er Recht."

„Pa!", rief Ulrike und sah Rebecca an. Inzwischen badeten ihre Augen in Tränen. „So ein gemeines, mieses Stinktier!" Dann las sie den letzten Absatz: „Dario Fo hat ein exzellentes Stück geschrieben. Aber was hilft das, wenn die Schauspieler müde und unausgeschlafen eine denkbar schlechte Vorstellung liefern."

Ulrike ließ die Zeitung sinken. Ihre Hand zitterte, als sie sich eine Zigarette aus dem Päckchen zog und anzündete.

„Dieser Mann ist ... ist ..." Sie suchte nach Worten. Sie war einfach so fassungslos, dass sie keine fand. Rebecca legte eine Hand auf Ulrikes Arm. „Nimm das nicht so ernst. Wir wissen doch, was wir von Kritikern zu halten haben. Sie sind alle irgendwie verkorkste Möchtegerndarsteller, die es selbst nicht auf die Bühne geschafft haben!"

„Pa!", machte Ulrike und sprang auf. „Das tröstet mich nicht. Schließlich lesen den Schund auch einige Leute, die mich kennen und auf die ich angewiesen bin! Theaterpublikum, Intendanten, andere Presseleute. Es ist mein Name, auf dem dieser verdammte Kerl rumtrampelt!" Ulrike war außer sich. „Und wenn der schon ‚kluge Männer' zitiert, dann kann ich das auch! Wolfgang Hildesheimer, ein deutscher Schriftsteller, hat einmal gesagt:

‚Deutsch ist schon deshalb eine gute Sprache, weil in ihr Mensch und Mann nicht das Gleiche sind'. Und damit hat er zum Donnerwetter Recht! Dieser Umberto Dingsda ist kein Mensch! Er ist ein Mann und dazu ein Untier! Und wenn er mir begegnet, springe ich ihm mit meinem Allerwertesten ins Gesicht, darauf kann er ganz nach Dr. Martin Luthers Vorbild einen fahren lassen!" Damit verließ sie Türe schlagend die Küche.
Ulrike hatte so ihre Beziehungen. Ein Anruf hatte genügt um herauszufinden, wo Umberto Marango zu Mittag aß. Jetzt stürmte sie ‚Luigis Restaurante' und sah sich um. Groß, dunkelhaarig, schwarze Lederhose und blaues Hemd. Dort saß er ja! Unter normalen Umständen wäre ihr aufgefallen, dass er ganz ihr Typ war und es sich vielleicht gelohnt hätte, ihn ein wenig näher kennen zu lernen. Aber sie war vor Wut so blind, dass sie nicht einmal bemerkt hätte, wenn Brad Pitt persönlich vor ihr gesessen hätte. Sie hielt ihm den Artikel vor die Nase und starrte ihn mit messerscharfen Blicken an. Dann drehte sie eine Tüte aus der Zeitung, kippte seine Calamari, gefüllt mit einem Mus aus Scampi, Knoblauch und Oliven auf Tomatensoße hinein, und leerte alles über seinem verehrten Kritikerhaupt wieder aus. „Ich wollte Ihnen nur beweisen, dass das Wort Temperament keineswegs ein Fremdwort für mich ist und ich sehr wohl kommen und gehen kann wie ein Gewitter!", zischte sie, knallte einen 50-Euro-Schein auf den Tisch - „Für die Reinigung!" - und zog im Stechschritt wieder ab.
Sie wusste, dass das nicht unbedingt ladylike war, aber es hatte ihr gut getan! Und Herr Umberto Dingsda würde sich in Zukunft hoffentlich überlegen, dass es Grenzen gab, auch für Kritiker!

Zu Ulrikes Verwunderung war das Theater zur nächsten Vorstellung bis zum letzten Stehplatz ausverkauft. „Wir sollten diesem Umberto Marango eine Kiste Wein schicken", sagte Ulrikes Partner, der den Mann in der Zweierbeziehung spielte und klatschte ihr grinsend auf den Po.
Ulrike funkelte ihn wütenden Blickes an. „Wieso das denn?"
„Na, wegen seiner unglaublich witzigen und absolut werbeträchtigen Kritik!"
„Du hast 'se wohl nicht alle!" Sie schob ihn aufgebracht zur Seite. „Dich hat er ja nicht verrissen!"
Als sie nach Hause kam, öffnete sie zuerst einmal die Mailbox. Eine Nachricht von Pavarotti war da.
„Hallo, Desdemona! Hoffe, du siehst heute noch in die Mailbox. Habe einen verdammt anstrengenden Tag hinter mir und merke, dass ich mich immer öfter danach sehne, dich auch als Wesen aus Fleisch und Blut zu kennen. Ich stelle es mir wundervoll vor, mit dir auf dem Balkon zu sitzen, die Sterne zu zählen und den Rest der Welt für ein Weilchen zu vergessen. Wofür hat Gott Mann und Weib geschaffen, wenn nicht zum gegenseitigen Trost? Ich biete dir meine Schulter und hoffe im Gegenzug auf etwas Busen, an den ich mein Haupt betten darf. So wäre das Leben für uns vielleicht viel leichter zu ertragen! - Einen Koffer voller Küsse sendet dir dein ergebener Pavarotti."
Ulrike seufzte. Eine breite Schulter gegen ein wenig Busen – ja, das wäre ein fairer Tausch! Und dazu einen Koffer voller Küsse! Pavarotti hatte Recht: Das Leben war einfach zu kurz, um sich ständig nur mit den Umbertos dieser Welt herumzuschlagen!
„Guten Abend, Pavarotti", schrieb sie deshalb. „Deinen Koffer voller Küsse habe ich erhalten. Habe ihn

erstmal unters Bett geschoben und werde darüber nachdenken, ob ich ihn öffnen will. War es nicht Boccacio, der gesagt hat: ‚Dem Mann setzt die Liebe zu, er entleert und erschöpft sich, während die Frau aufblüht.' Willst du das denn wirklich riskieren? Wenn ja, bin ich zu einem Treffen bereit. Morgen 14 Uhr am Anger. Da gibt es einen Pavillon. Du weißt ja, ich bin 32, schlank und habe langes blondes Haar. Wir werden uns schon erkennen. Eine gute Nacht und süße Träume wünscht Desdemona."

Ulrike hatte als Treffpunkt den Pavillon vorgeschlagen, weil sie wusste, dass dort um diese Zeit immer viel los war. Das schien ihr für ein erstes Date vernünftig.

Als sie nun auf den Pavillon zuging, sah sie, dass einige Pärchen im Schatten der Bäume lagen, ein junger Mann auf der Treppe zum Pavillon saß und Gitarre spielte und … Himmel, nein! Ihr Herz machte einen Satz. Es begann wie wild zu hämmern. Und zwar vor Wut! Was tat der denn da? Umberto Marango! Dieser Unmensch!

Im ersten Moment dachte sie an Flucht, aber dann siegte doch ihre Kämpfernatur. Sie würde sich doch von einem wie dem da nicht ihr Date mit Pavarotti vermiesen lassen. Also trat sie auf ihn zu und baute sich breit vor ihm auf.

Auch Umberto war im höchsten Maße überrascht.

„Was tun Sie denn hier?", fragte er und starrte sie aus zusammengekniffenen Augen feindselig an.

„Ich warte!"

„Worauf? Dass Ihnen jemand Anstand beibringt?"

„Das sagen ausgerechnet Sie!" Sie lachte hysterisch.

„Ich habe Ihnen ja nicht Ihr Essen über den Kopf geschüttet!"

„Nein, aber Sie sind auf mir rumgetrampelt, als wäre ich ein alter Putzlappen!"

„Sagen Sie, wie lange sind Sie nun eigentlich schon im Geschäft?" Er starrte sie finster an, und als sie ihm nicht antwortete, tat er es: „Sieben, acht Jahre? Und da haben Sie immer noch nicht kapiert, dass das Schlimmste, was ein Kritiker einem Schauspieler antun kann, ist, ihn sang- und klanglos zu übergehen? Lieber Himmel, ich habe Sie in aller Munde gebracht, weil ich dachte, man müsse Sie aus der Masse hervorheben!"

„Das ist Ihnen allerdings gelungen!"

„Eben. Man sagte mir, das Haus sei in der zweiten Vorstellung voll gewesen?"

„Stimmt", gab sie kleinlaut zu.

„Und man sagte mir auch, Sie hätten das Allerletzte aus sich rausgeholt und gespielt wie eine junge Göttin?"

Sie öffnete den Mund und schloss ihn wieder, verschränkte dann die Arme und hielt seinen bohrenden Blick tapfer aus.

Als sie sich eine Weile so angestarrt hatten, zischte sie: „Na gut, wir sind quitt, und wir haben uns die Meinung gesagt. Ich finde, jetzt wird es Zeit für Sie zu gehen."

„Wieso sollte ich?" Er grinste abfällig. „Oder ist das hier etwa Madames Musentempel, auf den sie ein verbrieftes Recht hat?"

„Ich bin hier verabredet."

„Ich auch. Und deshalb bleibe ich."

Ulrike warf den Kopf in den Nacken. „Na, meinetwegen." Sie lehnte sich an die Brüstung und sah sich demonstrativ um.

Eine Weile war es still. Umberto sah auf die Uhr: 14 Uhr und acht Minuten. Er seufzte.

Ulrike hatte leider keine bei sich, aber sie wollte ihn nicht fragen.
„Wie spät ist es denn?", fragte sie dann doch.
„Viertel nach zwei."
Jetzt war sie es, die seufzte. Sie hätte wetten können, dass Pavarotti pünktlich sein würde. Er zählte zu den Leuten, auf die man sich verlassen kann. Nach sechs Wochen im Chat und an die fünfzig Mails konnte sie sich da ein Urteil erlauben.
„Auf wen warten Sie denn?", fragte sie, als weitere drei Minuten verstrichen waren.
„Geht Sie nichts an", knurrte er. Aber dann antwortete er doch: „Auf eine Frau. Sie ist klug und hat Humor – ganz im Gegensatz zu Ihnen!"
„Tzz!" Ulrike warf beide Hände hoch und schüttelte den Kopf. „Sie kennen mich doch gar nicht, und trotzdem erlauben Sie sich ständig ein Urteil über mich! Sogar öffentlich!"
„Das ist mein Beruf. Und ich sage Ihnen was, bis vor kurzem hat er mir noch Spaß gemacht!"
„Und jetzt nicht mehr? Nur meinetwegen?" Ulrike ging zu ihm und sah ihm in die Augen. „Eigentlich haben Sie Recht. Ich muss mich entschuldigen. Ich war zickig. Nur ..." Sie zögerte. Wie viel konnte sie einem Kritiker von sich offenbaren, ohne das gleich am nächsten Morgen in der Zeitung lesen zu müssen?
„Es war Ihre Bemerkung über meinen Sprachfehler", gestand sie dann. „Da sah ich rot. Meine drei Brüder haben mich immerzu gequält damit. Sie lispelt und will mal Schauspielerin werden, hahaha! Lispelsuse! Sie ließen einfach keine Gelegenheit aus, sich über mich lustig zu machen. Für mich war das die Hölle!"
„Aber man hört es doch kaum", lenkte er ein. „Und,

ehrlich gesagt, ich finde es sogar reizend. Es hat etwas ..." Er zögerte, dann lachte er. „Na ja, es wirkt irgendwie erotisch, finde ich."
Ulrike wurde rot. Sie wich seinem Blick aus, ließ ihn über die Wiese schweifen. „Und wie spät ist es jetzt?"
„Gleich halb drei."
Plötzlich drehte sich Ulrike wieder zu ihm um, und dann sagten beide wie aus einem Mund: „Sagen Sie, kann es sein, dass wir ..." Sie brachen ab und lachten.
„Bist du Pavarotti?"
„Und du Desdemona?"
Ulrike nickte, sah ihn lange an. Er war groß, dunkelhaarig, hatte blaue Augen. Er war klug, witzig und hatte Stil. Und er liebte das Theater! Alles in allem ein Volltreffer.
„Na", sagte er, nachdem er ihren Blick lange genug ausgehalten hatte. „Zufrieden?"
Sie schürzte die Lippen: „Als Kritiker solltest du wissen, dass es immer noch ein bisschen besser ginge!"
Er schlug Blicke gen Himmel und seufzte. „Vermutlich hat Gott die Frau erschaffen, um den Mann klein zu kriegen!"
„Das hast du bei Voltaire geklaut!"
„Macht nichts, ist trotzdem gut." Er lachte, und dann tat er endlich, worauf Ulrike so sehnlichst gewartet hatte - er verstreute himmlische Küsse über sie.

Das Kreuz

Von Elisabeth Podgornik

Fürsorglich öffnete er ihr die Wagentür, war ihr beim Aussteigen behilflich und legte ihr liebevoll die Jacke aus schwerem Leder um die entblößten Schultern. Ihre hohen Absätze klapperten auf dem nassen Asphalt, als sie neben ihm auf das Lokal zuging. Kurz bevor sie dort angekommen waren, bat er sie stehen zu bleiben.

Er griff in seine Manteltasche, zog Handschellen aus blank poliertem Stahl hervor und legte sie um ihre schmalen Handgelenke. Dann zog er den Reißverschluss ihres Kleides etwas weiter nach oben, wobei er wie beiläufig ihre nackten Schenkel berührte. Die Haut fühlte sich feucht an unter dem schwarzen Lack. Seine Hand glitt einen kurzen Moment zwischen ihre Beine – so flüchtig, dass sie beinahe annahm, diese Berührung nur geträumt zu haben.

Er stieg ihr voran die drei Stufen hinab, die in das Lokal führten, wobei seine Hand sich um die Kette ihrer Fesseln schloss. Ohne die Menschen ringsum zu beachten, führte er sie an einen Tisch, nahm ihr die Jacke von den Schultern und rückte den Stuhl zurecht.
Einen kurzen Augenblick widmete er seine Aufmerksamkeit den anwesenden Gästen, bevor er ihr gegenüber Platz nahm. Der Raum lag im Halbdunkeln. Weiße Kerzen schmückten die Tische und verbreiteten ein warmes flackerndes Licht, in dem sich ihr stählernes Halsband spiegelte.

Nachdem er dem Ober seine Bestellung genannt hatte, lehnte er sich zurück und betrachtete sie schweigend. Ihre Augen leuchteten wie Smaragde, die ungeschminkten Lippen glänzten silbrig – sie wirkte auf ihn wie eine Göttin. Leise Musik umrahmte die Szene und alle Anwesenden schienen nur zu einem Zweck hier zu sein, nämlich um einem besonderen Schauspiel beizuwohnen.
Der Kellner, der sie verstohlen musterte, servierte kalifornischen Rotwein und entschwand beinahe unbeachtet wieder im Dunkeln. Die beiden erhoben das Glas, wobei die Handschellen sanft aneinander schlugen und ein angenehmes, helles Klirren verursachten.

Er spürte die sich ausbreitende Unruhe in dem Gewölbe. Sie zogen die Blicke auf sich und bald rückten die Besucher näher, um nicht Gefahr zu laufen, auch nur eine Sequenz des Schauspiels zu verpassen.

Liebevoll streichelte er ihre Finger, die mit dem Weinkelch spielten. Sie unterhielten sich in einer Tonlage, die nur ein Murmeln preisgab, als wären sie eifersüchtig darauf bedacht, niemanden in ihre Welt eindringen zu lassen.

Nach einer halben Stunde erhob er sich plötzlich, entschuldigte sich und lenkte seine Schritte in die Richtung der Bar, an deren Tresen er dem Besitzer des Lokals gedämpft ein Anliegen vortrug. Dieser händigte ihm ohne eine Miene zu verziehen einen Schlüssel aus und er kehrte an den Tisch zurück, wo er ihren Arm nahm und sie langsam und sacht an sich zog. Als er ihren unsicheren Blick bemerkte, küsste er sie sanft auf die Stirn, legte seinen Arm um ihre

Schultern und geleitete sie durch das Lokal.
Ihre Absätze erzeugten einen hohlen Klang auf dem Lehmfußboden, als sie eng an ihn geschmiegt auf eine schwere Eichenholztür zuging. Diese war halb geöffnet und enthüllte einen, nur von einem schweren Kerzenleuchter erhellten Raum. Ihr Blick fiel auf die Ziegelmauer, die grau und kalt mit einem einzigen Objekt versehen war.

Er bemerkte ihre aufkeimende Erregung, als sie erkannte, worum es sich dabei handelte und fühlte sich ihr noch nie zuvor so nahe wie in diesem Moment, als sie schüchtern und selbstbewusst zugleich auf die Mauer zuging. Sie ließ das Kleid zu Boden gleiten und stand nun nur mit Halsreif und Stahlfesseln geschmückt vor ihm.

Die Tür fiel langsam und knarrend ins Schloss und die anwesenden Gäste erhaschten einen kurzen Blick ins Paradies ihrer eigenen Sehnsüchte.

Noch lange Zeit später wurde von dem Schauspiel erzählt und vielen schien es wie ein kostbares Gemälde ins Gedächtnis gebrannt worden zu sein. Das Bild einer jungen Frau am Kreuz, die stolz und demütig die Liebe ihres Herrn empfängt ...

Die Dritte im Bunde

Von Lisa Klee

„Endlich bist du da!"
„Entschuldige bitte, mein Zug hatte mal wieder Verspätung."
„Meiner auch, aber nicht ganz so viel wie deiner."
Ihre Taschen fielen zu Boden und sie umarmten sich.
Sie hakte sich bei ihm unter und sie gingen zum Ausgang. Am Taxistand stiegen sie ein. Er nannte dem Fahrer ihr Fahrziel.
„Wir sind wieder in dem gleichen Hotel wie beim letzten Mal", sagte er zu ihr.
„Haben wir auch wieder das gleiche Zimmer?"
„Ja, haben wir. Ich habe darauf bestanden."
„Wunderbar! Es hat so ein großzügiges Bad."
„Ja, und eine große Badewanne." Schmunzelnd drückte er sie an sich.

„Guten Tag, Herr und Frau Jondraschek. Ich freue mich, Sie wieder in unserem Haus begrüßen zu dürfen. Hatten Sie eine angenehme Reise?"
„Ja, danke. Meine Frau und ich freuen uns darauf, wieder einmal zwei angenehme Tage bei Ihnen verbringen zu dürfen."
„Hier sind Ihre Zimmerschlüssel. Wenn Sie besondere Wünsche haben, lassen Sie es mich wissen. Ich wünsche Ihnen einen angenehmen Aufenthalt."
Björn nahm das Gepäck und den Schlüssel und ging voran.
„Jondraschek! Wer von uns ist eigentlich auf diesen Namen gekommen?" Sie schüttelte ihren Kopf.
„Ich glaube, das warst du," fiel ihm ein.

„Irgendwann werden wir geschieden sein von unseren Partnern. Dann hört dieses Verstecken spielen für uns auf. Versprich es mir."
„Ja, Liebes."
Sie kamen im dritten Stock an.
„Björn?"
„Ja, mein Schatz?"
„Trägst du mich bitte über die Schwelle? Ich möchte wissen, wie das ist."
„Ja, gerne!"
Er schloss die Zimmertür auf und stellte ihre Reisetaschen ab. Dann trat er zu ihr in den Flur, küsste sie zärtlich und legte ihr eine Hand spielerisch in den Nacken. Mit der anderen Hand griff er unter ihren Schoß und hob sie elegant hoch, ohne von ihren Lippen zu lassen. Dann drehte er sich einmal im Kreis und sagte: „Ich liebe dich!".
Er trug sie über die Schwelle und legte sie auf dem großen Bett ab.
„Ich habe Appetit", sagte sie und blinzelte ihm zu.
„Auf etwas Besonderes?"
„Ja! Auf dich!"
„Wir haben doch noch das ganze Wochenende …"
„Aber wir haben auch schon vier Wochen aufeinander gewartet."
„Dann wirst du noch ein bisschen länger warten müssen."
„Ungern."
Sie ging in das Bad und ließ das Wasser in die Wanne einlaufen.
„Du hast aber nicht vor, das ganze Wochenende über in Keuschheit zu verbringen?", sagte sie, als sie zurückkam ins Schlafzimmer.
„Nein!", lachte er. „Ich packe erst einmal aus."
„Oh! Du hast zwei Flaschen Sekt mitgebracht? Wir

schaffen doch höchstens immer eine."
„Diesmal könnten es zwei werden", sagte er und stellte sie in den kleinen Kühlschrank. Sie passten so gerade hinein.
„Hilfst du mir mal bitte aus diesem Kleid?"
„Mit Vergnügen."
„Soll ich noch ein bisschen Schaum ins Badewasser tun?"
„Aber bitte nur so viel, dass ich dich gleich noch finde."

Er stieg hinter ihr in die Wanne und ließ sich langsam ins heiße Wasser gleiten. Sie drehte sich halb um, schmiegte ihren Kopf an seine Schulter und kraulte seine Brust.
„Was hast du noch so lange gemacht da draußen?"
„Unsere Taschen ausgepackt."
„Und das dauert sooo lange?"
„Nun, ich habe noch jemanden hier angerufen."
„Du machst mich neugierig. Wen rufst du hier in Köln an?"
„Warte es ab!"
„Nein, ich kann nicht gut warten."
„Heute wirst du es müssen."
„Gib mir wenigstens einen kleinen Hinweis, bitte", bettelte sie.
„Also gut. Kannst du dich erinnern, was du dir bei unserem letzten Treffen hier gewünscht hast?"
„Ich wünsche mir doch immer das Gleiche von dir." Sie hob den Kopf und ihre Lippen suchten die seinen.
„Nein, dieses Mal wünschtest du dir etwas Besonderes, und nicht von mir. Ich habe nun dafür gesorgt, dass du es bekommen wirst."
Sie glitt zurück. „Was kann das sein?"

„Du sagtest, es wäre ein lang gehegter Wunsch von dir."

„Wenn ich mich doch nur erinnern könnte. Hast du nicht noch einen Wink für mich?"

„Vielleicht später." Seine Hand fuhr durch ihr Haar und zog sie zu sich heran.

„Wo gehen wir heute Abend aus?" Sie rubbelte sich die Haare mit dem großen Badetuch trocken.

„Ich habe bei dem netten Italiener wieder einen Tisch bestellt."

„Im Al Settacio? Mit dem Holzkohlenofen?"

„Genau." Mit gekonnten Bewegungen rasierte er sein Kinn.

„Heute hätte ich gerne etwas Leichtes," überlegte sie.

„Vielleicht Fisch?", beriet er sie.

„Das ist eine gute Idee."

Sie betrachtete sich im Spiegel.

„Wünschst du mich in Abendgarderobe zu sehen oder eher leger?", fragte sie mit einem Blick auf die magere Auswahl in dem Kleiderschrank.

„Bitte nicht zu leger. Vielleicht das rote Kleid, dazu die schwarzen Strümpfe?"

„Ohlala! Der Herr weiß, was er will."

„Das weiß ich doch immer."

„Aber du erlaubst mir heute ein Höschen zu tragen? Oder lieber so wie letztens in der Oper?"

„Für den ersten Teil des Abends, ja."

„So? Wird der Abend zwei Teile haben?"

„Höchstwahrscheinlich." Er schloss seinen Hosenbund.

„Ich werde immer neugieriger. Was du wohl mit mir vorhast? Hattest du nicht Karten besorgt?"

„Karten?"

„Es soll um ein Stück gehen. Du sagtest, es hieße ‚Die Dritte im Bunde'."
Er lachte, streifte sich das Hemd über und knöpfte es zu.
„Ich habe alles besorgt, was wir dieses Wochenende brauchen werden."
„Du denkst doch immer an alles, mein Schatz. Um was geht es denn bei diesem Stück?"
„Das wirst du erleben." Gekonnt knotete er seine Krawatte.
„Ich weiß, du verrätst mal wieder nichts vorher."
„Stimmt." Er schlüpfte in seine Schuhe.
„Beim nächsten Mal, wenn ich wieder dran bin unser Wochenende vorzubereiten, werde ich dir auch nichts vorher verraten."
„Fein, darauf freue ich mich schon." Er streifte sein Sakko über.
„Du Schuft! Du weißt genau, dass ich nichts für mich behalten kann."
„Können wir gehen?" Er befestigte die schwere Armbanduhr am Handgelenk.
„Einen Augenblick, ich brauche nur noch meine Schuhe."

„Es war eine gute Idee, Fisch zu bestellen." Sie schob die Reste auf ihrem Teller zusammen und deckte sie mit dem Salatblatt von der Garnitur zu.
„Ja, die Garnelen waren auch sehr gut", fügte er hinzu.
„Du wirst nach Knoblauch riechen."
„Wirst du mich heute nicht mehr küssen?"
„Wir werden sehen. Wenn du mir nicht verrätst, was du heute noch vorhast, könnte das passieren."
„Du kannst dich wirklich nicht erinnern, was du dir bei unserem letzten Zusammensein gewünscht

hast?", fragte er sie.
„Du meinst, nachdem wir bei unserem letzten Treffen hier miteinander geschlafen haben?"
„Ja, genau."
„Ich lag nur seelig in deinen Armen und wir haben über alte Zeiten geplaudert."
„Aber auch über alte Sehnsüchte und unerfüllte Träume."
„Ja, das stimmt, ich erinnere mich. Schenkst du mir bitte noch etwas Wein ein? Danke."
Er füllte ihr Glas nach.
„Dabei hast du einen Wunsch geäußert, den du schon lange hegst und den du dich bislang nicht trautest zu verwirklichen."
„Ich erinnere mich nicht. Um was soll es da gegangen sein?"
„Du sagtest, du wolltest immer schon mal mit einem Mann und einer zweiten Frau zusammen intim werden."
„Das hast du dir gemerkt? Du Schuft!" Sie schaute ihn mit gesenktem Kopf von unten her an.
„Heute Abend wird es soweit sein. Heute werden Wünsche wahr."
„Wahrscheinlich kommt das auch deinen Wünschen entgegen mit zwei Frauen auf einmal zusammen zu sein."
„Sagen wir mal so: Ich traue es mir zu."
„Das kann ich mir vorstellen. Deshalb auch diese keuschen Anwandlungen vorhin. Ich verstehe, der Herr spart sich auf."
„So könnte man es ausdrücken."
„Wen hast du denn ausgesucht für diese Ménage à trois?"
„Ich kenne sie noch nicht. Den Kontakt bekam ich übers Internet. Wir haben ein paar Mal gemailt und

dann telefoniert. Sie hat eine sehr angenehme Stimme, scheint gebildet und humorvoll zu sein."
„Was hast du ihr von uns erzählt?"
„Was du dir wünschst. Und dass wir ein offenes Paar sind, das sich einmal im Monat in Köln trifft, weil wir in verschiedenen Städten leben und uns wegen unserer noch laufenden Scheidungen nicht öfter treffen können."
„Wie sieht sie aus?", wollte sie wissen.
„Sie schickte mir ein Foto von sich, hier ist ein Ausdruck." Er schob ihr ein Blatt Papier aus seiner Tasche über den Tisch.
„Sie ist ein ganz anderer Typ Frau als ich."
„Ja, das war mir wichtig."
„Außerdem ist sie sehr hübsch."
„Natürlich. Gefällt sie dir?"
„Ich glaube schon. Allerdings möchte ich sie gerne erst einmal so kennen lernen. Du verstehst, was ich meine?"
„Deshalb habe ich mit ihr für uns heute Abend in der Capri-Lounge eine Verabredung ausgemacht. Es ist nicht weit vom Hotel. Wenn wir uns sympathisch sind, können wir die Örtlichkeit wechseln."
„Du denkst mal wieder an alles", scherzte sie.
„So bin ich eben."
Sie nippte an ihrem Wein und ging ihren Gedanken nach.
„Der Gedanke daran ist ganz schön prickelnd."
„Das hoffe ich."
„Andererseits kommt es doch etwas plötzlich für mich."
„Wenn es für dich nicht passend ist, sage ich es ab."
Sie drehte die Serviette zwischen ihren Fingern.
„Ich glaube, ich habe es noch nie gemacht, weil

ich mich nicht trauen würde, eine Frau anzusprechen."

„Du bist doch sonst recht mutig", stellte er erstaunt fest.

„Das mag sein, aber nicht dann, wenn ich verlegen bin."

„Jetzt ist es arrangiert. Du brauchst nur noch zuzustimmen."

Sie legte die Reste der Serviette auf ihren Teller, den der Kellner mit sicherem Schwung abräumte.

„Haben wir noch Zeit für einen Nachtisch?", fragte sie.

Er sah auf seine Uhr. „Noch fast eine Stunde."

Er ging voran und hielt ihr die Tür auf. Sanfter Blues erklang durch die langen Tischreihen. An der Bar entdeckte er die Frau, deren Bild er schon kannte.

„Guten Abend. Kann es sein, dass wir verabredet sind?"

„Wenn Sie Björn sind und dies Ihre Frau ist, dann haben Sie mich gefunden."

„Darf ich vorstellen: Meine Partnerin Sylvia."

„Guten Abend!"

„Guten Abend. Mein Name ist Karin."

Björn sah sich in der Bar um.

„Sollen wir uns an einen der Tische setzen?"

Er suchte einen aus und geleitete die Damen dorthin.

Der Kellner brachte das Glas von der Theke und stellte es vor Karin ab.

„Was darf ich Ihnen bringen?"

„Bitte einen Caipirinha für meine Frau und eine Bourbon für mich."

„Ich mag es, wenn Männer wissen, was Frauen wollen", sagte Karin und schaute beide abwechselnd an.

„Das weiß er nur zu gut", bestätigte Sylvia.

„Deshalb sind wir wohl heute hier, nicht wahr?", fragte Karin.

„Ja, ich glaube schon. Ich habe allerdings erst vor einer Stunde davon erfahren."

„So? Sollte es eine Überraschung für Sie sein?"

„Ja, wir überraschen uns manchmal gegenseitig mit der Gestaltung unserer gemeinsamen Wochenenden. Heute ist er dran."

„Und Sie vertrauen ihm?"

„Völlig. Ich lasse mich gerne führen. Dann kann ich mich ganz fallen lassen und es genießen."

„Er schrieb mir schon, dass sie eine leicht devote Ader hätten."

„Schrieb er auch, dass er eine leicht dominante Ader hat?"

„Ja, auch das blieb nicht unerwähnt. Ich selber mag beides und neige mal mehr zu der einen und mal mehr zu der anderen Seite. Da mag ich mich nicht festlegen."

Der Kellner servierte die Drinks.

Björn erhob sein Glas. „Prost, meine Damen, auf einen gelungenen Abend!"

„Sie sind in Feierlaune?", fragte Karin und prostete ihm zu.

„Ein bisschen, ja."

„Ist es für Sie auch das erste Mal in einer Konstellation mit zwei Frauen?"

„Ja, das ist es."

„Dann könnte man sie beide in dieser Hinsicht als jungfräulich bezeichnen?"

„Durchaus." Björn lächelte mit diesem gewinnenden Lächeln, das von Verlegenheit frei zu sein schien.

„Sie scheinen aber schon Erfahrungen damit zu haben?", fragte er zurück.

„Ja, ich suche mir immer wieder Paare, mit denen ich als Freundin des Hauses zusammen bin. Voraussetzung ist allerdings, dass die Beziehung des Paares stabil ist und harmoniert. Ich will nicht in die Partnerschaft eindringen und zu Komplikationen beitragen. Das ist nicht mein Interesse."

„Und was reizt Sie an dieser Rolle?", fragte Sylvia.

„Dass ich alle meine Neigungen ausleben kann. Ich bin ebenso gerne mit Männern wie mit Frauen zusammen."

„Im Moment erlebe ich Sie eher als dominant", sagte Sylvia.

„So fühle ich mich auch. Er hat schon angebissen", sagte Karin mit einem Blick zu Björn, „sonst würde ich ihm meine devote Seite zeigen. Aber Sie zögern noch."

Sylvia senkte den Blick. „Ja, das stimmt."

„Das ist völlig in Ordnung. Sie bestimmen das Tempo, in dem Sie sich einlassen."

„Danke, ich weiß das zu schätzen."

„Wenn es nur um Sex ginge, wäre es einfach. Aber es geht um mehr. Was sie beide vorhaben, ist ein gegenseitiger Liebesbeweis."

Die Musik wechselte zu Buena Vista Social Club und sie sprachen über Wim Wenders und seinen Film. Und wie es in Kuba heute aussehen mag. Eigentlich steht der Dollar so günstig wie noch nie, und dies wäre eine gute Gelegenheit, einmal dorthin zu reisen; in eines der letzten Abenteuerländer, die man noch weitgehend normal bereisen kann, ohne Überlebenstraining und intensivster Vorbereitung. Aber doch abenteuerlich und exotisch genug. Ein Wagnis eben, das sich lohnen mag.

„Ich muss mal auf die Toilette," sagte Sylvia.
„Ich zeige Ihnen, wo Sie die hier finden. Kommen Sie mit."
Sylvia folgte der fremden Frau, die nun nicht mehr ganz so fremd war.
Als sie sich wieder im Waschraum trafen, schlug Karin ihren Rock hoch und zog ihren Slip aus. „Los, ziehen Sie auch ihren Slip aus. Reiben Sie ihn vorher aber noch einmal an sich, damit es nach Ihnen riecht. Ich möchte wissen, ob Ihr Mann den Unterschied riechen kann."
„Bestimmt! Er hat eine feine Nase. Und er kennt mich gut."
„Wir werden sehen. Geben Sie ihn mir."

„Björn, wir haben da eine Aufgabe für Sie. Können sie am Duft dieser beiden Slips erkennen, welchen Ihre Frau getragen hat?"
Björn lachte. „Das kommt auf einen Versuch an."
„Bitte, schließen Sie die Augen. Ich möchte nicht, dass Sie es an der Farbe schon erkennen."
Sie drückte ihm in jede Hand eine zusammengeknülltes Stück Stoff. Wie ein Taschentuch hob er es diskret an die Nase und schüffelte dann daran herum. Mal an einem, dann am anderen, mehrmals im Wechsel.
„Das ist doch schwerer, als ich dachte."
Die Damen kicherten.
„Wenn ein Mann nur noch seine Nase hat, ist er hilflos wie ein Baby!", sagte Karin.
„Ich hätte doch darauf gewettet, dass du mich erkennst!"
„Tja, meine Damen, leider bin ich im Moment nicht zu einer eindeutigen Aussage in der Lage." Er hob bedauernd die Schultern.

„Sollen wir ihm etwas Nachhilfe geben?", fragte Karin.
Sylvia sah sich um. „Aber doch nicht hier, oder?"
„Nein, natürlich nicht."
Björn räusperte sich. „Sie meinen, es ist an der Zeit zu gehen? Ich habe in unserem Hotelzimmer zwei gut gekühlte Flaschen Sekt, zu dem ich die Damen gerne noch einlade."
„Wenn auch Sie einverstanden sind, nehme ich die Einladung, mit zu ihnen zu gehen, gerne an. Das kann noch eine lustige Nacht werden."
„Was sagst du, Sylvia?"
„Ich bin bereit für die Dritte im Bunde."
Björn griff in sein Sakko. „Herr Ober! Ich möchte zahlen."

Die Anwältin

Von Iris Kiedrowski

„Bitte Peter, bitte sprich endlich mit mir! Hast du eine Andere?", flehte Katrin.
„ Unsinn, wie kommst du denn darauf, ich habe einfach zu viel um die Ohren im Moment."
„Ach ja? Und der Golfclub? Das Moped? Dafür hast du Zeit, ja?" Tränen blitzten in Katrins Augenwinkeln auf.
„Ach, komm schon, du hast doch auch deine Kaffeekränzchen und Shoppingtouren. Ich muss jetzt los, ciao Liebes, mach dir einen schönen Tag, es wird spät!"
Peter hauchte einen Kuss auf Katrins Stirn und eilte zur Tür. Der Kaffee war zwischenzeitlich kalt geworden. Sie schenkte sich einen frischen ein und zündete sich eine Zigarette an, während sie sich schwer auf den Stuhl fallen ließ. Versonnen folgte sie den davonschwebenden Rauchwolken, die Tränen nicht mehr zurückhalten könnend. Nein, so kann und darf es nicht weiter gehen.

„Dieser verdammte Schuft", heulte Katrin, „ich habe es so satt und will die Scheidung!"
„Sind Sie sicher Frau Bertram?", fragte Sophia Willensdorf.
Energisch nickte Katrin mit tränenverschleiertem Blick.
„Ich kann einfach nicht mehr. Immer ist er unterwegs, verfolgt nur noch seine Interessen, Golf spielen, Motorrad fahren und natürlich sein Computer, an dem er Nächte lang herumschraubt. Die Kinder und ich sind nur noch Luft für ihn, ich bin nur noch

Köchin, Putzfrau und Kindermädchen. Nein, das lasse ich mir nicht mehr gefallen!"

Die junge Anwältin hatte ein schönes und ebenmäßiges Gesicht mit traurigen Augen. Leise fragte sie Katrin: „Möchten Sie nicht noch einmal mit Ihrem Mann reden? Manchmal lassen sich Missstände durch ein gutes und offenes Gespräch ausräumen. Es ist leicht, alles hinzuwerfen, leichter als an einer Beziehung zu arbeiten."
„Ach was! Er hört mir doch überhaupt nicht zu."
Katrins Stimme war leise geworden, ihr Blick streifte die beringte rechte Hand der Anwältin und blieb an einem Foto auf deren Schreibtisch hängen. Ein sympathisch und gut aussehender Mann drängte sich mit provozierendem Lächeln nahezu aus dem edlen Rahmen.
„Aber, das können Sie sicher überhaupt nicht verstehen, Sie scheinen glücklich verheiratet zu sein und haben jemanden, der am Abend freudig auf Sie wartet."
Sophias Blick trübte sich und ihre Stimme wurde rau. „Ja, ich war mal sehr glücklich, aber das ist wohl für immer vorbei!"
„Warum das?"
„Eigentlich bin ich ja Ihre Anwältin und soll Sie beraten, Ihnen helfen, aber wenn Sie möchten, erzähle ich Ihnen, was passiert ist."
„Gerne!"
„Wissen Sie was? Sie sind meine letzte Mandantin für heute Vormittag. Lassen Sie uns einen kleinen Imbiss bei Gino nehmen, ich lade Sie ein."
Sophia und Katrin waren sich schon am Telefon bei der Terminvereinbarung sympathisch gewesen, und so schien es selbstverständlich, dass die beiden Frau-

en sich ein wenig privat unterhalten wollten.
„Fein, da sag ich nicht Nein", nahm Katrin die Einladung gerne an.

Während sie köstliche Salate und einen leichten Weißwein genossen, erzählte Sophia ihre Geschichte.

„Es war vor drei Wochen. Michael und ich führten eine gute und liebevolle Ehe, aber an diesem Tag hatten wir einen schrecklichen Streit. Michael beschwerte sich über die viele Zeit, die ich im Job verbringe, und über meinen Hang, die Probleme der Mandanten mit nach Hause zu tragen. Er warf mir vor, ihn zu vernachlässigen. Seine Vorwürfe trafen mich schwer und ich verteidigte mich lautstark. Die halbe Nacht haben wir diskutiert und unsere Standpunkte hartnäckig verteidigt. Michael trank Rotwein – er, der sonst nie trinkt – und war zuletzt ziemlich angetrunken. Ich habe ihm gesagt, dass ich mit Betrunkenen nicht diskutiere, hab ihn stehen lassen und bin ins Bett gegangen. Er folgte mir ins Schlafzimmer und riss den Schrank auf, griff nach einer Tasche und warf wahllos Sachen hinein."
Es schien, als ließe Sophia diesen Abend noch einmal Revue passieren.
„Auf meine Frage, was er vorhabe, bekam ich keine Antwort. Das letzte, was ich von ihm hörte, war das Aufheulen seines Wagens und das Quietschen der Reifen."
Sie umklammerte die Serviette mit beiden Händen, als würde sie daraus Kraft zum Weiterreden ziehen können. Nach einer endlos scheinenden Pause, redete sie leise weiter.
„Gegen Morgen klingelte das Telefon, es meldete

sich die Uniklinik Bonn! Michael war auf der Unfall-Intensiv-Station eingeliefert worden und eine Ärztin teilte mir mit, dass ich sofort kommen sollte. Er hatte einen Unfall, war von der Straße abgekommen und gegen einen Baum geprallt. Michael liegt seitdem im Koma, und wenn er irgendwann wieder erwacht, dann wird er nie mehr so sein, wie er mal war."
„Oh, mein Gott", flüsterte Katrin, „das ist ja schrecklich!"
„Ja, und das Schrecklichste ist, dass wir im Streit auseinander gegangen sind und wahrscheinlich nie mehr die Chance haben, die Dinge zu klären."
Katrin wurde plötzlich sehr schweigsam und ihre Gedanken schienen nicht mehr hier am Tisch zu sein. Die Bilder, die vor ihren Augen entstanden, stammen aus Tagen, die schön waren. Sie ließen alles Böse und Schlechte der letzten Wochen und Monate verblassen. Unruhig begann sie auf ihrem Stuhl hin- und herzurutschen.
„Na? Sie sind ja so schweigsam geworden? Worüber denken Sie nach?", fragte Sophia.
„Ich, ich weiß nicht, ich denke, ich glaube ...", stotterte Katrin und wühlte nervös in ihrer Handtasche. Die Anwältin zog fragend eine Augenbraue nach oben.
„Was haben Sie denn auf einmal – ist Ihnen nicht gut?"
„Doch, doch!", bestätigte Katrin eilig, während sie ihr Handy aus der Tasche zog. „Bitte entschuldigen Sie mich einen Moment", und entschwand in Richtung der Eingangstüre.
Lächelnd zündete sich Sophia eine Zigarette an und bestellte sich noch einen Kaffee.
In der Eingangstüre stehend wählte Katrin hastig ei-

ne Nummer, vertippte sich einige Male auf der winzigen Tastatur ihres Handys, und wartete ungeduldig auf eine Antwort.
„Hallo Peter? Peter – ich bin es, Katrin, bitte warte mit dem Packen, ich komme gleich heim. Lass uns noch mal reden, bitte. Ich glaube, wir haben noch eine Chance. Und noch eins: Rühr dich nicht aus dem Haus, ich will nicht, dass dir was passiert, versprich es mir!"

Kopfschüttelnd ließ sich Peter auf das Bett neben dem halb gepackten Koffer sinken. Was war denn das? Was sollte ihm schon noch passieren? Seine geliebte Frau forderte die Scheidung, bat ihn, das Haus, sie und die Kinder zu verlassen, und dann dachte sie darüber nach, was ihm passieren könnte? Stöhnend vergrub Peter sein Gesicht in den Händen.
Was war nur geschehen? Sie lernten sich damals an der Uni kennen. Er studierte Medizin und sie Englisch und Geschichte – sie wollte Lehrerin werden. Irgendwann prallten sie in der Mensa aneinander, weil sie sich beide gleichzeitig auf einen freien Stuhl stürzten. Lachend setzte sie sich hin und meinte, er könne ja warten, bis sie fertig sei, und dann nachrücken. Zum Glück wurde in dieser Sekunde ein Platz am gleichen Tisch frei, und so konnte er ihre Gegenwart noch ein wenig genießen. Er war fasziniert von ihrer lockeren und ungezwungenen Art zu reden – etwas, was ihm aufgrund seiner konservativen Erziehung immer schwer gefallen war. Ihr Lachen war ansteckend und ihn überkam der unstillbare Wunsch, sie nicht mehr aus den Augen zu verlieren ...

Katrin kehrte zwischenzeitlich an den Tisch zurück.

Ohne sich noch einmal zu setzen griff sie, den verwunderten Blick der Anwältin übersehend, nach ihrer Jacke und Handtasche.
„Entschuldigen Sie bitte, Frau Willensdorf, ich muss mir alles noch einmal durch den Kopf gehen lassen. Sie und Ihre Geschichte haben mich unsicher werden lassen. Ich wünsche Ihnen, dass alles gut wird, und ich wünsche mir, dass es nicht zu spät ist. Bitte verzeihen Sie mir, dass ich jetzt so einfach gehe. Schicken Sie mir die Rechnung für Ihre Hilfe. Danke und alles Gute."
Das „Auf Wiedersehen Frau Bertram – und viel Glück!" vernahm Katrin schon nicht mehr, so eilig hastete sie zu ihrem Auto.

Sophia winkte dem netten Italiener, um die Rechnung zu bezahlen, und schlenderte dann, ein Lied summend, in ihre Kanzlei zurück. Lächelnd setzte sie sich an ihren Schreibtisch, griff nach dem Fotorahmen, zog das Bild des hübschen Mannes heraus und knüllte es zusammen. „Danke, schöner Fremder aus dem Magazin, du hast gute Dienste geleistet, es funktioniert nicht immer, aber manchmal eben doch. Du hast sehr wahrscheinlich eine Ehe gerettet, ist dir das eigentlich klar? Nein, woher auch, eigentlich sollst du Anzüge verkaufen."
Sie warf das zerknüllte Bild in den Papierkorb und zog den Ring von ihrem Finger. Sie legte ihn in die Schreibtischschublade und freute sich: „Gut, dass ich Single bin und mein Leben ohne solche Sorgen verbringen kann. Aber wer weiß, eines Tages ...", dachte Sophia und griff nach dem Telefonhörer.

Fünf Monate später

Katrin und ihre Familie sitzen am sonntäglichen Frühstückstisch und schmieden Urlaubspläne. Nebenher blättert Katrin in einem Katalog für Sportmode, es ist bald Weihnachten, und sie freuen sich auf einen gemeinsamen Skiurlaub. Ihr Blick fällt auf einen Mann in einem besonders schönen Skianzug. Hmm, das Gesicht kommt ihr so bekannt vor, wo hat sie diesem Mann nur schon mal gesehen?

Showdown

Von Josef Memminger

Er kam täglich in dieses Café, immer um dieselbe Zeit. Seit einem Jahr. Er begab sich an einen freien Tisch. Er hatte keinen Stammplatz, legte aber Wert darauf, das Lokal vor sich zu haben, das heißt, er bevorzugte Plätze in der Ecke oder am Fenster. Das Café bestand aus einem einzigen großen Raum, der mit einfachen Wiener Kaffeehausmöbeln bestückt war und auch an den Wänden nur wenig Schmuck trug. Lediglich ein paar große Spiegel mit aufwändiger Goldumrahmung hingen dort. Eine Seite des Lokals bestand praktisch nur aus einer durchgehenden Fensterwand. Hier waren die begehrtesten Sitzplätze, weil man sowohl das Treiben auf dem vor dem Café liegenden Platz, als auch das Geschehen innerhalb beobachten konnte.

Er setzte sich an diesem Tag ans Fenster und wartete darauf, bedient zu werden. Er war sicher, heute würde er es wagen. Ganz bestimmt. Wie immer holte er sich die Tageszeitung und zündete sich eine Zigarette an. Es war ein stets gleiches und regelmäßig wiederkehrendes Ritual, das auch das Personal bereits kannte. Dieses schätzte den Mann als angenehmen, etwas stillen Gast, der jeden seiner Tage dort begann. Ansonsten nahm man nicht weiter von ihm Notiz. Er war unauffällig.

Der Mann kam allerdings aus einem bestimmten Grund. Dieser Grund war eine Kellnerin, für die er – er wusste selbst nicht genau warum – sehr viel empfand. Sie war nämlich weder besonders freundlich noch besonders hübsch oder hatte etwas auf den ersten Blick ungewöhnlich Anziehendes an sich. Nein, sie behandelte ihn vielmehr, obwohl er doch jeden Tag kam, mit einer gleich bleibend stoisch-freundlichen Gleichgültigkeit, die man – wäre man misstrauisch – auch als Herablassung oder Geringschätzung hätte interpretieren können. Das tat er aber nicht, im Gegenteil. Er fand es wunderbar, wie sie immer auf gleiche Weise nach seinem Wunsch fragte, ihn keines längeren Blickes würdigte als die anderen Gäste auch, ihm seinen Kaffee oder sein Frühstück nicht lieblos, aber auch nicht sonderlich bemüht hinstellte und sofort abdrehte, um ihre Arbeit fortzusetzen, ohne jemals ein zusätzliches Wort zu verlieren.

Im Grunde hatte er noch nie mit ihr gesprochen. Er fand nie heraus, wo er sich hinsetzen musste, damit sie ihn bediente, weil das Personal anscheinend seine Zuständigkeitsbereiche ständig tauschte. Eine Regelmäßigkeit oder einen Plan konnte er nicht erkennen, so dass er nie sicher sein konnte, ob wirklich „seine" Bedienung die Bestellung aufnehmen würde oder eine andere. In dem Fall wäre er dann gezwungen, seine Angebetete, von der er noch nicht einmal den Namen wusste, aus der Entfernung zu beobachten.

Heute jedoch, heute würde er es wagen. Er würde mit ihr sprechen, mindestens, wenn alles gut lief, wollte er sich sogar mit ihr verabreden. Er blickte von Zeit zu Zeit von seiner Zeitung auf, um zu sehen, welches der Mädchen auf ihn zukäme. Als die unansehnliche dicke Blondine in seine Richtung kam, war er der Verzweiflung nahe. Er war doch so überzeugt davon, dass heute seine Liebste die Fensterreihe übernähme. Fünf Schritte vor ihm bog die Dicke aber nach rechts ab und brachte einem Mann, der in der Mitte des Raumes saß, die Rechnung.

Endlich kam „seine" Bedienung aus der Küche. Er bemühte sich, sie nicht anzustarren, sondern unauffällig aus den Augenwinkeln im Blick zu behalten. Sie ging tatsächlich auf ihn zu, heute war anscheinend sein Glückstag. Wie sollte er bestellen? Er hatte seine Taktik noch nicht endgültig festgelegt. In jedem Fall würde er das Mädchen nicht sofort in ein persönliches Gespräch verwickeln, um nicht mit der Tür ins Haus zu fallen. Er fragte sich, ob es besser sei, freundlich, aber doch beiläufig zu ordern oder mit einem strahlenden Lächeln, das seine Freude dokumentierte, oder mit einem ernsten, aber tiefen, aussagekräftigen Blick. Als sie beinahe schon an seinem Tisch stand, hatte er sich immer noch nicht entschieden, und auf ihre Frage „Sie wünschen?" fuhr er erschrocken herum und ihm fiel ein, dass er eigentlich noch gar nicht wusste, was er wünschte. Umständlich griff er nach der Karte, ließ seinen Blick fahrig darin umherschweifen, obgleich er kein einziges Wort wirklich lesen konnte, und stotterte schließlich etwas, das die Bedienung offensichtlich als „Einen ... Kaffee, bitte!" identifizieren konnte, da sie nickte und ohne Regung kehrt machte und am nächsten Tisch abkassierte.

Sie stand nun von ihm abgewendet und er hatte Zeit, sie zu beobachten. Das waren die schönsten Augenblicke des Tages. Sie hatte dunkelbraunes Haar, das sie immer zu einem Zopf gebunden trug, was ihr ein etwas strenges Aussehen gab. Unterstrichen wurde dieses noch durch die Tatsache, dass sie so gut wie nie lächelte. An Tagen, an denen sie gut gelaunt war, zog sie die Mundwinkel unmerklich hoch, so dass sich die Andeutung eines Lächelns erahnen ließ, ansonsten erledigte sie ihre Arbeit mit unbewegter Miene. Ihre Haut war blass, beinahe durchscheinend und sie war sehr schlank, nein, sie war mager, mit einem spitzen, knochigen, aber ausdrucksvollen Gesicht, in dem ihr nie lächelnder Mund das Zentrum bildete und aus dem ihre großen Augen wach, aber nie interessiert, blickten. Sie hatte ihre Geldtasche auf den Tisch gelegt und zählte den Gästen, leicht über den Tisch gebeugt, das Wechselgeld heraus. Er sah, wie sich unter ihrem weißen Oberteil jeder Wirbel ihres Rückens abzeichnete und konnte erkennen, dass sie heute einen BH ohne Träger trug. Ihre Brüste waren sehr klein, doch das störte ihn nicht. An manchem Tag fragte er sich, was es war, das ihn so an ihr anzog. Es war wohl ihre kühle, melancholische Ausstrahlung und diese unglaubliche Würde, mit der sie ihre Arbeit verrichtete. Er fand, sie hatte dabei etwas Aristokratisches.

Er las die Zeitung, ohne ein einziges Wort wirklich aufzunehmen. In Gedanken war er ganz woanders. Die Tasse hatte sie ihm – ohne ihn anzublicken – im Vorbeigehen hingestellt. Was sollte er sagen, wenn sie zum Abkassieren kam? Was sollte er vorschlagen? Hundertmal hatte er sich Sätze und Pläne zurechtgelegt. Jetzt waren sie weg. Er konnte die Augen nicht von ihr abwenden. Bildhübsch war sie für ihn. Vielleicht das neue französische Restaurant? Zu aufdringlich und intim für die erste Verabredung! Lieber Kino? Nein, zu belanglos! Vielleicht einfach ein Spaziergang und eine Einladung zu einem Kaf-

fee? Ja, das klang gut, so als sanfter Einstieg ...
Er dachte, dass er wohl gezwungen wäre, seine Wohnung aufzuräumen, wenn es klappte. Kein leichtes Unterfangen bei der Unordnung. Geschirr von Tagen in der Spüle, seit Wochen nicht mehr Staub gesaugt. Doch bald verbat er sich weiteres Nachdenken. Schließlich war noch nicht einmal der erste Schritt getan.

Gewöhnlich zahlte er nach ungefähr einer Stunde und ging seines Weges. Nun saß er schon neunzig Minuten hier, langsam wurde es Zeit. Sein Gaumen fühlte sich belegt an und seine Zunge lag schwer und träge in seinem Mund. Er hob die Hand zum Zeichen, dass er zahlen wollte. Keine Reaktion. Das Mädchen schoss an ihm vorbei, ohne ihn zu beachten. Ob es wirklich der geeignete Augenblick war? Wann dann, wenn nicht heute? „Zahlen bitte!" Das hatte sie gehört. Durch ein beinahe unmerkliches Heben des Kinns bestätigte sie den Wunsch des Mannes und gab ihm dadurch, dass sie die Augenbrauen ganz leicht hochzog, zu verstehen, dass er sich noch einen kleinen Moment gedulden müsse.

Er überlegte, wie viel Trinkgeld angemessen sei. Es durfte keinesfalls zu wenig sein, damit er nicht etwa als Geizhals dastünde, aber auch nicht zu viel, um nicht als Protzer zu gelten. Ein Euro war genug. Oder zwei? Er erschrak, als er ihre Stimme vernahm. „Sie wollten zahlen?" Irrte er sich oder klang ihr Tonfall noch eisiger als sonst? Er schaute sie an und sie schwieg. Sie wusste, dass er wusste, wie viel es machte. Schließlich saß er jeden Tag hier und zahlte immer den gleichen Preis. Ihr Blick blieb auf ihn gerichtet, er konnte ihn nicht länger aushalten. Er zählte seine vier Euro aus der Geldbörse und drückte ihr die Münzen in die Hand. „Stimmt so." Mehr brachte er nicht hervor. „Danke", sagte sie, machte auf dem Absatz kehrt und war schon wieder hinter dem Tresen verschwunden.

Er stand auf, müde, blickte ein letztes Mal hinter die Theke, wo das Mädchen einen Kuchen auf einen Teller schichtete. Er machte einen Schritt auf die Glasvitrine zu, trat dann wieder zurück, um schließlich entschlossen auf den Ausgang zuzuschreiten.

Als er ins Freie trat, schlug ihm kalter Novemberwind ins Gesicht. Er atmete tief, es war ein trüber Tag. Kaum fünfzig Meter weit konnte er sehen. Langsam bewegte er sich fort, wie jeden Tag ...

Railroad Station

Von Christiane Weber

Taylor liebte die Eisenbahn und das Essen seiner Mutter. Er wohnte mit seinen Eltern in einem kleinen Cottage an der Railroad Station. Jeden Morgen und jeden Abend sah er aus dem Fenster und notierte in kleiner Schrift die Ankunfts- und Abfahrtszeiten der Züge. Stets hatte er die Vorsorge für den nächsten Tag getroffen, indem er einen Spiralblock sowie einen akkurat gespitzten Bleistift auf die Fensterbank legte. Täglich verließ er um acht Uhr das Haus, benötigte für die Strecke zum Lebensmittelladen zwölf Minuten und wechselte in dem kleinen Lagerraum seinen blauen Pullover gegen einen grauen Kittel.

Taylor begrüßte die Kunden stets korrekt mit Namen und ordnete das Lager gewissenhaft. In seiner halbstündigen Mittagspause setzte sich Taylor an den wackeligen Tisch des kleinen Lagerraumes und aß die Wurstbrote seiner Mutter. Dazu trank er den gezuckerten Pfefferminztee aus der Thermoskanne. „Kaffee macht nur nervös", pflegte seine Mutter immer zu sagen. Und Unruhe war das Letzte, was Taylor in seinem beschaulichen Leben brauchte. Dieses Leben dauerte inzwischen fünfundvierzig Jahre an. Die Zeit glitt an ihm vorbei wie ein ruhiger Fluss. Es hatte keine Höhen, aber auch keine Tiefen.

„Unser Sohn", sagte Taylors Vater öfter, wenn er mit den Männern mehrere Pints im Old Wagon trank, „ist die größte Liebe seiner Mutter." Dabei sah er gehässig aus. Die Männer lachten und hatten wieder einen Grund, Bier zu bestellen. Aber Taylor hatte ein Geheimnis. An den Wochenenden stand er wie gewöhnlich früh am Morgen auf und ging, nachdem er Ankunfts- und Abfahrtszeiten der Züge säuberlich in dem Spiralblock notiert hatte, in die Bäckerei der alten Mrs. Peters. Er holte die bestellten sechs Brötchen und das Graubrot ab. „Unser Sohn", bemerkte seine Mutter stolz, „bildet sich an den Wochenenden weiter. Er macht einen Beförderungsführerschein."

Dies entsprach nicht ganz der Wahrheit. Taylor schritt an diesen Samstagen gemächlichen Schrittes durch das Örtchen. Seine Papiertüte, die Brötchen und das Brot enthielt, schwenkte er nicht allzu heftig. Taylor unterdrückte die Freude und strich verstohlen durch sein schütteres Haar. Als er die Bakerstreet erreichte, sah er sich kurz um und öffnete das Gartentörchen. Er pfiff und sah zum Fenster hoch. Eine Hand bewegte sich hinter der Gardine. Taylor ging die wenigen Eingangsstufen nach oben und öffnete die Haustür. Bevor er jedoch das kleine Cottage betrat, schlüpfte er aus den Schuhen und stellte sie behutsam auf den Fußboden im Korridor.

Die Wanduhr schlug neunmal, als Taylor auf Socken die Treppe nach oben ging. „Wie immer auf die Minute pünktlich", rief eine Stimme. Taylor lächelte und betrat den Raum. Die Jalousien waren heruntergezogen. In der Dunkelheit blinkten zahlreiche Lämpchen. Ein Miniaturzug ratterte über die Schienen. Die Railroad Station war in Miniaturform nachgebaut. „Heute nehme ich die 14er Lok", bemerkte die Frau.
Taylor beugte sich über sie. Sie streichelte über sei-

nen Kopf und küsste ihn auf die Stirn.
„Ich habe mich schon sehr gefreut und konnte es gar nicht abwarten, zu dir zu kommen."
„Mein lieber Taylor. Was mögen deine armen Eltern denken, wenn sie davon wüssten?"
„Mutter würde dir die Augen auskratzen und Vater hätte wieder einen Grund, auf das gemeine Wohl anzustoßen."
Die Frau lachte und massierte seinen Nacken.
„Komm, lass uns heute die neue Lok ausprobieren."

Taylor kniete sich auf den Teppichboden und strich mit einer zärtlichen Geste über das kalte Metall der historischen Eisenbahn.
„Ich habe etwas Schönes für uns gekocht!"
„Gegessen wird aber erst nach der Ankunft des Zuges um 11.40 Uhr", lachte Taylor und zog seinen blauen Pullover aus.

Während ein Signal ertönte, glitten Regentropfen geräuschlos an der Scheibe herunter.

Heimathafen

Von Irene Komoßa-Scharenberg

Langsam sank die Sonne dem Meer entgegen, erleuchtete den Horizont rötlich wie Glut. Hand in Hand liefen wir am Strand entlang. Wir hinterließen Spuren im Sand, Spuren von Füßen im Gleichschritt. Frisch und angenehm wehte uns die feuchtwarme, herbstliche Brise entgegen. Nur uns gehörte die Welt, zumindest diese verlassene Insel. Die Sommergäste hatten sich zurückgezogen, das Feld den Ruhesuchenden, Verschwiegenen überlassen. Vielleicht waren wir nur deshalb hier, nicht wegen des wechselnden Schauspiels der Wolken und der einzigartigen Lichteffekte, die das Meer in eine ganze Farbpalette von türkisgrün bis azurblau zu tauchen vermochte. Die Temperaturen waren noch angenehm. Nur die Sonne ging früher unter und kündete eine andere Jahreszeit an. Als eine Möwe kreischend über unsere Köpfe hinweg zog, blieb Mark stehen.

Unendlich zärtlich schaute er mir in die Augen, zog mich an sich, hielt mich fest, als wolle er mich nie wieder loslassen. Ängstlich sah ich nach hinten. Doch wir waren immer noch allein, allein mit dem Sand und einem ganzen Meer voller Sehnsucht. Trotzdem riss ich mich los, rannte in Richtung Dünen, stolperte und lachte. Ungeahnt schnell hatte Mark mich ein, wälzte sich mit mir in dem von der Sonne noch warmen, weichen Sand. Wir tollten herum wie die Kinder, nur der erhobene Zeigefinger im Hinterkopf störte. Der Sand bettete uns behaglich und passte sich unseren Körpern an. Mark schob die Träger meines Tops herunter, löste seinen Mund von meinen Lippen und ließ ihn immer tiefer gleiten. Ich genoss seine Liebkosung, verbannte alle Zeigefinger, wollte nur noch genießen. Ich wollte leben für diesen Augenblick, alles geben, ohne Rücksicht auf ein böses Erwachen. Während Marks Hand sich langsam auf mir bewegte, vibrierte ich seiner Berührung entgegen.

Die untergehende Sonne tauchte unser Liebesspiel in warmes Licht. Nur sie sah verschwiegen zu, wie die Silhouetten unserer Körper schließlich zu einer Kontur verschmolzen. Unaufhaltsam trieb die glühende Feuerkugel am Horizont dem Moment der Vereinigung mit dem unendlichen Meer entgegen. Plötzlich explodierte sie. Ich wurde eins mit dem Universum, das Universum mit mir. Die Wucht der Gefühle übermannte mich wie eine Woge, kraftvoll mitreißend und sanft tragend zugleich. So lange wie möglich wollte ich den glückseligen Taumel erhalten. Dabei würde sich die innige Verschmelzung unweigerlich verflüchtigen, noch ehe Mark und ich uns voneinander gelöst hätten. Während ich seinen Atem stoßweise in meiner Ohrmuschel spürte, fuhr ich mit den Fingern durch seine feuchten Haare. Über meine Wangen rollten stumme Tränen. Ich war überwältigt von diesem einzigartigen Moment. Oder war es die Trauer um seine Flüchtigkeit? Noch schlang die Verbundenheit sich um uns wie ein unsichtbares Band. Sie hielt uns fest auf unserer kleinen Insel, fernab der übrigen Welt. Mark stöhnte auf, blieb noch eine Weile bei mir, ehe er sich zur Seite rollte und den Blick auf den abendlichen Himmel freigab. Bald würde die schwarze Nacht hereinbrechen, alle Ängste verstärken, die sich unter der Geschäftigkeit des Tages nur zu leicht verbargen.

Flammend-warmes Rot war nun kälteren, violetten Nuancen gewichen. Wehmütig sah ich zu, wie sich der Horizont immer dunkler färbte.

Dabei dachte ich an vergangene Liebschaften. Einige hatten zumindest hoffnungsvoll begonnen. In meinen Gedanken zogen sie nun vorbei wie die verblassenden Wolken am Himmel. Affären, die nicht viel mehr hinterlassen hatten als einen schalen, manchmal bitteren Nachgeschmack. Bei Mark war alles anders. In seiner Nähe fühlte ich mich geborgen, vielleicht zum ersten Mal in meinem Leben. Ich fühlte mich wie ein Schiff, das nach langer Irrfahrt endlich einen sicheren Hafen angelaufen hatte. Unaufgefordert zog er mich in seine Arme, wenn ich mich nach Zärtlichkeiten sehnte, beantwortete meine Fragen, ehe ich sie gestellt hatte. Oft erriet auch ich seine geheimsten Gedanken, ohne zu wissen wodurch.

Zum ersten Mal empfand ich jeden Kuss als unerwartetes Geschenk und Marks Liebe wie eine kostbare Leihgabe. Jederzeit konnte sie mir wieder genommen werden. Hatte ich das Geschenk doch unrechtmäßig empfangen. Auf tragische Weise schienen wir füreinander geschaffen zu sein, auch wenn alle anderen uns für unser Geheimnis verachten würden.

„Du wälzt wieder Probleme", flüsterte Mark mit sanfter, verständnisvoller Stimme.
Trotz der zunehmenden Dunkelheit konnte ich ein Hauch von Besorgnis in seinen Augen erkennen.
„Ich denke an Südafrika", entgegnete ich nach einer Weile.

Das war nicht einmal gelogen. Die intensiven, warmen Farben des Himmels hatten mich tatsächlich an meine Heimat erinnert.

„Manchmal wünsche ich mir, wir könnten dort leben, nur wir beide, unter Menschen, von denen uns keiner kennt."

„Seinem Schicksal kann man nicht davonlaufen", erwiderte Mark und streichelte so sanft über meine Wange, als sei sie zerbrechlich. „Zudem hattest du deine Gründe hierher zurückzukehren."

„Gleich mehrere", stöhnte ich auf, als läge nun die Last der Welt auf meinen Schultern.

Mark zog seine Arme fester um mich, wiegte mich hin und her, bis ich wünschte, er würde niemals damit aufhören.

„Du zitterst ja", stellte er fest, „wir kehren besser ins Haus zurück."

Hastig suchten wir unsere Sachen zusammen. Beim Anziehen schämte ich mich plötzlich meiner nackten Haut. Am liebsten hätte ich mich Marks Blicken entzogen. Sei nicht kindisch, schalt ich mich, du schämst dich aus einem ganz anderen Grund.

Es durfte einfach nicht so weitergehen, in Unrecht und Sünde. Während ich neben ihm herlief, fühlte ich mit einem Mal keine Verbundenheit mehr zwischen uns, nicht einmal eine Ahnung davon. Der Verlust schmerzte, als ob ein Teil meines Körpers bei ihm verblieben wäre. Doch war eine einfache Trennung nicht möglich. Mark schien meine Gefühle zu erraten. Er erriet immer, wenn ich mich von ihm entfernen wollte. Erneut nahm er mich in die Arme, streichelte mich wie ein Kind, das getröstet werden musste.

Umschlungen liefen wir weiter, die Spuren im Sand

wieder im Gleichschritt. Nachdem wir die Tür zu unserem Ferienhaus geöffnet hatten, strömte uns wohlige Wärme entgegen.
„Ich mache Tee", bot ich an und lief in die Küche. Während ich auf das heiße Wasser wartete, fiel mein Blick auf ein Foto neben dem Fenster. Es zeigte die Besitzerin mit ihren beiden kleinen Töchtern. Kinder, dachte ich wehmütig, mit diesem Kapitel hast du abgeschossen, lange vor Mark. Doch seit ich ihn kannte, akzeptierte ich meine Entscheidung umso mehr. In manchen Momenten war ich dankbar dafür. Ich spürte keinerlei Reue, keinen schmerzlichen Verzicht. Zu meinem Erstaunen empfand ich Mark nicht nur als meinen Geliebten, sondern auch als mein Kind. Immer dann, wenn er sich vor dem Einschlafen ganz eng an mich schmiegte und ich ihm zärtlich übers Haar strich. Sobald die ersten Sonnenstrahlen durch die Ritzen der Fensterläden fielen, ein gestricheltes Muster auf die geblümte Bettdecke zauberten, fühlte ich mich dann als sein Kind. Er hauchte mir sanfte Küsse auf die Stirn, genauso wie meine Mutter mich früher immer geweckt hatte.

Plötzlich gab der Wasserkocher einen schrillen Pfeifton von sich, riss mich aus meinen Gedanken. Ich grübelte ohnehin zuviel. Eilig brühte ich den Tee auf und kehrte mit einer Kanne und zwei Tassen in den Wohnraum zurück. Mark hatte bereits ein Feuer im Kamin angezündet. Obwohl der Lichtschein der brennenden Holzscheite eine anheimelnde Atmosphäre zauberte, fühlte ich mich unbehaglich.
„Setz dich zu mir", bat er und klopfte neben sich auf den gemusterten Polsterbezug des Sofas.
Seine Stimme klang sanft. Trotzdem hörte ich eine Aufforderung heraus, die irgendwie nichts Gutes

verhieß. Vielleicht war ich auch nur empfindlich. In banger Erwartung goss ich den Tee ein und nahm Mark gegenüber Platz. Am liebsten wäre ich ihm so nah wie möglich gewesen, aber noch mehr wünschte ich, ihm in die Augen zu sch auen. Ich wollte auf alles vorbereitet sein. Ganz deutlich spürte ich nun, welch bedeutungsschwere Gedanken sich hinter seiner Stirn verbargen.

„Wir müssen es Ferdinand beichten", sagte er mit fester Stimme, ehe ich damit gerechnet hatte.
Eine unsichtbare Hand schnürte mir die Kehle zu, so dass ich nichts erwidern konnte.
„Ich will Ferdinand nicht verlieren", murmelte ich, nachdem wir eine Weile auf bedrückende Weise geschwiegen hatten. „Er hat mich so gütig aufgenommen, als meine Mutter starb. Sonst hatte ich doch niemanden."
„Aber ich halte diese Geheimniskrämerei nicht mehr aus", schrie Mark auf.
Ich schwieg.
„Manchmal glaube ich an den Lügen zu ersticken."

„Bitte gib mir noch etwas Zeit", flehte ich, „mir und auch Ferdinand. Denk an seinen Geburtstag. Er freut sich so auf die große Feier. Wir dürfen sie ihm nicht verderben. Er wird nur einmal sechzig."
Die Art, wie Mark den Kopf zur Seite neigte, kam mir seltsam vertraut vor. So hielt ich ihn immer, wenn ich mich geschlagen geben musste.
„Du hast große Angst, keine Gnade vor seinen Augen zu finden", stellte Mark fest, als hätte er gerade meine geheimsten Empfindungen erraten. „Natürlich wird unsere Beichte ihn schockieren. Aber ich bin sicher, am Ende versteht er uns."

Stumm nickte ich. Ich wollte ihm zu gerne glauben und wünschte die Diskussion einfach zu beenden. Wenn ich Mark nur früher kennen gelernt hätte. Noch nicht enttäuscht von gefühllosen Männern; noch auf der ersten hoffnungsvollen Suche nach einem nicht näher bestimmbaren Glück. Dann hätte ich der Versuchung vielleicht widerstanden. Doch er war erst in mein Leben getreten, nachdem ich zu viele Facetten des Missverstehens kennen gelernt hatte. Darum berauschte mich der betörende Gleichklang unserer Sinne umso mehr.
„Komm zu mir", bat er.
Ich stand auf und setzte mich neben ihm auf das Sofa. Behutsam legte er seinen Arm um mich. Wir schwiegen, aber es war nun kein bedrückendes Schweigen mehr, eher eine stumme Übereinkunft. Gemeinsam schauten wir zu, wie die Holzscheite im Kamin nach und nach verglühten.

Beunruhigt, vielleicht sogar von einer dunklen Ahnung getrieben, irrte mein Blick durch den Raum. Von der Decke baumelten Girlanden und ein riesiges Schild mit einer eingerahmten „Sechzig". An der hinteren Wand versprach ein üppiges Buffet abwechslungsreiche Gaumenfreuden. Überall plauderten Leute, paarweise oder in kleineren Gruppen. Sie schienen sich gut zu amüsieren. Die Terrassentür stand weit offen und ließ ein wenig kühle Abendluft hinein. Wahrscheinlich spazierte Mark im Garten umher. Er liebte den Garten, besonders in der Dämmerung. Als ich an ihn dachte, hielt ich es plötzlich nicht länger aus. Ich musste ihn suchen, bildete mir ein, aus einem kurzen Blickkontakt ein wenig Kraft zu schöpfen. In verzweifelter Hoffnung wollte ich gerade hinauseilen, doch jemand hielt mich zurück. Die Hand auf meinem festlichen Abendkleid gehörte zu einer Frau, die ehemals eine Schönheit gewesen sein musste. Jetzt war sie behängt mit überflüssigem Gewicht und noch mehr Goldschmuck. Nur ihr ebenmäßiges Gesicht war zweifellos immer noch schön.

„Cecilia, endlich finde ich Sie", sprach sie mich an, wobei in ihrer Stimme etwas Beschwörendes lag. „Ich habe so viele Fragen."
Am liebsten hätte ich umgehend die Flucht ergriffen, aber ich wollte nicht unhöflich erscheinen.
„Ich bin eine alte Bekannte von Ferdinand", fuhr sie fort. „Wir kennen uns praktisch seit der Schulzeit. Eine ganze Weile haben wir uns aus den Augen verloren. Deshalb habe ich erst jetzt von Ihrer Existenz erfahren."
Existenz, wie sich das anhörte. Ich ließ das Wort auf meiner Zunge zergehen, wurde den bitteren Nachgeschmack nicht los.
„Und jetzt hat er Sie zu seiner Geburtstagsfeier eingeladen", entgegnete ich, weil mir nichts Besseres einfiel.
„Eigentlich feiert er heute etwas ganz anderes", erwiderte sie. „Noch während er mir aus dem Mantel half, hat er schon von Ihnen erzählt. Ganz ohne Vorwarnung. Soviel ich von ihm gehört habe, sind Sie vor gut einem Jahr aus Südafrika hierher gekommen."
„Fast anderthalb."
„Aber warum so spät?"
„Ich habe erst nach Mutters Tod erfahren, dass hier meine Wurzeln liegen."
„Oh", presste sie hervor, als hätte sie unabsichtlich

ein heikles Thema angesprochen.
Am liebsten hätte ich sie einfach mit ihrem „Oh" zurückgelassen, aber ich fühlte mich auf sonderbare Weise verpflichtet, die fast greifbare Anspannung aufzulösen. Leider wusste ich nicht wie.
„Mark und Sie sind übrigens ein schönes Paar", fuhr sie unvermittelt fort.

Die Welt schien plötzlich still zu stehen, nur das Blut rauschte in meinen Ohren. Wie hatte sie unser Geheimnis erraten? Dann sah ich sie lächeln, ein ahnungsloses Lächeln, frei von jeglichen Hintergedanken, ohne erhobenen Zeigefinger. Mit einem Mal spürte ich hektische Betriebsamkeit um uns herum. Meine Gesprächspartnerin wandte den Kopf, und auch ich schaute in ihre Richtung. Ferdinand stand mitten im Raum, eine imposante Erscheinung mit feierlicher Miene. Als er die Hände erhob, verstummten die Menschen.

„Liebe Gäste", begann er, „bevor ich das Buffet eröffne, möchte ich noch gerne ein paar Worte an euch richten und Cecilia an meine Seite bitten."
Wieder schien mein Herz einen Schlag auszusetzen. Nachdem ich mich etwas gefasst hatte, stolzierte ich auf wackeligen Beinen an den anderen vorbei und stellte mich neben ihn.
Meine Augen suchten den Halbkreis ab, der sich um uns gebildet hatte. Mark stand ganz vorne in der ersten Reihe, uns unmittelbar gegenüber. Sein Gesichtsausdruck spiegelte meine Empfindungen wider.
„Die meisten wissen es bereits", fuhr Ferdinand fort, während er mich umarmte, „doch heute möchte ich euch allen ganz offiziell meine Tochter Cecilia vorstellen. Mit fast sechzig durfte ich noch einmal

erfahren, wie schön das Ergebnis einer Jugendsünde sein kann."
Plötzlich winkte er auch Mark zu sich.
„Und dir mein Sohn, danke ich für dein Verständnis. Mit unerwarteter Begeisterung hast du deine Halbschwester in unserer Familie aufgenommen."

Der chinesische Kochtopf

Von Hermann Bauer

Gerne höre ich auch heute noch auf den Rat des Ehepaares Lindner. Ob die Probleme klein oder groß sind, die Lindners finden immer einen Ausweg.

Sabine und Robert Lindner sind weit über 80 Jahre alt. Im Herzen aber sind sie jung und modern geblieben. Herr Lindner hatte einen Beruf, durch den er in der ganzen Welt herumkam. Er lebte viele Jahre mit seiner Frau in Asien und Südamerika. Heute wohnen die beiden am Münchner Stadtrand, direkt am Ufer des Starnberger Sees. Ein breiter Weg führt zu der geräumigen Villa.

Ich sitze in einem schwarzen Ledersessel und betrachte das Kaminfeuer. Kein Wohnzimmer strahlt eine solche Gemütlichkeit und Geborgenheit aus wie dieses. Und ich war schon in vielen Wohnzimmern zu Gast.
Herr Lindner schenkt mir einen französischen Rotwein ein, wir stoßen alle an, und Frau Lindner bemerkt: „Es wird höchste Zeit, dass wir mal wieder gemeinsam einen netten Abend verbringen."
Herr Lindner steht auf, was ihm große Mühe bereitet. Wie so viele Senioren hat auch er Schwierigkeiten mit seinen Beinen. Sie tragen ihn nicht mehr so gut.
Er geht zum Kamin, bückt sich und greift nach dem Korb, um Holz zu holen. Ich springe auf, um ihm die Arbeit abzunehmen. Aber schon steht Sabine Lindner neben mir und bittet uns, beide wieder Platz zu nehmen, denn sie möchte Brennholz holen. Sie

lässt sich nicht von mir helfen.

Als sie wieder das Zimmer betritt, geht ihr Mann auf sie zu, bedankt sich bei ihr und drückt ihr ein Küsschen auf die Wange.
Ich bin gerührt. Es ist jedes Mal eine Freude für mich zu sehen, wie glücklich und harmonisch die beiden immer noch sind – nach so vielen Ehejahren.
Ich trinke einen Schluck Wein und frage sie: „Was ist eigentlich das Geheimnis eurer glücklichen Ehe?"
Beide lächeln sich an, und Robert antwortet: „Ein Geheimnis gibt es da sicher nicht. Die Ehe ist ein Bündnis, das gehegt und gepflegt werden muss."

Sabine nickt und fährt fort: „Leider sind die meisten Menschen nicht auf die Ehe vorbereitet. Robert und ich waren es auch nicht. Als wir vor über 60 Jahren heirateten, hatten wir keine Ahnung. Wir wussten nicht, wie man über seine Gefühle und Empfindungen spricht, wie man Kritik einsteckt und Kritik übt, ohne den anderen gleich in Bausch und Bogen zu verdammen. Oder wie man konstruktiv streitet und es schafft, auch mal nachzugeben, Probleme auch mal eine Weile im Raum stehen zu lassen, um einen günstigeren Augenblick zu ihrer Bewältigung abzuwarten. Die ersten Jahre waren deshalb ziemlich schwierig, und der Haussegen hing oft schief."

Robert geht in die Küche. Er kramt aus dem hintersten Eck einen Gegenstand hervor, bringt ihn mit ins Wohnzimmer, reicht ihn mir und sagt: „Vielleicht gibt es doch ein Geheimnis unserer Liebe – dies hier hat eine Menge dazu beigetragen."
Gespannt wartet er auf eine Reaktion von mir. Ich

bin jedoch ratlos. Was er mir in die Hand gedrückt hat, ist ein ganz gewöhnlicher Kochtopf. Er ist nicht schön, die Farbe bereits an einigen Stellen abgeblättert.
Sabine lacht und erzählt: „Dieser Topf ist schon sehr alt. Ich habe ihn bei einem alten Chinesen in Shanghai gekauft. Dieser Mann sagte zu mir, in Europa sei die Ehe mit einem heißen Topf zu vergleichen, den man auf eine kalte Platte stelle und der nach und nach abkühle. In fernöstlichen Ländern sei die Ehe ein kalter Topf, den man auf eine heiße Platte stelle, so dass er sich langsam erwärme und immer heißer werde. Diese Worte haben mir damals sehr gut gefallen, und bis heute habe ich sie nicht vergessen."
Robert unterbricht Sabine und stellt klar: „Nicht, dass unsere Ehe zu Anfang ein kalter Topf gewesen wäre, ganz im Gegenteil. Aber ich glaube, dass viel zu viele Menschen lediglich darauf hoffen, dass sich die Anfangshitze möglichst lange hält, anstatt immer wieder kräftig nachzuheizen. So verstehe ich die Ehe: die Freundschaft vertiefen, sich immer näher kommen, sich immer besser verstehen lernen."

Verträumt beobachte ich, wie die lodernden Flammen auf die gerade aufgelegten Holzscheite übergreifen.
Sabine unterbricht die Stille: „Wir reden oft über Ehe und Partnerschaft. Und wenn jemand Schwierigkeiten hat, so wie du, versuchen wir ihm zu helfen." Dabei schaut sie mir tief in die Augen.
Robert legt seine Hand auf meine Schulter und sagt: „Ich finde es wichtig, auch von anderen Menschen zu hören, welche Probleme sie haben. Zu sehen, wie sie damit umgehen, das hilft auch uns weiter."

Ich bin nicht in der Stimmung, jetzt über die Schulprobleme meiner Kinder zu sprechen. Auch nicht über die voraussichtliche Kündigung unserer Mietwohnung und schon gar nicht über meine momentane Ehekrise. Da kann mir keiner helfen, denke ich mir, da muss man eben durch.

Also trinke ich mein Glas leer, stehe auf, gehe wie ein Tiger in seinem Käfig nervös auf und ab und sage etwas vorwurfsvoll: „Das alles hört sich recht einfach an, ist jedoch, wie alles Üben, eine schwierige Arbeit. Es erfordert eine Menge Geduld." Ich bedanke mich für den netten Abend und möchte mich verabschieden.

Frau Lindner reagiert überhaupt nicht und holt noch eine zweite Flasche Rotwein aus der Küche. Herr Lindner kommentiert trocken: „Setz dich wieder." Seine Frau reicht mir die Flasche und den Korkenzieher.

Ich öffne die Flasche, gieße allen die Gläser nach und lasse mich in den Sessel fallen. Ich fühle mich unausgeglichen und ausgelaugt vom beruflichen und häuslichen Ärger.

Der Hausherr deutet mit seinem Zeigefinger auf die Vitrine mit den vielen Schnitzereien, Statuen und Vasen. „Jedes Stück teilt eine Geschichte mit", sagt er. „In welches Land sollen wir dich heute entführen? Nach Burma, Thailand, Indonesien, Indien, Guatemala, Peru …?" Er greift sich aus der Vitrine eine Holzfigur, hält sie in den Händen, betrachtet sie immer wieder von allen Seiten, und dann erzählen beide über Indonesien. Das klingt alles so echt, als ob ich damals selbst dabei gewesen wäre.

Ich schließe meine Augen, und manchmal habe ich

das Gefühl, als könnte ich sogar die Gerüche der Speisen, von denen sie mir erzählen, wahrnehmen. So vergesse ich für einige Stunden meine Sorgen. Wie machen die beiden das nur? Die Erzählungen wirken auf mich wie eine Hypnose und Seelenmassage zugleich.
Nach etwa drei Stunden verabschiede ich mich und trete den Heimweg an.

Zu Hause fragt mich meine Frau: „War es nett? Haben die beiden wieder über ihre Auslandsabenteuer gesprochen?"
Ich nicke mit dem Kopf: „Ja, es war wieder sehr schön. Diesmal haben sie mich mit nach Indonesien genommen. Aber sie haben mir auch eine kleine Geschichte über einen chinesischen Kochtopf erzählt. Diese Erzählung gefiel mir am besten. Willst du sie hören?"
Verständnislos schaut meine Frau mich an, wobei sie erwidert: „Heute nicht mehr. Ich bin schon zu müde. Vielleicht morgen. Dann erzähle ich dir auch eine Geschichte über Kochtöpfe, Bestecke, Teller, Tassen und Gläser, die ich heute abgespült habe, während du dich amüsiert hast. Ich gehe jetzt ins Bett. Gute Nacht."

Ich bin noch nicht müde. Zu viele Gedanken wirbeln in meinem Kopf herum. Dabei denke ich an einen kühlen Kochtopf und wünsche mir, er möge sich noch einmal erwärmen und vielleicht sogar sehr heiß werden.

Ein Gefühl zuviel

Von Maike Schneider

Es ist bereits spät am Nachmittag. Wir haben viel besprochen, jetzt wechseln wir noch ein paar letzte Worte. Wir sitzen uns gegenüber, die Beine beinahe aneinander geschmiegt. Ich spüre deine Nähe, fühle mich angezogen von dir, als wärst du ein Magnet und ich ein hilfloser Span. Mit aller Kraft stemme ich mich dagegen. Ich will nicht zulassen, dass du merkst, wie hilflos ich mich fühle. Abstand bewahren, irgendwie. Ich sehe in deine Augen, sehe das Glitzern darin, die Funken, die von dir zu mir sprühen. Kann sie nicht loslassen, deine Augen, versuche, in deine Seele zu sehen. Ich weiß, dass du auf mich reagierst. Du genießt das Gefühl zu spielen, das mich zu beherrschen scheint. Nicht darüber nachdenken, wohin es uns treibt, wohin es uns führen mag.
Ich beuge mich vor, nur noch wenige Zentimeter sind zwischen dir und mir. Die Wärme deiner Haut steigt auf. Mein Lächeln wird breiter, wird zum Grinsen, als ich sehe, wie du um deine Fassung ringst.

Ein Spiel, ein Spiel.

Ich habe Mühe, dir zuzuhören, muss mich stark konzentrieren, um dem Gespräch folgen zu können. Währenddessen knüpfen meine Gedanken ein Band zu dir und ich stelle mir unweigerlich vor, wie es sein könnte, dich zu küssen. Ich glaube, dein Herz schlagen zu sehen. Du verschränkst deine Beine. Willst du damit etwas verbergen?
Wieder lächle ich dich an. Komme noch ein Stück

näher. Spiele, spiele. Meine Augen plinkern, ich senke sie, um dich dann von unten erneut anzusehen. Dein Atem stockt.

Die Zeit rückt vor. Gleich werde ich gehen müssen, will aber den Moment des Zaubers nicht verlieren. Wie spät ist es?

Während meine Sehnsucht, meine Freude, meine Lust mich auf der Stelle halten, bringst du mich zum Lachen. Ich lege meine Stirn auf deinen Arm. Du streichelst mein Haar, das in Wellen über dich fällt und dich meine Wärme spüren lässt. Schnell nimmst du deine Hand zurück, als ob du dich verbrannt hättest und als ich aufsehe, sind wir uns noch ein Stückchen näher. Nur Millimeter trennen uns noch. Doch wir bewahren diese Grenze. Es fällt nicht schwer, die Spannung zwischen uns zu halten – der Blick genügt, den wir nicht abwenden können. Dein Lächeln reicht bis in die Augenwinkel. Mein Blick liegt auf deinen Lippen. Dich jetzt küssen, jetzt!

Ich stehe auf, muss gehen. Würde dir sonst ins Gesicht grinsen, weil es mir solchen Spaß macht. Verstecke meine leuchtenden Augen hinter der Sonnenbrille, packe meine Sachen, bin mir jedoch unschlüssig, wie ich mich verabschieden soll.

Du stehst auch auf. Einen kurzen Augenblick lang ist fast ein Abgrund zwischen uns.

Dann dein Lächeln, das aufblitzt. Ich gehe auf dich zu, werde dich jetzt küssen, nur auf die Wange. Du zögerst. Ich fühle, dass du mich richtig küssen, mich halten willst, und mit einer raschen Kopfbewegung meinerseits berühren sich nur unsere Mundwinkel – dann trete ich zurück. Ein letzter Blick über den Rand der Sonnenbrille hinweg, von Blau zu Blau. Ich gehe.

Es ist heiß, die Sonne brennt unbarmherzig auf die Erde nieder, obwohl die Farben des Himmels schon die Vorzeichen eines Gewitters tragen. Dunkle Wolken bauen sich auf, lassen die Luft in einer Art und Weise schwingen, die mich unruhig macht.
Noch ist der Wind sanft, der die Blätter über uns bewegt, ein spielendes Bild aus Licht und Schatten. Du liegst neben mir auf dem Rücken, die langen Beine weit von dir gestreckt, mit geschlossen Augen. Wir berühren uns nicht, obwohl ich die Wärme deiner Hand neben der meinen spüren kann. Ich müsste nur einen Finger bewegen, um dich zu erreichen – und ich überlege wirklich, ob ich es tun soll. Doch dann bist du derjenige, der anfängt, der seinen kleinen Finger sacht über den meinen legt, sich leicht darin verhakt.
Wir reden nicht, liegen nur da, schauen nach oben. Der warme Wind streicht über uns, ich versuche zu begreifen, was da geschieht. Wie es sich anfühlt, dich neben mir zu wissen. Zu ahnen, dass da auf einmal mehr ist, als bloßes sich kennen, sich mögen.
Ich schiebe ganz langsam meine Hand unter deine, möchte mehr von dir spüren, mehr von dir wissen. Versuche, das Gefühl, das die Berührung in mir auslöst, zu verstehen und kann es doch nicht. Ich bin unruhig, weiß immer noch nicht, wie ich mich verhalten soll. Bin hin und her gerissen von der Spannung, einen Mann neben mir zu haben, der mich interessiert, und dem Wunsch davonzulaufen, mich allem zu entziehen.
„Lass es einfach geschehen."
Deine Stimme ist leise, zärtlich. Ich könnte sowieso nicht weglaufen. Meine Knie sind viel zu weich um aufzustehen.
„Manche Dinge kann man nicht erklären. Eine Er-

klärung zerstört den Zauber."
Ich weiß, du hast Recht. Aber machst du es dir damit nicht zu einfach? Ich kneife meine Augen zusammen, hole tief Luft und denke mir: ‚Was soll's, ich lebe heute.'

‚Ich bin heiß auf dich.' Der Gedanke lässt mich grinsen. Ich drehe meine Hand unter der deinen, damit unsere Handflächen aufeinander liegen. Du spreizt die Finger, meine gleiten dazwischen und wir fassen uns eng – fast zu eng – für diese Hitze des Sommers.
Ich atme langsam, atme die Wärme der Umgebung, das Sonnenlicht in meinen Bauch. Fühle es groß und heiß in mir. Du führst meine Hand an deine Lippen, küsst die Fingerspitzen. Sanft, zärtlich, so, dass mir eine Gänsehaut den Rücken hochjagt. Gerade noch kann ich ein leises Seufzen unterdrücken, dann lässt du unsere Hände wieder auf das trockene Gras unter uns sinken.
Ich fühle deinen Handrücken an meinem Bein, spüre den rauen Stoff deiner Hose an meiner Hand. Vorsichtig streichelst du mich mit dem Daumen, lässt dabei eine fast unerträgliche Zärtlichkeit erahnen. Wieder bekomme ich eine Gänsehaut, die mir dieses Mal die kleinen Härchen auf den Armen aufrichtet. Ich hebe unsere verschränkten Hände an, lege sie mir auf den Hüftknochen. Dann ein Stück höher auf die Taille – dort, wo der Saum meines Shirts hoch gerutscht ist und ich deine Hand auf meiner Haut spüren kann.
„Dein Bauch fühlt sich gut an."
Wie beiläufig klingt deine Stimme und im ersten Moment denke ich, wie gut du dich im Griff hast. Doch ich sehe aus den Augenwinkeln das Lächeln

in deinem Gesicht und wie du unsicher die Beine an den Knöcheln überkreuzt. Du wirfst mir einen Blick zu.
„Ja?"
Etwas anderes kann ich nicht sagen, versuche, die Schmetterlinge in meinem Bauch zur Vernunft zu rufen.
„Ja. Sehr."
Wir beginnen ein harmloses Gespräch, um unsere Verlegenheit zu überwinden. Man sollte nicht glauben, dass wir erwachsene Menschen sind, die normalerweise mit beiden Beinen im Leben stehen. Wir reden über den wirklich wunderbaren Sommer, über vergangene Leben, über das, was wir uns wünschen, was wir schon immer mal tun wollten. Bis du dich plötzlich halb aufrichtest und mich überraschst, indem du mich küsst - einmal, zweimal.
„Das wollte ich schon lange tun."
„Ach."
Ich bin viel zu sehr aus der Bahn geworfen von deinem Kuss, als dass ich schlauer antworten könnte. Spüre noch den Druck deiner Lippen auf meinen, das Prickeln, das sie in mir verursacht haben. Weiß nicht, ob ich es wiederholen möchte oder ob ich den Kuss gerade noch als Ausrutscher hinnehmen kann. Ich weiß es nicht, schaffe es aber auch nicht, dir meine Hand zu entziehen. Nicht soviel nachdenken, es einfach passieren lassen - ach, wenn das so einfach wäre!
Mein Herz schlägt wie wild, klopft, hüpft, tanzt. Mein Atem jagt, als wäre ich eine lange Strecke gerannt. Ich lächle, lache, möchte die Arme ausbreiten, die Welt umfassen, mich ins Gras werfen, dich neben mir haben - und dabei glitzern bereits erste Regentropfen gegen den gewitterblauen Himmel.

Auf dem Weg zum Bahnhof bleibe ich stehen, warte auf dich. Du gehst hinter mir, mit großen Schritten, in Gedanken versunken. Verträumt gleitet dein Blick über mein Gesicht. Bleibt an meinen Lippen hängen. Du lächelst, siehst mir in die Augen, kommst mir ganz nah, beugst dich zu mir. Küsst mich zärtlich, vorsichtig, liebevoll.
Ich halte still, genieße deine Nähe, lasse mich in unseren Kuss fallen, verliere mich darin. Schließlich muss ich meine Arme um deinen Nacken schlingen, weil meine Knie wieder so weich werden.
„Willst du den Zug verpassen?" Ein Hauch von Vernunft streift mich.
„Mit dir bleibe ich überall ..." Dich hat sie schon verlassen.
„Gleich wird es zu regnen anfangen." Es regnet längst.
„Mir egal." Deine Zähne knabbern an meiner Lippe.
„Mir auch." Meine Zunge sucht die deine.
Deine Tasche fällt ins nasse Gras. Die Regentropfen finden ihren Weg durch meine Haare und rinnen gleich Tränen über mein Gesicht. Ich schließe die Augen, während du versuchst, den Regen weg zu küssen. Der Regen tropft mir am Hals entlang, sucht sich seinen Weg in meine Bluse, die an mir klebt. Deine Lippen folgen seinem Weg, küssen mich zärtlich, immer tiefer in meinen Ausschnitt. Unter deinen Küssen ziehen sich meine Brüste zusammen. Ich lege meinen Kopf in den Nacken, lasse mein Gesicht von den warmen Tropfen umschmeicheln. Spüre nur noch deine Berührungen auf mir. Ich will, dass dieser Moment niemals endet. Auf ewig hier mit dir stehen, mit dir sein.

Ich bin unruhig, verliere mich in Gedanken an dich, an mich, an uns - an das Verquere unserer Situation. Ich weiß nicht, was ich tun soll. Bin nicht bereit, etwas aufzugeben. Am liebsten wollte ich euch beide – dich, André, und auch Sven, meinen Freund, der schon so lange mein Leben teilt.
Ach! Seit wir von dem Auftrag neulich zurück sind, bin ich völlig durch den Wind. Denke dauernd an dich, und dabei weiß ich ganz genau, dass ich das besser nicht täte, dass ich dich vergessen sollte. Rein vernunftmäßig tue ich das ja auch. Ich halte mich ständig zurück, um nicht zu dir zu fahren. Ich suche mir dennoch tausend Gründe, weswegen ich es könnte – offizielle natürlich. Es soll nicht so aussehen, als wollte ich dich nur sehen. Verflixt! Ich stehe auf, laufe hektisch ein paar Schritte hin und her. Dann zerraufe ich meine Haare. Wie ein Teenager. Ich nehme die Schlüssel meines Autos, schreibe eine Notiz an meine Mitarbeiterin, und fahre endlich hin zu dir.
Im Auto habe ich die Musik viel zu laut. Mein Herz schlägt wie verrückt.
Dich wieder zu sehen ... dein Lächeln ... deine Stimme ... ich schließe kurz die Augen, atme tief ein.
Als ich bei dir ankomme, kann ich dich im ersten Stock hinter der Scheibe stehen sehen. Ich bin aufgeregt, irgendwie glücklich. Meine Augen glitzern, wie ich beim letzten Blick in den Rückspiegel feststelle. Werde ich dir gefallen? Wirst du dich freuen?
Atmen, atmen – dann der Schritt aus dem Auto. Cool sein, Mädel!
Du öffnest mir die Tür und lächelst mich an.
„Endlich!"
Du ziehst mich in den Flur, nimmst mich in die Arme, als wolltest du mich nie wieder loslassen. Sofort

sind alle Gefühle wieder da, machen mich schwindelig, alle Sorgen vergessen. Ich schmiege mich an dich, lasse meine Hände über deinen Rücken gleiten – immer noch unbekannt und doch schon vertraut. Meine Hände erforschen dich, mein Mund möchte dich nur küssen. Du nimmst mich an der Hand, führst mich hinter dir her in dein Büro, kannst den Blick nicht von mir wenden.
„Ich konnte nicht anders, musste dich sehen." Ich lächle, schmiege meine Hand in deine. „Musste dich spüren."
Dein Blick versinkt in meinem. Wo warst du nur die ganze Zeit?
Es klingelt an der Tür. Hektisch fahren wir auseinander. Hat uns jemand gesehen?
Schuldbewusst streiche ich mir meine Haare aus den Augen. Was tue ich hier eigentlich? Habe ich vor, meinen Freund zu verlassen? Ich lehne mich mit dem Rücken gegen die kalte Wand, während du dich mit dem Paketdienst abmühst. Die Kühle bringt mich wieder zur Vernunft, hoffe ich zumindest. Ich weiß, du bist verheiratet. Ich weiß wenig über deine Ehe, wir haben eigentlich nie darüber gesprochen. Auf deinem Schreibtisch steht ein Bild von ihr. Wie wäre es für mich, wenn ich deine Frau wäre? Oder wenn mein Freund in deiner Situation wäre und ich es herausbekäme? Ich wäre stinksauer und zutiefst verletzt. Schon bei dem Gedanken treten mir Tränen in die Augen. Was also mache ich hier?
Ich schließe die Augen, beiße mir auf die Lippen. Plötzlich ist da deine Hand an meinem Gesicht. Unendlich zärtlich streichelst du mich. Eine Träne entwischt mir, kullert die Wange entlang. Ich kneife die Augen zusammen, will nicht vor dir weinen. Wäre ich nur nicht hergekommen!

„Was ist los?" Du flüsterst, spürst meine Angst, willst mir helfen.
„André, ich kann nicht."
„Ist was ... passiert?"
„Nein."
„Was kannst du nicht?"
„Das hier. Deine Nähe macht mich ganz sprachlos."
Ich öffne die Augen, sehe in die deinen. Tief, ich kann mich in deinen Pupillen spiegeln. Will dich doch nur berühren, bei dir sein. Ich muss es dir sagen, werde jetzt eine Entscheidung treffen. Bin mir schon wieder nicht sicher, aber ich halte dieses Hin und Her in mir nicht mehr aus.
„André, das muss aufhören. Wir müssen damit aufhören."
Du lässt mich los, gehst zwei Schritte zurück. Dein Gesicht ist schlagartig traurig, ich sehe, wie du um Atem ringst. Beide schlucken wir trocken. Müssen den Abstand, der plötzlich da ist, erst einmal verkraften.
„Du meinst, ich darf dich nicht mehr berühren?"
Dein Schmerz in der Stimme trifft mich mitten ins Herz.
„Zumindest nicht mehr so."
„Dich nicht mehr küssen?"
Ich schüttle den Kopf. In mir schreit es: Doch! Doch! Ich will dich küssen. Jetzt, immer wieder!
Du gehst noch einen Schritt zurück. Die Entfernung zwischen uns wird immer größer.
„Okay." Du holst tief Atem. „Wenn du das so willst."

Ich will – ich will nicht.

Es ist Zeit zu gehen. Ich muss an dir vorbei, kann aber nicht. Bleibe stehen, fasse dein Gesicht mit beiden Händen, küsse dich auf den Mund. Du reagierst nicht. Deine Lippen sind kalt wie Eis. Ich schmiege meine Wange an die deine.
„Nicht, mach das nicht. Bitte." Wieder ist deine Stimme nur ein Flüstern.
Ich kann nicht, kann nicht gehen.
Du schiebst mich fort von dir. Lächelst traurig.
Ich gehe schnell, renne fast, weiß nicht einmal mehr, wie ich zu meinem Auto gekommen bin. Ich werfe mich auf den sonnenwarmen Sitz, will nur weg hier. Gleichzeitig zieht mich mein Herz zu dir zurück. Was soll ich nur tun?
Ich lehne mich an. Zwinge mich, tief durchzuatmen. Mein Blick fällt in den Spiegel, ich sehe meine weit aufgerissenen Augen. Doch, ich hab es richtig gemacht. Ich bin mir sicher, dass ich meinen Freund liebe und die Zuneigung zu dir mich einfach überrumpelt hat.
Ich starte den Geländewagen. Langsam rollt er vom Parkplatz. Im Rückspiegel sehe ich dein Büro kleiner werden, verschwinden. Eine letzte Träne rinnt mir aus den Augen. Kurz denke ich daran, ob ich vielleicht rechtzeitig die Bremse hätte ziehen können. Aber das ist längst verschüttete Milch. In Gedanken werfe ich dir noch einen Kuss zu und bin weg.

Die letzte Frage

Von Tobias Sommer

Karen verschwand in der Nacht, in der sie auf mich schoss. Dieser Satz gefiel mir. Ich sagte ihn immer wieder in meinen Gedanken.
Ich wusste, dass ein Brief von ihr kommen würde. Der Brief war nicht an mich, sondern an ihre Freundin, Lena, meine Frau, adressiert. Meine Beine zitterten, während Lena mit einem kleinen Messer das Kuvert öffnete. „Karen ist nächste Woche wieder in Deutschland und möchte uns besuchen. In ihrem Briefkopf ist eine Handynummer angegeben. Ich werde sie heute anrufen", sagte sie.
Wir brauchten in unserer Beziehung kaum Worte, um dem anderen zu zeigen, was wir dachten. Ich habe mich oft gefragt, ob es ein gutes Zeichen war, wenn der Partner glaubte, den anderen zu kennen. Lena warf mir ohne Worte ein Foto zu. Es zeigte Karen, Lena und mich. Karens dominanter Blick starrte selbstbewusst in den Focus der Kamera. Lenas Kopf war leicht nach unten gesenkt. Ich sah nervös aus, wie es meine Art war, wenn ich nicht wusste, was ich tun sollte. Meine Arme hatte ich schüchtern um die Schultern der beiden Frauen gelegt.
Das Bild war vor zwei Jahren im Herbst auf der Eröffnungsfeier einer südländischen Bar in Berlin entstanden. Lena war damals mit ihrer Freundin dort verabredet. Sie hatte keine Einwände, dass ich sie begleitete und bemerkte süffisant, dass Karen nicht mein Typ sei. Lena beschrieb Karen als eine sehr selbstbewusste, aber ziellose Person, die ihr Leben genoss. Karen studierte. Was sie studierte, konnte Lena mir nicht sagen. Das wusste niemand so genau.

Eine Zeitlang studierte sie Kunst oder Geschichte. Karens Eltern hatten genug Geld, um ihr ein ewiges, freies Studentenleben zu finanzieren. Sie konnte sich die neuste Mode leisten und stand oft und gerne im Mittelpunkt. Sie liebte es, erzählte Lena und grinste, weil sie wusste, dass ich diese Art von Frauen hasste.

Lena hatte nie Geld für Designerklamotten oder ein Studium. Sie stand nie im Mittelpunkt. Ich wusste nicht, ob sie es je wollte. In einem kleinen Restaurant, in dem sie noch heute als Kellnerin arbeitet, lernte ich sie kennen. Als ich sie zum ersten Mal dort sah, hatte sie ihre langen, blonden Haare zu einem merkwürdigen Knäuel gebunden. Ihre große Nase, die nicht in das Gesamtbild ihrer Gesichtszüge passte, gefiel mir. In ihrem zarten Gesicht und in ihren klaren, blauen Augen konnte ich sehen, dass sie unglücklich war. Zum ersten Mal in meinem Leben sprach ich eine Frau an, die mir gefiel. Ich fragte sie leise, warum sie so traurig sei. Ob sie die wenigen Worte verstanden hatte, wusste ich nicht. Ich blieb, bis auch der letzte Gast bezahlt hatte. Sie kam an meinen Tisch, setzte sich, zündete eine Zigarette an und erzählte die Geschichte von ihrem Freund David, der groß und stark und intelligent war. Sie liebte ihn, bis er sie gegen eine andere eintauschte. Er hatte sie verletzt, ohne Warnung, dafür hasste sie ihn. Wir trafen uns fortan regelmäßig. Sie konnte Stunden über ihren Freund, den Hass und über die verlorene Liebe sprechen. Jedes Mal saß ich ihr stumm gegenüber und versuchte ihrer Erzählung zu folgen. Mit jedem Satz entdeckten wir ein Stück der verlorenen und gesuchten Liebe im Gegenüber wieder. Ich liebte diese Momente des Zuhörens, die nach unserer Heirat dem lautlosen Kennen und dem blinden Vertrauen wichen.

Als ich Karen zum ersten Mal sah, war es nicht das sichere Auftreten, nicht die schrille Kleidung und auch nicht der Gedanke an Geld, die in meinem Bauch ein Gefühl von Nervosität verursachten. Sie begrüßte meine Frau mit einem dezenten Kuss auf die Wange, danach lächelte sie mich an. Es war ein Lächeln, als ob wir uns schon ewig kennen würden. Ich beobachtete ihre subtilen Bewegungen, versuchte zu verstehen, was sie sagte und glaubte, sie irgendwo in meinen Erinnerungen finden zu können. Karen hatte eine feminine Figur, ein zartes, aber markantes Gesicht und rot gefärbtes Haar. Die beiden Frauen unterhielten sich gestenreich und schienen in ihrer eigenen Welt zu kommunizieren.
Ich weiß nicht, wie lange ich teilnahmslos dort saß, bis Karen sich kurz zu mir drehte und ganz nah an meinem Ohr mit einer klaren und deutlichen Stimme flüsterte: „Du glaubst mich zu kennen." Außer mir hörte niemand diesen Satz. Ich nickte und schwieg. Eine Unterhaltung wollte ich nicht. Seit meiner Kindheit litt ich unter einem chronischen Stottern. Mein Psychiater glaubte, die Ursache läge in der fehlenden Vaterrolle. Mein Vater starb zwei Tage nach meinem dritten Geburtstag. Meine Mutter kam nie über den Verlust hinweg und schaffte es trotzdem, mich alleine großzuziehen. Die Angst vor Silben, die sich in meinem Hals verkanteten, senkte den Mut auf ein paar Sätze.
Durch das Fenster der Bar blickte ich auf die Straße. Es regnete. Mir kam es vor, als wenn ich seit Wochen keinen Regen mehr gesehen hatte. Menschen mit durchnässten Jacken und gesenkten Köpfen gin-

gen zügig am Fenster vorbei. Ich verspürte sinnlose Lust, die Bar zu verlassen und einfach zu laufen, durch den Regen, irgendwohin. Als ich in Karens Gesicht sah, erschrak ich, denn ich las darin, dass sie wusste, was ich wollte. Das Grün ihrer Augen spiegelte sich im Fensterglas. Ich stand auf und bewegte mich zum Ausgang. Draußen vor der Tür spürte ich ihren Atem hinter mir. Wir rannten los, ziellos durch den Regen. Meine Haare fielen mir ins Gesicht. Ohne zu sehen wohin, lief ich weiter, wissend, dass der Weg nicht nach Hause führte. Lena würde mich am nächsten Morgen nicht fragen, wo ich gewesen war. Sie fragte nie. Alles war so wie immer, oder wie nie zuvor.

An jenen Tag in der Bar und an den Regen musste ich denken, während ich auf das Bild blickte. Auf dem Foto sah ich, zum ersten Mal seit zwei Jahren, Karen wieder. Ich hatte ein anderes Gesicht in meinem Gedächtnis, das sich mit der Zeit und nach vielen tristen und schönen Träumen, verformt hatte. An ihre Stimme, die mir damals so vertraut erschien, konnte ich mich kaum erinnern. In meinem Kopf versuchte ich den Geruch ihrer Haare, der in jener Nacht verführerisch in meine Nase drang, zu beschreiben. Es gelang mir nicht mehr. Nur wenige Eckpunkte, die von Monat zu Monat weniger wurden, obwohl mein Kopf sich dagegen wehrte, formten Karen, von der ich damals glaubte, dass sie mein Leben verändern könnte, in meinen Erinnerungen zu einer unergründlichen Figur. Aber eine Frage, die am Ende der Nacht, in der ich mit Karen schlief, entstand, wollte aus meinem Kopf nicht weichen.
In einem kleinen, primitiven Hotelzimmer zogen wir schamlos unsere nasse Kleidung aus. Wir war-

fen Decken und Kissen von einem harten Holzbett. Sekunden später lagen wir auf der Matratze. Unsere Nasenspitzen berührten sich zart. Wir liebten uns, ohne Schuldgefühle, wie zwei einsame, nach Zärtlichkeit suchende Menschen. Zumindest glaubte ich das und in meinen Gedanken erzählte ich jedem von dieser Frau und von jener Nacht mit ihr, in diesem schmutzigen Hotelzimmer. Ich erzählte diese Geschichte lautlos, mit den schönsten, intimsten Beschreibungen. Mein Gedächtnis verlor jedoch immer mehr Fakten und ich hatte Angst, dass das Bild ganz verschwinden könnte, bevor ich es jemandem zum ersten Mal schildern konnte und wollte.

Der Liebesakt, zu lang für einen Traum und zu kurz zum Vergessen, war in der letzten Etappe. Ich wollte sie halten, ganz sanft in meinen Armen und ganz fest in meinem Leben. Sie riss sich los und verschwand im Nebenzimmer. Sie beschimpfte mich, schnell und deutlich, mit derben Worten, in einem konsequenten Ton, den ich nicht von ihr erwartet hätte. Ich glaubte, es gehörte zum Spiel, das wir spielten. Sie trat aus dem Schatten und ich starrte in den Lauf einer Pistole. Wir standen uns stumm gegenüber. Nach einigen Sekunden oder Minuten schrie sie: „Warum?" Noch bevor ich antworten konnte, drückte sie ab. Ich schloss instinktiv die Augen und wartete.

Ich hatte Angst meine Lider zu öffnen. Das Zimmer war hell erleuchtet. Ich trat ans Fenster. Meine Augen versuchten sie zu finden, folgten aber nur dem Lauf der Regentropfen, die in unregelmäßigen Bahnen über das Glas verliefen. Ein diffuses Licht schien durch jede der kleinen Bahnen in mein Gesicht.

Die Tage bis zu ihrem Besuch verbrachte ich in einem Zustand, der ständig zwischen Realität und Traumwelt wechselte. Ich sprach kein Wort und hatte das

seltsame Gefühl, dass es ohne Unterbrechung regnete. Der Regen wurde schwächer und als ich keinen Tropfen mehr hören konnte, wusste ich, dass sie es war, die an der Tür klingelte.
Sie sah aus wie auf dem Foto, aber nicht wie die Figur in meinem letzten Traum, die ich Karen nannte. Eine kleine Lampe, die in einer hinter ihr liegenden Zimmerecke stand, und einige Kerzen auf dem Couchtisch setzten ihren sehr weiblichen Oberkörper und ihre kalten Gesichtszüge in ein bizarres Licht. Sie sprach ruhig und selbstsicher. Sie erzählte, dass sie in Irland lebte, in den ersten Monaten in Hotels und mittlerweile in einem kleinen Haus, direkt am Ufer des Shannon. Nach regnerischen Tagen verwandele sich das graue Wasser in ein seichtes, wunderschönes Grün. Sie beschrieb die Wellen des Flusses und dessen Schönheit mit einer Eloquenz, die so nüchtern war, dass ich nicht wusste, ob ihr der Fluss wirklich gefiel. Auf die Frage, wovon sie lebte, antwortete sie lapidar: „Mal hier, mal dort ein kleiner Job und vom Geld meines Mannes." Die Wörter „vom Geld meines Mannes" klangen aus ihrem Mund so beiläufig wie alles Bedeutungslose. Mir wurde übel. Lena ging in die Küche, um eine Flasche Wein zu holen. Sie war kaum hinter dem Türrahmen verschwunden, da starrten Karens grüne Augen direkt in mein Gesicht. „Es ist lange her. Ich denke, es ist nicht zu spät", sagte sie. Sie wollte noch etwas hinzufügen, brach jedoch ab, als Lena ihr einen Rotwein anbot. Karen nahm den Wein dankend an und sagte: „Ich glaube, jetzt seid ihr dran. Wie ist es euch in den letzten zwei Jahren ergangen? Ihr müsst so glücklich sein." Wir schwiegen. Ein langes, peinliches Schweigen. „Wir sind glücklich. Klar sind wir glücklich. Oder? Schatz, sag doch auch mal

was!", forderte meine Frau mich auf. „Ja, natürlich", sagte ich mit einem künstlichen Lächeln. „Hast du es ihm gesagt?", fragte Karen, an Lena gerichtet. Es klang, als wenn sie nur auf diese eine Frage gewartet hätte. Lena blickte erschrocken. Der Regen hatte wieder begonnen, an der Fensterscheibe melodische Töne zu erzeugen. Ich wollte dieses Lied nicht mehr hören. Lena antwortete lautlos und Karen sagte lachend: „Du hast es ihm nicht erzählt."

Sie blickte mich an. Zum ersten Mal an jenem Abend sah ich die Dominanz in ihren Augen, die mich damals in der Bar und im Hotelzimmer fasziniert hatte. Nur eine Frage, nur einen Satz, ein Ja oder Nein, dachte ich, würde mir reichen, dann könnten sich unsere Wege trennen. Für immer. Karen schaute uns abwechselnd an, der Regen trommelte stärker, sie holte tief Luft und ich ahnte, dass jetzt Sätze fallen würden, die ich seit zwei Jahren verdrängte. „Deine Frau ist so stolz auf dich. Diesen Stolz, den ich vor zwei Jahren, kurz vor meiner Abreise, in ihren Augen sah, sehe ich heute noch immer." Lenas Stimme zitterte leicht: „Damals in der Bar bat ich Karen um einen Gefallen. Ich wusste, du würdest den Test bestehen. Am Flugplatz brauchte sie keinen Ton zu sagen. Ich sah es. Du hast mich nicht betrogen." Sie erhob lachend das Glas. Wir prosteten uns zu. Der Rotwein war schwer. Der Wein brannte in meinem Hals und mein Herz raste. Ich trank schneller und überlegte, wie es aussähe, wenn Regen auf den Shannon fiele und die Oberfläche langsam unruhiger wurde. Im Grün ihrer Augen sah ich, dass sie wusste, was ich dachte. Und ich sah noch etwas anderes, das nicht die Antwort auf meine Frage war, die mich mit jedem Schluck stärker bedrängte. Ich hatte die Be-

fürchtung, dass sich nichts ändern würde.
Lena stand auf, ohne ein Wort zu sagen. Damit war dieser Abend, dieses Treffen beendet.
Ich begleitete Karen zu ihrem Auto und hatte das Gefühl, dass wir uns sanft und flüchtig berührten. Lena war unter dem Vordach unseres Hauses geblieben, blickte kurz zum Himmel und dann mit einem wartenden Blick auf Karen und mich. Jetzt! Diesen einen Satz hatte ich oft, kaum hörbar, gesagt, geflüstert und unendliche Male umformuliert. Ich konnte ihn auswendig, befürchtete dennoch, die Silben zu hastig, zu unkonzentriert zu sprechen. Vielleicht wollten die Worte vor Aufregung nicht von meiner Zunge über meine Lippen in ihr Ohr. Vielleicht versteht sie mich nicht und grinst nur. „Wusstest du, dass deine Pistole nicht geladen war?" Sie hatte meine Frage verstanden. Das sah ich. Erleichterung. Ich traute mich einen zweiten Satz: „Wolltest Du mich töten?" Das letzte ‚t' verließ nur mühsam meine Lippen. Sie stieg ins Auto und im Geräusch der zuschlagenden Autotür glaubte ich die Worte „Nein, mehr als das" zu hören.

Sie fuhr. Die Geräusche der Regentropfen, die auf meinen Körper und in die Pfützen um mich herum fielen, nahm ich nicht mehr wahr. Stille. Wenn sie mich damals töten wollte, hatte sie es erst heute geschafft. Sie hatte Recht, es war nicht zu spät. Ihr Auto war nur ein kleiner Punkt am Ende der Straße, der im Regen verschwamm, wie die Figur in meinem Gedächtnis, die ich Karen nannte.

Autorenangaben zum Textbeitrag
in alphabetischer Reihenfolge

Wir baten alle Autorinnen und Autoren, den Lesern kurz einen kleinen Einblick zu gewähren in ihren Zugang zum Thema "Liebesgeheimnisse".

Marie Andrevsky
Charaktere für Liebesgeschichten zu entwickeln, ist wie das Beobachten zweier unbekannter Chemikalien im Reagenzglas. Die Ergebnisse sind bunt, witzig, explosiv, tragisch – und manchmal schlicht unbeschreiblich.

Hermann Bauer
„Liebe ist nichts anderes als ein Boogie-Woogie der Hormone" – das meint jedenfalls Henry Miller – und viele Menschen werden ihm augenzwinkernd Recht geben. Da ich das völlig anders sehe und in meinem Bekanntenkreis mittlerweile jede zweite Ehe bzw. Partnerschaft zu Bruch gegangen ist, war es mir ein großes Bedürfnis, über das Thema „Liebe" und wie man sie immer frisch halten kann zu schreiben. Wenn nur ein einziger Leser dieses Buches mit meinen Vorschlägen in meiner Story seine zerrüttete Bindung kitten kann, dann hat sich der Aufwand gelohnt! Es lebe die Liebe – sie darf niemals sterben!

Petra Carolus
Mit meinem Liebesgeheimnis wollte ich bewusst machen, warum verlieben wir uns, wie entsteht dieses Gefühl: Dieser Mensch vor mir: Ist er es? Warum versagen wir uns manchmal diese Liebe und was fühlen wir danach? Die Frage nach dem ‚War-

um' hat mich inspiriert, eine Antwort mit „Die Kindern Kains" zu finden.

Friederike Costa
Alles was wir tun und alles was wir lassen, tun oder lassen wir nur aus einem Grund: Weil wir uns wünschen, geliebt zu werden. Liebe ist der Motor für unser Leben. Darum schreibe ich immer wieder über die Liebe und darum ist mir auch nach zwanzig Berufsjahren der Stoff nicht ausgegangen.

Ellia
Geheimnisse haben etwas Erstaunliches. Also lüfte ich meinen Hut und grüße die Liebe.

Mark Fahnert
Eine Liebesgeschichte zu schreiben, war für mich zuerst eine unlösbare Hausaufgabe. Ich denke aber, dass „Königinnen" ganz unterhaltsam geworden ist.

Timm Grönlund
In der Liebe liegt der Kern, der eigentliche, verborgene Sinn des Lebens. Ihn zu be- und erschreiben bedeutet für mich etwas zutiefst vom Glück berührtes zu tun.

Diana Heither
Liebe ist eines der schönsten Dinge im Leben. Oft unverhofft, manchmal ungewollt und auch mal geheimnisvoll, aber immer wieder wunderbar. Es macht Freude, sie zu erleben und ebenso viel Freude, darüber zu schreiben. Ich schreibe selten und wenig, da meine Familie und mein Beruf viel Zeit in Anspruch nehmen. Doch wenn ein Thema eine Idee in mir weckt, dann versuche ich gerne andere

an der Idee teilhaben zu lassen.

Robert Herbig
Wer den Liedern der Welt und den großartigen Erzählungen der Völker zuhört, der wird entdecken, dass es nur drei Themen sind, welche die Herzen der Menschen zu allen Zeiten bewegt haben, nämlich die Liebe, das Leid und der Tod. Wie könnte ich mich als Schriftsteller entziehen?

Selma Hereitani
Mit meinen Worten jemandes Herz zu berühren, das war mein Wunsch. Heute bleibt nicht mehr, als einen leeren Traum mit einer Geschichte zu füllen, ihn preiszugeben und loszulassen.

Myriam Keil
Liebe stellt zumeist etwas Positives dar, Geheimnisse werden eher negativ bewertet. Was gewinnt die Überhand, wenn beide zusammentreffen? Es erschien mir reizvoll, eine von vielen Antworten auf diese Frage zu finden, nicht zuletzt, weil Liebe und Geheimnisse niemals dauerhaft getrennt voneinander existieren.

Lisa Klee
Gibt es einen schöneren Liebesbeweis, als die geheimsten Wünsche miteinander zu teilen?

Iris Kiedrowski
Geheimnisse sind geheim, man redet nicht darüber. Aber wer sagt, dass man nicht darüber schreiben darf? Liebesgeheimnisse sind etwas ganz besonderes, man vertraut sie einer besten Freundin an, einem Tagebuch, oder man schreibt eine Geschichte.

Denn nichts ist schwieriger, als ein Geheimnis für sich zu behalten.

Irene Komoßa-Scharenberg
Eigentlich bin ich ziemlich unromantisch, analytisch an die Ausschreibung herangegangen und habe mir überlegt, warum eine Liebe unbedingt geheim bleiben muss. Als erste Möglichkeit fiel mir ein, dass der begehrte Partner bereits vergeben ist, schlimmstenfalls mit einer nahe stehenden Person. Bevor ich dann mit dem Schreiben begann, versuchte ich mich wie ein Schauspieler in die Grundstimmung der Hauptperson zu versetzen.

Katja Kutsch
Beziehungen untereinander und der Umgang zwischen den Menschen sind stets von Geheimnissen geprägt, weil niemand dem anderen hinter die Stirn sehen kann. Unter Fremden genau wie in den innigsten Verbindungen wird es immer Unausgesprochenes und Verborgenes geben.

Linda Lee
Vermutlich ist mir das Liebesgeheimnis im Stau eingefallen. Irgendwo zwischen dem ersten und zweiten Gang haben sich meine wirren Gedanken wohl mal wieder ihren eigenen Weg gesucht.

Josef Memminger
Liebe ist etwas Wunderbares. Erfüllte Liebe ist das Größte. Literarisch ist diese aber beinahe wertlos. Traurig und doch so wahr: Erst der Stachel im Fleisch, verlorene oder heimliche Liebe, Eifersucht und Seitensprung erzeugen die „Liebesgeheimnisse", die den Leser zu fesseln vermögen, ihn in ihren

Bann ziehen. Man leidet lieber mit dem Helden als ihm wahres Glück zu gönnen ...

Daniel Mylow
Das Leben ist Schlaf, dessen Traum die Liebe ist. Du wirst gelebt haben, wenn du geliebt haben wirst. Deshalb schreibe ich über die Liebe, weil sie uns zu wahrer Erkenntnis führt.

Lena Petri
Liebe ist ein großes Wort für viele kleine Dinge, die uns glücklich machen können. Sie ist etwas, das wir nicht fassen und nur schwer beschreiben können. Und vielleicht ist genau das auch der Grund, warum sie es immer wieder vermag zu faszinieren und man sie oft nicht wahrnehmen kann.

Elisabeth Podgornik
Ohne Liebe empfunden zu haben und geliebt zu werden, ist es für uns Menschen unmöglich, das wahre Glück im Leben zu finden. Die kleinen Zeichen und Geheimnisse der Liebe, die sich vielleicht auch nicht immer so darstellen, wie wir es erwarten, machen unser Dasein erst spannend und geben uns das Gefühl, einen einmaligen Augenblick zu erleben. Denn jeder dieser Momente ist kostbar und verdient es, im Herzen bewahrt zu werden.

Anita Römgens
Sie ist wunderhübsch, verflucht intelligent und alle Männer begehren sie. Aber sie ist nicht die Heldin in meiner Geschichte. Warum nicht? Die Antwort ist ganz einfach: Ich schreibe lieber über Menschen, die ich auch auf der Straße treffen könnte. Menschen wie du und ich. Mit Stärken und Schwächen.

RosMarin
Ich, RosMarin, finde Liebesgeheimnisse unwahrscheinlich erregend, anregend, inspirierend und, ja, faszinierend. Besonders, wenn sie dann doch, wie in diesem Reader, das Licht der Öffentlichkeit erblicken und keine Geheimnisse mehr sind.
Ich glaube, die meisten Menschen nehmen ihre Liebesgeheimnisse mit ins Grab. „Mein Liebesgeheimnis" ist reine Fiktion, könnte aber wahr sein. Und allein das zählt.

Judith Ruf
Warum schreibt man über Geheimnisse? Eine magische Kraft geht von dem aus, was andere nicht wissen dürfen oder man selbst nicht auszusprechen wagt. Gewisse Gefühle kann man nicht in Worte fassen, will es nicht oder darf es nicht. Gerade die bittersüßen Liebesgeheimnisse, die wir in uns tragen, sind die faszinierendsten.

Dagmar Schellhas-Pelzer
Es heißt „Wer gegen die Liebe sündigt, sündigt gegen sich selbst." Gegen sich selbst sündigen oder gegen andere - das ist der klassische Konflikt eines Liebesgeheimnisses und der ist spannend, aber auch oft sehr tragisch.

Maike Schneider
Liebesgeheimnisse sind die kleinen, wichtigen Bereiche, die man tief in seinem Inneren finden kann, versteckt und gut aufgehoben, denn sie besitzen die Macht zu erheben oder zu verletzen. Manchmal sollte man sie besser nur für sich behalten, manchmal überwältigen sie einfach – aber immer berühren sie, denn was gibt es Schöneres als die Liebe?

Johanna Sibera
Viele WienerInnen – so auch ich, deren nahezu jeden Tag von mir beschrittener Büroweg an seinem Eingang vorbeiführt – kennen dieses Hotel, auf welches ich in meiner Erzählung anspiele. In ihm, von dem ich mit etwas verändertem Namen berichte, haben sich im Laufe der Jahre wunderschöne und geheime Liebesgeschichten ereignet, haben Paare ihre Verbundenheit entdeckt, zelebriert und immer wieder erneuert. Als Symbol ewig junger Erotik ist es ein wertvolles Stück Wien, eine zu Recht berühmte Adresse in meiner schönen Stadt.

Tobias Sommer
Ich schreibe, seit ich denken kann oder: Ich denke, seit ich schreibe.
Jeder hat sie, diese kleinen Gedanken um das Thema, das alle bewegt, für die es sich lohnt zu schreiben. Man muss sie nur finden.

Christiane Weber
Sonderlinge haben immer einen großen Platz in meinem Herzen ... besonders die, die mit der Eisenbahn spielen!

Danksagung des Verlages

Der Verlag Edition Vitalis dankt der Herausgeberin und allen Autorinnen, Autoren und hilfreichen Geistern für ihr Engagement bei diesem Buch. Geschrieben wird nicht nur mit dem Stift oder am Bildschirm. Die Geschichten, wie wir sie hier lesen durften, wurden mit dem Herzen geschrieben.

Wenn auch Sie ein Buch geschrieben haben oder sich mit dem Gedanken tragen, eines zu schreiben, sprechen Sie uns bitte an. Nähere Informationen halten wir auf unserer Webseite für Sie bereit.

www.edition-vitalis.de

Ein ganz besonderer Dank gilt dem talentierten Künstler **Alexis Derchain**, dem wir das Motiv auf dem Bucheinband verdanken. Der Titel des Bildes ist **Tänzer**. Es stammt aus der Serie von Tuschezeichnungen mit dem Titel **Paris**, die alle in diesem Stil gehalten sind. Interessenten sind eingeladen, auf seiner Homepage zu blättern und sich weitere Werke des Künstlers anzusehen. Und bei näherem Interesse werden sie einen Weg finden, zueinander zu kommen.

www.alexisderchain.de